麒麟之快意人生

桔子樹◎著

從此以後就是兩個人了。

不再自由，不再能為所欲為，生命的一半要與另一個人分享，要開始對另一個人負責，幫助他，支持他，從現在起，包容他的一切，現在或未來，好或者不好，要信任他。

直到不再愛了，直到，他真的讓你失望。

然而，付出的收穫便是，在這個世界上，會有一個人，同樣地這樣對你，全心全意，在刀山血海裏走過，在塵世傾軋中挺立，不離不棄。

陸臻！

夏明朗微笑。

這才是兩個人，兩個人的生活。

這才是，屬於你和我的，快意人生。

第一章 80分的正義

陸臻的傷不重，一週之後已經開始恢復訓練，而同時，大隊長前些日子的挖牆腳工作開展得有聲有色，一尺厚的檔案袋沉甸甸地壓在陸臻肩膀上，於是小陸少校的後花園正式建立，火紅一片，繁花似錦。

陸臻是一個很熱情的孩子，他對一切美好的事物都有種本能的追求，而人，當然也是他深深熱愛的美好事物之一，陸臻總是毫無理由地喜歡所有人，直到他真的被傷透了心失望透頂。於是，當他看著那些臥在檔案袋子裏的美好生命，看著他們曾經的榮光曾經的成就，想像著他們未來的道路未來的輝煌，總有一種發自內心的喜悅充盈在胸口。

這些人，將由他來挑選，讓他培養，抽枝發芽開花結果，他用一種看著綠色牡丹或者黑色鬱金香嫩芽的興奮而又迷戀的眼神看著他們，廢寢忘食地研究檔案，分析他們的優點缺點，想像在培訓中怎麼來補足，都是好苗子，都是花兒啊，一朵一朵，一片一片的。

具體的人員名單在手，各項工作都隨之有了更清晰的輪廓，鄭楷在列席開會的時候看著陸臻紅通通的兔兒眼，再看看某甩手掌櫃一副得了便宜還賣乖、興致缺缺的模樣，不由得感慨了一下：「明朗，你手真夠黑的！」

夏明朗聞言撇嘴：「他自己那AMD腦袋轉快了就發熱過量也能怨我？」

「AMD現在是羿龍時代了，發熱很低運行穩定。」陸臻轉頭高傲地投下一眼：「江湖是會變的，請不要瞧不起萬年老二。」

夏明朗失笑：「得了吧，看你那小樣兒，還運行穩定呢，這兩天看資料差點沒把眼珠子縫上去，好像能看出花似的。」

「是啊，都是花啊，這麼多花……香草蘭佩，如花美眷啊！」陸臻感慨。

咚的一聲，是方進以頭搶地的重響。

方小侯揉著腦門萬分緊張地抬起頭，看看夏明朗神色正常，再看看陸臻，神色也正常，忽然覺得自己那尷尬來得不尷不尬，於是神色也正常了起來。

同樣是面對學員，夏隊長咬牙切齒目露凶光神色鄙夷：一幫爛菜葉子。

陸少校春風拂面笑容溫暖神色激賞：啊，我的那些花兒。

方進忽然有點同情這一批學員，想像著如果讓隊長黑面K過一頓之後再遇上陸臻熱切期待的眼神，相信效果非凡，是個人都受不了！

胡蘿蔔與大棒，鞭子與蜜糖，鮮花與惡狼……

在這個世界上，調教人的手段，其實永遠都差不多的，陸臻堅持認定，他的方式會更有效。在夏明朗殘酷的下馬威之後，陸臻少校頂著青天朗日，筆直地跨立在憤怒的學員面前，他表情堅毅而眼神熱切，他指著夏明朗吼道：「那個人，你們的助理教官，夏明朗，他說你們都是一群垃圾，爛菜葉子，他說他從來沒有看到過像你們這麼次的兵。可是我不相信，我相信諸位都是共和國優秀的軍人，你們能夠衝破攔在你們面前的重重考驗，你們不會讓我失望，更不會讓自己失望。」

他專注地看著他們，眼中泛出異彩，幾乎深情地說：「我誠懇的期待著你們成為我的隊友。」

好像是魔法一般，種種憤怒的、鬱悶的、錯愕的、灰心喪氣的表情都消失了，那群原本已經被折磨得破破爛爛的與垃圾無異的學員們奇蹟般地恢復了他們的自信與朝氣，昂揚的鬥志好像有形的實體，凝成了一道牆。

方進斜過眼，瞧了瞧夏明朗，夏隊長轉過頭甜蜜微笑，方進連忙望天做茫然狀。

陸臻微笑著，做總結陳詞：「請不要讓我失望！」

「不會！」

一聲大吼炸響出來帶著濃濃的哭腔，陸臻用餘光看到了馮啟泰同學滿臉的淚光。

「我也相信你們不會。」陸臻輕聲道，忽然聲音一提，吼道：「對不對！」

一個對字，響遏行雲，差點震倒了嚴隊的玻璃杯。

夏明朗慢條斯理地挖了挖耳朵，看到陸臻微微偏過頭看著他，明亮的陽光在他的頭頂，那雙眼睛，黑白分明，極致的亮，幾乎刺目，夏明朗低頭，幾不可聞地嘆了一口氣。

方進在晚餐時段對陸臻推崇之極，那叫一個有範兒，那叫一個味兒正，哄得那幫小傢伙們嗷嗷的。陸臻微微皺起眉，在他開口之前，夏明朗先出了聲：「人家就沒想著要哄誰。」

夏明朗完全不意外那些學員們的反應，沒有人可以抵擋陸臻熱切期待的眼神，即使是曾經的自己，也破功翻船敗下陣來。因為無法去欺騙這樣一雙眼睛，更不能讓他失望，這樣的反應幾乎是本能的，這樣的人在任何地方都能成為一個好教官，但是……方進一愣，陸臻的眉頭舒展了，無論他們對訓練的觀念有多少分歧存在，他總是最懂他的，就像自己也是最理解他的那個人一樣。

「我覺得這樣比較好。」陸臻直接看著夏明朗的眼睛。

「你從一開始就看不慣我。」夏明朗漫不經心地低頭吃飯。

「我只是不贊同你訓練的手法，這跟你這個人沒關係，」陸臻有點著急，「當然，用你的辦法也可以挑到合適的人，可我覺得像我這樣比較好，我們會更快更多地得到適合的人才。」

夏明朗迅速地把飯吃完，推盤子走人，方進安靜地埋著頭，成功讓自己隱形，陸臻猶豫三秒，還是追了出去。

夏明朗在門外站著抽菸，好像專門在等他，陸臻鬆了一口氣，笑道：「你不會這樣就生氣了吧？小氣！」

「小氣怎麼了？誰規定我一定要大氣。」夏明朗聲線低啞，好像半隱在煙霧裏，曖昧難明。

陸臻無奈了，叫道：「隊長。」

「看來你到現在都沒有真正認同過我！你當時轉得太快了，我都沒注意到就錯過去了，原來在這兒堵我呢！」夏明朗嘆息，有不加掩飾的失望。

「隊長，我們只是在理念手法上有些不同而已，我從來沒有否定過你這個人！」陸臻徹底急了：「我承認嚴厲高壓的訓練會讓人進步很快，所以我並沒有給他們減量啊，我只是覺得他們應該被期待，你明白那種感覺嗎？雖然很難，很艱苦，但未來是光明的，有希望的，值得去奮鬥的，我認為這樣的氣氛才是最適合的。」

夏明朗沉默不言，半晌，抬頭看著他，神色複雜：「你太聰明了，看得太透澈，為人太寬容，喜歡為別人著想，這是優點也是缺點，當年你就是這樣把我的設計都繞過去了。」

「那就證明了我其實不需要那些無謂的考驗。」陸臻道。

「我明白你說的那種感覺，那很美好，可是，你知道我的想法嗎？我就是想讓這一切很不美好。」夏明朗沉聲道。

「有必要嗎？」陸臻問道。

夏明朗想了一會兒，說道：「其實我也不知道，我只是盡可能的，想多做一點。」

陸臻還想繼續討論下去，夏明朗卻擺了擺手，笑道：「所以，你不妨先照你想的做下去。」

「我覺得這樣效果真的很好。」陸臻分辯道：「我也帶過兵，我的兵跟著我也很苦，可是他們比較快樂。」

「是不錯，所以，我也想再看看。」

陸臻眼中閃過一抹躍躍欲試的火光。

訓練的方式比起之前來並沒有太多的變化，極致的高壓，好像要把骨骼都榨碎掉一般的強度和力度讓人心生膽寒，然而聚集在此地的畢竟是整個軍區的精華，他們的抗壓能力也超出一般人的想像，即使是這樣嚴酷的訓練也不能讓他們退縮崩潰。

可是仍然有一些東西變化了，不一樣了，因為陸臻的存在。他是與整個教練組不相匹配的存在。

他會在虛脫的時候握緊學員的手，看著他，直到他恢復力氣。

他會充滿了期待地問：還能再來一次嗎？

他會專注地看著他們，說：我相信你！

被關心，被期待的感覺是很美好的，尤其是，他們都是軍人，軍人為了榮譽而存在，因為尊嚴而自豪。

大約是因為陸臻的存在讓學員們更有承受力，夏明朗對待這一批學員的時候特別的嚴苛。到最後有些機靈的學員們甚至擔心陸臻，在比對他們的軍銜之後，勸他不要跟夏明朗公開對著幹，誰都不是小孩子，大家心裏明白好壞。

陸臻苦笑，他想說：其實夏明朗不是個壞人，他是最好的人，只是，你們現在還看不到他兇惡外表之下柔軟美好的靈魂。可是這樣的辯護，在他看完夏明朗的所作所為之後，自己也說不出口。

「你有必要這樣嗎！」陸臻已經記不清這是第幾次對著他抱怨。

夏明朗起初還會說點什麼，到後來只是不耐煩地揮揮手，說道：「你有你的方式，我也有我的，我沒有干涉過你，你也別干涉我。」

誰也說服不了誰，陸臻氣憤難平，然而無言以對，再辯下去是沒有結果的，可以說的話都說盡了，總不能把人分成兩部分，一人帶一批看看效果吧？

陸臻沉默無聲地轉身離開，夏明朗忽然跟過去，伸手按上房門，啞聲道：「走了？」

這聲音很近，柔軟的，鑽到耳朵裏的感覺非常的癢，可是這種麻癢沾到心火上，卻成了油，火上澆油。

陸臻忽然轉過身，眼神清冷，應該笑的時候他會哭，應該哭的時候他堅持要笑，於是當陸臻真正生氣的時候總是冰冷的。夏明朗偏過頭看了他一會兒，退開一步，有些疲憊地按著眉心，輕聲道：「走吧。」

陸臻聽得一愣，轉身拉開了門：「隊長，先忙過這一陣吧。」他站在門邊遲疑地說道。

「是啊……」

陸臻心裏一鬆。

「……反正你說什麼就是什麼。」夏明朗道。

陸臻馬上轉過身去，卻看到夏明朗嘻笑的表情：「開玩笑的，知道你沒心情，走吧！」

「我認為我們兩個之間的矛盾並不傷到根本。」陸臻握緊了拳頭。

「是啊，只是有點傷感情。」

「隊長，我不可能在任何時刻都跟你保持一致。」陸臻喊道。

「我知道，所以我沒讓你聽我的。」夏明朗點頭：「我也沒想過要一個自己的複製品，只是，在這個問題上……陸臻你有沒有真正絕望過？即使是一瞬間。」

「我沒有！」

「即使孤身一人，無人支援，沒有希望也沒有未來，也不會嗎？」夏明朗問道。

「不會，我的希望在我心裏，我不會因為被關在地下，就相信這個世界上沒有陽光，這也就是為什麼我堅持這樣做的原因。只有內心充滿了陽光的人，才不會絕望，那麼即使環境很差走投無路，我們的心靈還有依靠。這世上總有一些東西是神聖的，值得我們無畏。」陸臻目光灼灼，漆黑熾熱。

夏明朗點了點頭，卻沉默下去。

陸臻等了良久，終於還是忍不住走過去抱住他，手臂勒緊，用力地收束，這是與情慾無關的擁抱，這是比情慾更重要的擁抱。夏明朗抬起手，圈在他背上，力氣很大，胸口貼緊，可是卻有莫名的隔膜。

陸臻恍然間想到了他在上博的那只盤子，水晶透明的牆。

他與他，就像是兩個狂奔的人，隔著玻璃奔跑，即使目標是一致的，可是仍然覺得孤獨。

陸臻開始期待這次的集訓快點過去。

平靜的生活膠著著，雖然在新學員看來人生是如此的起伏跌宕，可是，在內部，陸臻與夏明朗之間反而是一種張得像弓一樣的靜。這讓陸臻很憂慮，夏明朗不應該是這個樣子的，他應該公是公私是私，公私都很分明。

當然誰都不是機器人，有誰能真正做到公私分明？

他自己可以嗎？

明顯也沒有！

這是辦公室戀情的天生缺陷，陸臻嘆了一口氣。

變故，總是一觸而發，一個絕密任務，夏明朗漫不經心地把他叫走，看到房間裏坐著的其他人時，陸臻才反應過來是怎麼一回事。

麒麟的任務並不總是絕密的，事實上，在大部分時候他們都是風風光光地生在陽光下長在紅旗中的軍中驕子，一年有80%的時間在訓練，15%時間是演習，剩下那5%才是任務，而在那些各種各樣的解救人質，打擊暴力團夥的任務中，值得標上絕密二字的，一年都不過一兩件，陸臻沒有輪上參加過，所以他對此一無所知。

所謂絕密，當你執行之前那個任務是絕密的，當你執行它的過程中你是絕密的，而當它被完成之後，你曾經的那段經歷是絕密的。

陸臻很興奮，於公於私他都期待著這個任務。於公，他是軍人，天生的渴望挑戰；於私，他們是戰士，只有戰鬥才能讓他們更親密。

夏明朗簡潔明快地介紹了整個任務內容。

暗殺，邊界上某小城的某個家族。

要求，全部格殺，抹除痕跡。

附帶要求，盡可能取回保險櫃資料。

任務一旦下發，所有的參與者都是一級戰備狀態，他們連夜轉場去了西北邊城，任務單拿的是小隊演習，而驅車離開軍用機場之後，大家都換上了便服。夏明朗一共帶了五個人，陸臻，肖准，陳默，方進，還有小黑。

「放鬆點。」夏明朗笑眯眯地，神色自若：「從現在開始你們就已經不存在了。」

當任務進行的過程中，你就不存在，當任務結束之後，那個任務就不存在。

任務的內容很簡單，前期資料給得齊全，小城的規模不大，有兩個十字路口的商業中心，目標是城郊的一處大屋，而陸臻在第一次踩點熟悉環境的時候臉色就變了，那間屋子裏住著一家人。是那種真真正正的一大家子，有老有小。重點人員核對過，完全相符，當夜動手，畢竟夜長夢多。

陸臻猶豫了很久，終於悄悄地問夏明朗，那些老人和孩子怎麼辦？

夏明朗冷冰冰地看著他，聲音沉銳，如刀鋒：「重複任務內容。」

「全部格殺。」陸臻輕聲道。

夏明朗便不再說話。

「可是……」

夏明朗忽然按住陸臻的肩膀，問道：「你叫什麼名字？」

「陸臻？」陸臻茫然不解。

「不，你是Ａ３，我是Ａ１，我們不是夏明朗也不是陸臻，明白了嗎？」

「明白了。」

夏明朗手下一緊，陸臻脫口而出。

西邊的黑夜總是來得特別晚，正式動手是凌晨五點。對完錶，各組的路線已經劃分明確。陸臻、夏明朗與肖准一組，從二樓進入，方進、陳默與小黑負責一樓。

手槍已經裝上消聲器，武器與子彈通通非國產，臨別時那一眼，陸臻從方進的眼中看到冰冷的殺意，如此熟悉，令人膽寒。普通的民居對於他們來說簡直就是全開放的，夏明朗他們沿著水管爬上二樓，砂輪劃開玻璃，悄無聲息地滑進屋。這裏是書房，通往主臥的門開著，大床上有起伏的陰影，安靜地沉睡著。

夏明朗走到床頭開槍，極輕的一聲，像是一道輕風吹過縫隙，此後，再無一點聲音。陸臻熟悉夏明朗子彈的落點，眉心，中樞反射區，當場斃命，甚至，就連從夢中驚醒的餘地都沒有。然而，當陸臻看著夏明朗從床邊回轉，窗外的微光打在他身上，熟悉的輪廓，一分不差的側影，啰的一聲，他聽到自己的心底爆出輕響，有什麼東西，裂開了一條縫。

「找一下，看有什麼東西可以帶走。」夏明朗匆匆折轉，擦身而過時，聲音極低地飄了過來。

嗯，陸臻如夢初醒，戴上夜視護目鏡，仔細搜索四壁，他強迫自己什麼都別想，至少，暫時什麼都別想。

夏明朗更快地找到了目標，他把櫃子裏的雜物清空，移開木板之後露出一個保險櫃，是電子鎖，陸臻用軍刀挑開鎖頭，把電腦拿出來接駁電線，淺藍色的螢幕上飛快地跳過一行一行的位元組編碼，奔跑在陸臻深黑的鏡片上。

看不到他的眼睛，看不到那雙黑白分明的眼睛，這讓夏明朗有些心慌。

肖准在為他們警戒，夏明朗拿出塑膠炸藥安放到保險櫃的鋼軸上，任務內容並沒有強調那些資料，也就是說，如果時間超過預計，他可以直接炸開這個保險櫃，把裏面的東西毀掉。

夏明朗看著腕錶的數位一格一格地跳動，整個屋子裏安靜得只剩下陸臻敲擊鍵盤時極輕的沙沙聲。

「好了！」陸臻輕聲道。

比預計的更快，保險櫃裏有一些錢，人民幣與美金都有，還有一些單據和幾張光碟與隨身碟，二層靠邊的地方，有一個紅色的錦盒，陸臻在夏明朗打開的瞬間看到一抹瑩白，是一只鐲子，陸臻心中閃過一陣沒來由的悸痛。

夏明朗迅速地拿出密封袋把裏面的東西全都裝了進去，陸臻心念電轉，卸走了桌上那台電腦的硬碟，拿給夏明朗。

在昏暗的夜光下，他看到夏明朗抬起頭極短暫地凝視他，一秒鐘，黝黑的眼眸，在那個瞬間光華璨亮，讓陸臻詫異，然而那目光轉瞬即逝，夏明朗接過硬碟把東西封到了一起。

「走吧！」夏明朗把密封袋裝進背包裏。

肖准已經閃了出去，陸臻在中間，夏明朗押後。

陸臻模糊地聽到夏明朗在通知陳默開始動手，腦子裏有一道白光閃過，照得他眼前發白。

走廊裏靜悄悄的，光線昏暗而曖昧，這三個人行走在地板上，沒有一點點聲音，打開門，搜索，格殺，陸臻自己有些恍惚，他開始不自覺地祈禱下一間屋裏別再有人，然而房門緩緩而開，一個瘦小的人影迅速地跳了起來，床頭壓著一點燈光，清晰地照出他青澀的臉，深目，鼻梁挺直，睫毛濃長。

「MA？」

陸臻看到他張開嘴，短促地叫出一個位元組之後表情忽然凝固在最驚駭的瞬間。雖然陸臻熟悉的方言語系中並不包括當地這種，然而，在這個世界上有一種稱呼奇蹟般地相似，那就是：媽！

陸臻的手指僵硬著，彎不下去。

那個瞬間，他感覺自己像是站在烈日下的繁華路口，酷烈的陽光穿透了他，讓他全身僵硬額頭生汗，眼睜看著車流如海，從四面八方奔湧而來，卻無真實感覺。

然而，一隻手，從旁邊探過來包裹了他的右手。

陸臻驚訝地轉過臉去，他看到夏明朗熟悉的側臉，從額角到下巴的那一條線，嘴角抿得很緊，眼神堅硬冰冷。指尖上受到一絲壓力，陸臻下意識地一動，一聲輕響，像風過林梢。

陸臻猛然回頭，看到那個少年眉心流下一線細細的血，栽倒在床上。

一瞬間天地旋轉，陸臻感覺到他的胃裏像是被徹底地翻了過來那樣的絞痛，整張臉痛苦地扭曲起來，夏明朗忽然揪住他的衣領把他推到牆上，低聲喝道：「深呼吸，現在是任務期間。」

陸臻緊緊地閉上眼睛，呼吸急促而混亂。

「冷靜一點。」夏明朗的聲音極度地平緩，幾乎沒有一點波折，他握住陸臻的右手，問道：「這是什麼？」

「槍！」陸臻掙扎著說道。

「那你我是什麼？」

「A1……A……」陸臻的聲音因為混亂的呼吸而變得斷續。

「不，我們是……它！」

隔著染血的兇器，夏明朗的手指與陸臻的交纏在一起，他的額頭抵住他的，溫熱的風有節奏地拂過陸臻的臉，陸臻在純粹的黑暗中感受這種節奏，終於平靜下來。

「走！」夏明朗在前面帶路，陸臻恍恍惚惚地跟在他後面。

最後一扇門，安靜地閉合在走廊的末尾，陸臻上前了一步正想去推，被夏明朗拉了一下，空白的大腦沒有思考，他順從地退到了夏明朗身後。

肖准走上前去，轉動門把，推開……

明黃色熾熱的火光在一瞬間炸開，陸臻下意識地閉上眼，腦中隆隆一片，火光擦身而過的瞬間夏明朗將他撲倒壓在身下。

「Ａ１，報告情況。」耳機裏傳來沙沙的響，是陳默平靜的聲音。

「遇到爆炸，Ａ２左臂受傷，情況不明，當地警方最快會在十分鐘之後到達現場，注意控制時間。」夏明朗迅速地鑽進火裏。

陸臻撲過去幫肖准檢查傷口，出色的戰術習慣在此時救了他一命，肖准的左臂被炸傷，嵌著破碎的木條和鋒利的彈片，陸臻簡單幫他處理了傷口，塗上敷料止血。

肖准咬著嘴唇一聲不吭，陸臻看著他嘴角繃起的肌肉，一種隱密的難以啟齒的釋然在心中化開，即使不應該，即使心中充滿了罪惡感，可是陸臻承認他期待著看到這些血，如果這些傷口綻開在他自己身上，他可能，會更高興一點。

夏明朗從火門裏穿出來，很顯然裏面已經空無一物，所有的東西都已經被劇烈的爆炸清空了。

「撤退。」夏明朗把命令傳給所有人。

陸臻想扶著肖准，可是肖准推開了他，自己站了起來。

近處的居民被爆炸聲驚醒，有些已經出門觀望，夏明朗引爆了安放在各處的塑膠炸藥，明亮的火光沖天而起，幾條淡淡的人影迅速地消失在夜幕中。

按既定路線逃離，當他們脫去血衣再一次換上軍裝的時候，夏明朗十分戲劇化地拍了拍手，說道：「同志們，歡迎大家重回人間。」

所有的衣物、手套等等都被潑上了酒直接燒光，陸臻看著幽藍色的火焰吞沒最後一寸布料，當那些沾著火星的漆黑墨蝶紛飛而起的時候，陸臻的視線隨著它們的身影追逐到遠方，直到消失不見，帶著他生命中至關重要的一些東西，永遠地，消失不見了。夏明朗專注地看著陸臻的眼睛，仍然是明亮的，黑白分明，可是那層咄咄逼人的銳光不見了，取而代之的是一種黯淡的疲憊，他走過去握住他的手，陸臻轉過頭看了他一眼，沒有說話，只是任由他握著，一動不動。

由於肖准在演習中意外受傷，所以這次演習任務提前結束，這理由倒是恰恰好。

陸臻安靜地看著夏明朗與機場方的人員交涉，笑容淡淡的，從容自若，有些不陰不陽的妖孽氣，卻又奇怪地不讓人生厭，一如往昔。然而陸臻卻是如此清晰地知道有些事情不一樣了，變了，都變了，在那個瞬間，他與夏明朗身上的一些東西，破裂了。陸臻不自覺握緊了拳頭，他的手上沒有紅，鮮血滲透在每一個毛孔裏。

方進靠在陳默的背上熟睡，黑子就倒在他腿上，陳默偶爾會看他一眼，那眼神是關切的。可是莫名其妙的，陸臻會想起陳默開槍時的冰冷，於是全身的骨頭都像是被凍住了一般。

「飛機三小時之後到，要不要先休息一下？」夏明朗坐到陸臻身邊，抬起手打算揉揉他的頭髮，可是陸臻猛地一偏頭，夏明朗手上頓了一下，自然而然地滑過去。

「隊長！」陸臻的聲音顫抖。

「有什麼話回去再說，不過是個小演習，雖然有隊員受了傷，也不是你的錯，不必這麼內疚。」

陸臻深呼吸，強壓住音調中的起伏，緩慢地說道：「是，隊長。」

陸臻於是一路沉默。

2.

快節奏的行動、轉場，這讓所有人都非常疲憊，肖准被直接送去了軍區醫院，而陳默他們只是簡單點了個頭，就回去睡覺了，陸臻跟著夏明朗走進了他的寢室，當夏明朗反手鎖上大門的時候，他聽到背後壓抑而急促的呼吸聲。

「現在輪到我了！」陸臻低吼道。

「是的。」夏明朗轉過身，坦然地看著他。

「為什麼要這麼幹？」

「因為沒有選擇！」

「他還是個孩子！他可能才只有16歲，他犯了什麼罪非死不可？」陸臻的手指發顫，逆流的血液讓他覺得全身刺痛。

「16歲已經不是孩子了知道嗎？」夏明朗抱著肩膀：「16歲可以抱著比他人還高的步槍向你射擊，他可以傳遞消息，他可以被人利用，他可以成為藉口，他會心懷仇恨地長大，或者不必長大就直接開始報復，他會讓本應該被徹底切斷的一條線又連起來，會讓這件事，變得不那麼容易被抹掉。」

「你確定，他，他做過這樣的事？」陸臻質問道。

「不，我不確定。」夏明朗道：「事實上我根本不認識他，我不能確定關於他的任何事，我只是在執行任務。」

「那麼，有沒有可能那個任務是錯的，他們搞錯了，那個孩子不必死，他們都不必死，有沒有這個可能？」陸臻的聲音虛弱。

「有！」夏明朗乾脆俐落地回答他。

陸臻猛然抬起頭。

「沒什麼能有百分之百的保證，法院也會判錯案，上面的任務也會出錯，於是不該死的人死了，應該死的卻還活著……」

「可是那怎麼辦！」

「這跟我們沒關係。」夏明朗異常地平靜：「我們不是法官，我們沒有可能去調查事情的真相，我們只是槍，執行判決，服從命令。」

「軍人以服從命令為天職，你做得真好，夏明朗！」陸臻冷笑。

「不應該嗎？」夏明朗反問。

「可是服從誰？如果命令是錯的呢？這也要去服從嗎？」

「陸臻！」夏明朗的聲音忽然變得低沉：「你最好記住一點，軍人，沒有判斷任務對錯的權利，除非你有確鑿的理由證明那是錯誤的。」

「所以，錯了就錯了，對嗎？」陸臻咬緊牙。

「對！」夏明朗沉聲道，然而不等他的聲音落下，陸臻像一頭憤怒的老虎那樣撲向了他。

「你是故意的！」陸臻粗暴地把夏明朗按到桌上，侵略似的啃噬他頸側的皮膚。

「對！」夏明朗疼得抽氣，卻沒有掙扎，他反手把桌上的雜物推開。

「為什麼？」陸臻重重地一咬，血腥味化開在口腔裏。

「因為，我沒得選擇。」夏明朗的聲音因為銳痛而發著抖，任由這隻憤怒的小獸把自己剝光。

陸臻的利齒尖牙第一次回歸了它們最原始的功能，反覆的啃咬，留下無數細小的傷口，躁動、迷茫、痛苦、憤怒……陸臻迷濛的雙眼裏爆出血絲，像燃燒的火焰，那些東西像火一樣在他的心底燃燒，盤旋著好像已經把內臟都攪碎，從他的身體裏衝出去，又回來，讓他支離破碎。

想要發洩，因為自己被打碎了，於是也想去破壞，沉重地掠奪，放縱悲傷橫流。

陸臻急促的呼吸變得沉重起來，他胡亂地舔濕了手指匆忙擴張了幾下，硬生生擠了進去。

靠！

夏明朗疼得眼前一黑，握緊了拳，咬牙忍耐，因為過分劇烈的疼痛壓過了一切感官上的刺激，夏明朗反而覺得好些，他對疼痛很有經驗，這種熟悉的感覺會讓他清醒。

沒有潤滑的交合就像酷刑，極度的緊窒讓陸臻寸步難行，然而，瘋狂的血液也在瞬間被點燃，好像火災一樣的高溫，疼痛攪拌著快感燒灼神經，大腦回路裏激烈的電流在頻繁地放電，陸臻幾乎失控地抽動著，每一下都像是到了盡頭，可是下一次卻還有更深的去處。

一切的一切，理智與情感，思維與本能，憤怒與寬容，都被這粗暴的烈焰激電炙烤成凝縮不化的黑。並不是所有的高潮都是快樂的，折磨別人的同時總是在折磨自己。

當慾望從體內抽出的時刻，夏明朗喘過一口氣，全身緊繃的肌肉癱軟下來，用手背擦掉額頭上的汗。然而，陸臻卻不想放過他，那雙漆黑凝視的眼睛裏有吞噬的光，夏明朗轉頭與他對視，幾乎有點慌亂。

「陸臻？」他抬手劃過陸臻的臉側。

陸臻猛然將他架了起來，胳膊架住他全身的重量往裏間走去。

夏明朗被扔上床的時候直覺地想要坐起來，可是陸臻迅速地壓住了他，面對面地凝視，視線相交纏，夏明朗慢慢軟化，一寸一寸地倒下去，倒回到床單上。

陸臻牢牢地盯著他，彷彿要從他的眼底看進去，穿透心房碾碎五臟。

他緩慢地進入，然後猛烈地動作，在夏明朗的身體裏，那些細小的傷口又一次滲出血，痛徹心扉的滋味。而眼淚從陸臻的眼眶裏砸下去，滴到夏明朗臉上，與汗水融合在一起。

夏明朗抬起手，手指插入陸臻潮濕的髮根。

「夠了，陸臻，夠了！」

他低聲道，聲音裏混雜著痛楚的味道，氣息繚亂。

陸臻喘著氣，忽然俯下身抱住夏明朗的脖子，失聲痛哭。

夏明朗緩慢地撫摸著陸臻潮濕的頭髮和光滑的脊背，極度的疲憊與疼痛的折磨讓他的思維漸漸遲鈍，眼前的景物變得模糊，磨成空白。

「對不起！」飽含水氣的聲音，在耳邊響起。

「沒事，」夏明朗聲音嘶啞：「你肯衝著我來，我覺得很好。」

「對不起，我只是，只是在……」只是在遷怒於人，只是想發洩，折磨自己最深愛的人，看著他痛苦，跟自己一起痛苦。

「不，我也有責任，」夏明朗用力眨著眼睛看著天花板上的某一個點，思維慢慢地運轉起來，「你的選訓，你太聰明了，我被你繞了過去，到最後也是，我一直沒能把你試出來，不知道你最大的問題在哪裏，好讓你對未來有所準備。我其實，到最近才知道你到底怕什麼，你怕錯。」

害怕不可原諒的錯誤，不能挽回的錯誤，因為太過珍愛生命的緣故，於是極度地害怕殺錯人。那是你的根本，你藏在心裏的陽光，你有多自信就有多脆弱，你有多驕傲對自己就有多苛刻。我知道那種感覺，因為，你與我一樣，那麼急切地需要正義的支撐，需要那些不容置疑的正確，來沖淡心中的血痕。

可是，在這個世界上，並不是除了黑就只有白，並不是所有事情都會有真相。

錯與對的界限模糊一片，當你的心中開始惶恐動搖，當你的陽光不再純粹，當你真正絕望，孤立無援，當你心中的明鏡臺上沾了污塵，你是否還有勇氣，繼續前行，絕不放棄？你是選擇承受這樣的未來，還是，再一次乾脆地離開？

其實你並不適合留在這裏，可我已經無法失去你……

身體慢慢地在發熱，陸臻緊緊地抱著他，一聲不吭，於是夏明朗努力凝聚的思維又一次飛散開，他把陸臻的臉扳起來，看著他的眼睛：「三天後給我你的結論，離開，還是留下來。」

陸臻的臉色突變。

「我有點睏了，你先回去吧，想清楚了告訴我。」夏明朗把毯子勾過去裹住自己，陸臻一聲不吭地走到外間穿衣服，卻沒有走，看到窗臺上有菸，他抽了一支出來，給自己點上。

熟悉的味道，菸味。

這種氣息會讓他平靜。

夏明朗睡得很沉，陸臻不敢打擾他，直到晚餐時段幫他打了飯回來才發現夏明朗已經開始發燒了。陸臻蹲在床邊，嚇得心痛如絞，手腳發涼。

夏明朗睡得迷迷糊糊地被陸臻搖醒，自己手背貼到額頭上也試不出溫度，不過身體在發熱，全身上下的傷口都在發癢發疼，這才想起來他還沒洗澡。

「沒事，等會兒吃點藥，睡一下就行了。」夏明朗摸摸陸臻的臉，先去洗澡。

洗完澡出來陸臻已經把藥準備好了，夏明朗隨便吞了兩顆消炎藥，把晚飯硬吞下去之後蒙頭又睡，他有些累，心與力俱憔悴，陸臻需要時間去思考，而他需要精力去承受陸臻思考的結果。

夏明朗在發燒，陸臻於是更加不敢離開，反正思考是不需要空間的，他坐在夏明朗的床邊抽著菸，菸味融合了這房間裏曖昧的空氣還有兩個人的體味，混合糾纏在一起，陸臻覺得他的腦子裏亂糟糟的，不光是腦子，是整個胸腔腹腔都出了毛病，空蕩蕩地痛，腔子裏沒有了五臟。

任何事，只要願意總是可以想清楚的，只要願意也總是可以有個結果的，而痛苦的是梳理的過程。那種疼痛，像是把心臟挖出來分筋瀝血，看清自己的每一點眷戀，每一個心念，選擇一些，拋棄一些，撕裂般的痛。

總有一些東西，逝去之後永遠不再回來，於是，放不放手。放了會變成怎樣，不放又會怎樣？我會不會後悔，會不會有遺憾，當生命走到盡頭，這會不會成為我人生永恆的痛？

夏明朗說得對，我最怕的就是犯錯，最怕有人可以站在正義的高處指責我，而我於是再無依憑，一路墜落，當我已經不再永遠正確、問心無愧，我要再去相信什麼，如何在現實的狂流中站立，如何期待我的未來？

有誰知道？

有誰能告訴我？

有誰能替我做這個決定？

陸臻仰起頭看煙霧變幻的身姿，奇幻的美，莫測而妖異，猶如我們的命運，然而他無奈地笑了，他如此清晰地意識到沒有人可以為他做這個決定，他的命運，終究只能由自己來掌握與控制。

過分信任是一種天分，而他沒有。

過分依賴是一種天分，他也沒有。

隨波逐流是一種天分，他還是沒有。

這是他的宿命！

於是，終其這一生，他總是要用自己的眼睛去看，用自己的耳朵去聽，用自己的心去感受，用自己的頭腦來判斷，走自己的路，即使錯誤也必須獨自承擔。

陸臻偏過頭去看夏明朗的臉，熟睡時沒有任何侵略性的五官，幾乎是有些平淡而溫柔的，陸臻的手指落到夏明朗的嘴脣上，描畫脣線的輪廓……

即使是他也不行嗎？

陸臻小聲地問自己。

而笑容卻變得更加無奈。

是的，不行，即使是他，也不能代替自己決定未來。

陸臻把手掌覆在夏明朗臉上，溫柔地撫摸，蜜意柔情，忽而臉色一變，手背貼到夏明朗額頭，觸手滾燙，燥熱如火。

完了！

通常從來不生病的人，一旦生起病來總是氣勢洶洶，如山崩倒。

陸臻看著39度7的數字愣了兩秒鐘，僵硬地抬起頭。

夏明朗被他裹在被子裏嘆了口氣，很哀怨的樣子，曲起膝蓋踹他：「完了完了，太丟人了，太丟人了……」

「隊長！」陸臻哭笑不得。

「說實話吧，你小子現在心裏是不是特得意？看把你威得！」夏明朗挑著下巴瞧著他。

陸臻臉上漲紅，堵了半晌，道：「我，我還是送你去醫院吧，你得打退燒針。」

夏明朗鬱悶了，無奈腦子裏暈乎乎，疼得亂成一團，他半閉著眼睛暗自回想自己上次感冒是什麼時候，是否也是如此來勢洶洶，勢不可擋？

「隊長？」陸臻有點急了。

「行行，去吧去吧！」夏明朗尋思了一下，與其等發燒燒糊塗了讓陸臻給背過去，倒還不如趁他現在還能想事兒的時候自己走。

夏明朗堅持要自己走，於是陸臻當然只能隨他，小心翼翼地跟在他身邊慢慢地踱。巡邏的士兵們過來檢查證件，夏明朗無奈地解釋自己感冒了，發燒了，要去醫院掛急診。陸臻看到巡邏兵驚駭地睜大了眼睛，一副像是看到天要下紅雨的模樣，心底的刺痛又深了幾寸。

目送巡邏兵消失在夜色裏，陸臻低聲對夏明朗說道：「下次，我要是再發瘋對你做這種事，你就把我抽一頓，打死算數。」

夏明朗忽然轉過頭看他，眸色深沉幽遠，凝眸深處，像是有無盡的渴望與期待，陸臻有些驚愕地看著他的眼睛，夏明朗抬起手，手指卻懸空從陸臻臉頰上滑過，壓到他的肩頭。

夏明朗笑道：「好啊！」

陸臻有些失望，因為他剛剛看到的似乎並不僅僅是這樣玩笑似的兩個字，然而他不知道的是，在那個瞬間夏明朗其實想問：還會有下次嗎？下次，將來，以後，你還會繼續對我做這些事嗎？假如我們不再是戰友，不再是隊友。

然而所有湧到嘴邊的話都讓他攔了回去。這是一個決定，有關陸臻人生的決定，於是，也只有陸臻自己能決定。他忽然覺得自己好像又回到了最初的時候，最初的那個身分，他是陸臻的教官，夏明朗！

那個在整個選訓過程中絲毫沒有任何魅力可言的人，他總是這樣不遺餘力地破壞自己的形象，為的只是盡可能地不要去影響學員的選擇。他只希望每一個選擇留下的士兵，都單純地只是因為這片土地，這種生活，而不是為了哪一個具體的人或事。因為人會走，事會變，唯有信仰永恆不滅。

假如，假如說，陸臻真的無法承受這些，那麼……他終究還是會後悔的。

夏明朗堅持了他的沉默。

感冒發燒，病毒侵染，於是肉體脆弱，夏明朗有選擇地讓醫生看了一些正常的擦傷，於是那個午夜值班哈欠連天的醫生給他開了一份很正常的藥。

病房裏空蕩蕩的沒有人，夏明朗坐在躺椅裏輸液，陸臻猶豫了一會兒，覆住了夏明朗輸液的那隻手，溫熱的掌心貼著冰冷的針，恰到好處的溫柔，乾乾淨淨的，清清爽爽，彼此相視一眼，淡到旁人誰都看不穿的濃情。夏明朗的高燒已經退下去了，臉色變得蒼白，陸臻看著他閉目昏睡，有種奇異的脆弱感，好像光輝閃耀的神祇忽然斂盡了他的芒刺，退到最初的位置，脆弱的人，血與骨糅成的人體，輕輕一刀揮下去，便會煙消雲散。

陸臻握著他的手背，感覺到一些東西在心頭湧動，說不清道不明地，暗暗生長。

當輸液管裏滴下最後一滴藥液，天色已經微亮，陸臻拎了藥隨著夏明朗一起走在大路上，眼前是玫瑰色的朝霞。

他忽然想到曾經的某一個下午，他們也這樣肩並著肩走在一起，那個時候，他剛剛痛哭過一場，為了他求而不得的愛情，他的失落與心傷。夏明朗安靜地陪在他身邊，陪著他。

而現在，他正在經歷著人生更為重大的轉折。他的天真，他的執著，他的純淨的渴望，在一夕之間碎去。他憤怒，他撕咬，他其實是在發洩，可夏明朗還是這樣安靜地陪在他身邊，陪著他。

一路同行的人，如果說生命是一個旅程，我只想為自己找一個伴。

陸臻抬頭看到朝陽如火。

「早晨六點鐘的時候，會覺得一切剛剛開始，自己無所不能。」

陸臻把夏明朗送到寢室門口，出早操的哨音已經在樓下迴響，陸臻迅速地整理了一下衣帽，想要往樓下衝，夏明朗忽然拉住他。

「那個，是這樣，如果有了決定，隨時都可以告訴我。」夏明朗看著他，眼神有點尷尬，馬上又鬆開了手。

陸臻用力地點頭：「我會的。」

閉上眼，看到眉心的血。

堵上耳朵，聽到槍響。

捂住鼻子，血腥味四下蔓延。

封住心靈，他看到白玉的鐲子束在女人嬌柔的手腕上，輕輕推門的時候敲出叮的一聲脆響，少年在床上跳起來，神色驚慌而懊惱：「媽？！」

「怎麼又不睡覺？偷偷摸摸的在幹什麼呢？」女人嗔怪道。

那聲音是軟糯的，帶著長江盡頭吳儂軟語的底調，陸臻於是驚訝地睜開眼，女人模糊的面目漸漸變清晰，如此熟悉，與他時時想念的母親是同一張臉。

陸臻用力咬緊了脣。

如果他們是無辜的，當然那僅僅是如果。

如果他殺了無辜的人，與他一樣的兒子，一樣的母親……

如果，真的有這種如果的事……

方進遲鈍地發現陸臻最近很沉鬱，心事重重的樣子，雖然最近因為訓練的事他已經很有心事，可是現在已經不僅僅是心事的問題，他簡直是……方進找不到詞，於是偷偷摸摸地去問夏明朗。

夏明朗顧左右而言他了一番後忽然問道：「你有沒有想過，要是我們前幾天清除的目標是無辜的，那怎麼辦？」

「啊，上次那個任務出問題了？」方進大驚失色。

「沒，沒問題。」夏明朗馬上道。

「那不就結了？任務沒問題，那人怎麼可能是無辜的。」方進莫名其妙：「隊長，我覺得自從你跟了小臻子那知識分子，自己也變得有點娘娘腔的了。」

夏明朗磨了磨牙，嘴角一挑，露出淡淡的一抹笑。

方進退開兩步，望了望天，忽然道：「啊呀，我剛剛答應了小臻兒去照看他的那些花兒。」他的那些花兒。

夏明朗忍不住有點想笑。

嘿，小傢伙，你說過你是我的樹，我們不會被風吹走散落在天涯。

3.

黃昏時分，當夕陽融化了所有的色彩，整個基地都安靜了下來，遠處的人們都列著隊往餐廳去，操場邊的主席臺上有兩個人。

剛才收隊的時候，陸臻拉了他一下：「我有話對你說。」

那聲音很平和，可是夏明朗猝然心驚。

陸臻退了幾步坐在主席臺的邊沿，夏明朗站在一旁抽菸，等著他開口，過了一會兒，陸臻忽然揚起臉來笑道：「有菸嗎？」

夏明朗一愣，上下摸著口袋，意外地發現菸盒裏已經空了，他愣了愣，把自己指間剩下的半支菸遞了過去，陸臻也不介意，接過來抽了一口。

「看來我把你給帶壞了。」夏明朗訕訕道。

「我難得想事才抽一支，跟你性質不同。」陸臻咬著下唇，低聲問道：「如果，我是說如果，如果我決定要走，你，你還會繼續愛我嗎？」

陸臻沒有抬頭，視線落在地面上，看著夏明朗的靴尖。

「會啊。」夏明朗毫無停頓地回答了他。

陸臻猛地抬起頭。

夏明朗微笑著：「我們可以打電話，可以寫信，每年還有假期，如果你還在本軍區，我就有更多機會去看你，當然，你還可以去資訊那邊，反正他們王隊很喜歡你，那我們其實跟現在也沒什麼分別，可是……」

夏明朗頓了一下，陸臻專注地看著他，等待著那個但是。

「可是，如果你沒有辦法接受自己繼續這樣的生活，那麼，你還會不會能接受這樣的我呢？」

陸臻愣住，慢慢反應過來笑道：「是啊！」

「所以，你可以再考慮一下。」

夏明朗翻著口袋拿出菸盒，打開看了一下，苦笑著捏成了一團。

「一般人是不是沒我這問題？」陸臻問道。

「知道暗殺任務的三項原則吧？」夏明朗提醒他，刻意控制過的聲音是平靜的，與他的眼神一樣的平和，靜水流深。

「知道，三組以上的調查人員，三年以上的觀察週期，三人以上的將軍或者部長級簽名。」

「你連這都不相信。」

陸臻沉默了很久，有些悲涼的說道：「是的，我剛剛發現，我連這個都不相信。」

「那你相信什麼？」夏明朗溫和的看著他。

「正義、公平、民主、慈善……」陸臻說到最後自己笑了起來：「我相信一些不會絕對存在的東西。」

「那你不應該留在這裏。」

陸臻執拗的看著夏明朗，淚水在眼眶中凝聚，像水晶一樣剔透分明，映出晚霞的餘暉。

夏明朗終於心痛得再也受不了，轉過身去看向天邊的落日。

「你愛國嗎？」陸臻問。

「當然。」夏明朗笑了：「說句不好聽的，在這兒待著的，都他媽是一群狂熱的愛國主義衛士。你說得對，一般人沒你這問題。我們想不到你的那些問題，不去想，那樣的對錯與我們無關。至少現在無關。我們這些人在幹嘛？我們這麼拼命為了啥？為國盡忠死而後已！所以但凡有那麼一點兒疑慮的，他就沒法撐下來。」

「我一直以為自己是個愛國者……」

「你當然是！」夏明朗打斷他。

「但我還是跟你們不一樣。在你們看來國家是母親，無論對錯，你都要誓死與她共存亡；可是在我看來國家就像一個房子……」

「真的嗎？」夏明朗忽然轉身盯住他：「那給你換個好房子你會不會搬走？」

「不會！我生在這裏，長在這裏，我愛上了這房子裏的人和家具。」

「那你跟我有什麼分別？」

陸臻愣了好一會兒，終於笑了：「你把我搞亂了，其實這兩天我想了很多事，我有很多話想對你說，所以請不要打斷我。」

「好的。」夏明朗按住他的肩膀，很輕微的一點力量，只是在證明一種存在。

「嗯，那我開始了，最初的時候，我從概率的角度來思考這個問題。我在想，我們接到的命令一定絕大部分是正確的，那麼，我是不是就正義了呢？可是後來我發現我不能，因為生命是沒有概率的，生命是一個全或無的狀態，要嘛活著要嘛死去。於是，當我殺掉100個壞人之後，我是否就有資格去殺一個好人了呢？」

陸臻嘴角浮起一絲笑，幾乎是有點頑皮的，他搖了搖頭：「很顯然，沒這回事。所以這個邏輯不通，我還需要繼續。然後，你的說法啟發了我，你說我們是槍，是武器，是行刑者。於是我開始設想自己是一個法警，我的任務是擊斃那些被判了死刑的人，我忽然發現這樣子，我就可以接受了。」

「因為你覺得判過刑的人都是有罪的。」夏明朗說道：「他們應該死，他們不無辜。」

「是啊，」陸臻道：「可法院也是會有誤判的，說不定概率還更大，可為什麼我卻不能接受我們的任務裏存在一些隱患呢？於是，我發現這就是問題的關鍵。我信賴法律，當那個人站在刑場上，我就相信他應該死。

即使後來發現證據鏈上出了問題，當值的法官以權謀私，那個人其實是無辜的，我雖然會覺得遺憾但並不內疚，因為法律本身是正義的，審判的過程是公開的。可當任務到來時一切都是無知，我沒有依據也沒有判斷，所以我不安。回到這一點上，我終於發現我不信任的，其實是政府，這個政權的某些無法公開的操作規則。」

陸臻低下頭：「這才是我會不安的根源，只有程序正義才能得到最終正義。」

夏明朗覺得有點胸悶，他不得不承認陸臻那AMD大腦果然能想，如此曲折的邏輯推理簡直讓人瞠目結舌，而他現在都不知道要怎麼回他才好，於是，他只能短促地問道：「然後？」

「然後，我開始思考我應該怎麼辦，假如我質疑的是政權本身，那離開麒麟顯然是不夠的，我甚至應該出國。可是，乾淨的政權這本身就是一個笑話，我想我大概得在加勒比海找個不到一百個人的小國家待著。」

陸臻自嘲地一笑：「當然，我也可以選擇眼不見心不煩，看不到就當它不存在，或者說，非暴力不合作的方式。我覺得這個程式不正義，那麼我不參與它，以表明我的立場，我的觀點。然後我想到了一句老話，君子不立危牆之下，然後我想到了你，你是那麼強硬地站在危牆下面，於是跟你比起來，我這個君子看起來是多麼的偽善。有些事必須要有人幹，如果那是必要的，在整體看來是值得的，這個政權在整體上看來是值得信賴的，那麼，我想應該要接受這樣的殘缺。」

即使我怎樣努力都終不能永遠正確，即使我竭力避免手裏總要沾上無辜者的血，即使我奮鬥終生最後只得八十分的正義，即使我的靈魂會被抽打，死去時仍會心懷愧疚。

所以從現在開始放棄那些不切合實際的想法，忘記對與錯的執念，別再幻想自己像個正義的審判者，為替天行道這樣的字眼而沾沾自喜。從現在開始對所有的生命都抱有敬畏，有一點光都要抓住，用最少的血，自己的敵人的、好人的壞人的，換更長久的安寧。

於是，當我開始學會如何忍受殘缺的命運，我將會繼續學習接受殘缺的信仰。

陸臻從主席臺上跳下來，站到夏明朗面前，夏明朗還在回味他剛剛說出的那一大段話，心懷忐忑，不敢做出任何結論。

「我決定留下來，隊長！」

這世上，不知道世界黑暗就貿然前行的人，是單純的。

知道了世界黑暗而黯然止步的人，是現實的。

知道了世界黑暗卻仍然挺進的人，是勇敢的。

讓我加入你，夏明朗！

陸臻微笑著，彷彿陽光初霽，掃開一切陰霾。

「我怕你會後悔，在一些特別的時刻，絕望崩潰，你想得太多。」夏明朗道。

「隊長，我有設想過離開這裏，可是我忽然發現我對任何別的事情都失掉了興趣，離開這塊土地，離開你，離開我的戰友和戰場，我曾經經歷過那樣激情飛揚的日子，那種快樂和滿足。曾經跨越過大海的人是無法在溪流中游泳的，你帶著我經歷滄海，你讓我看到海闊天空，我於是覆水難收。」陸臻真誠地看著夏明朗的眼睛：「對不起，隊長，我讓你費心了。」

「每個人怕的東西都不一樣，別人難過的坎兒你一下就跳過去了，老天爺是公平的，不過，怎麼說呢……」夏明朗終於放鬆下來，抬手揉亂了陸臻的頭髮：「打算怎麼報答我。」

「我已經以身相許了，你還要我怎麼樣呢？」陸臻彎起嘴角。

夏明朗愣了一下，猛地把他揉進懷裏，差點把陸臻勒斷了氣。

最根本的矛盾解除了，緊繃的弦一下子斷開，夏明朗一瞬間覺得失重，簡直有飄忽的錯覺。

陸臻雙手插在褲袋裏陪著他漫步在整個基地裏，操場，障礙場，靶場，城市巷戰區……等等等等，那是一早就看熟了的東西，可是此刻卻又有了一種別樣的新生的味道。

陸臻看著天上的繁星無盡，慢慢問道：「我本來以為你會勸我留下來。」

「我一直在勸你留下來！」夏明朗驚訝。

「我是指，想點辦法，逼得更緊一點，」陸臻看著夏明朗眼底的星輝：「其實，你對我有很大的影響力，你知道的。」

「你希望這樣？」

「對，我期待過，」陸臻笑起來，有些不好意思地舔著牙尖：「其實，我失望過，但是後來我發現這是你對我最好的地方，你陪著我，卻不逼我。你教會我很多事，讓我學到很多，你從來只是指給我看方向，卻讓我自由的選擇。」

「那是因為，逼你是沒用的。」夏明朗抓抓頭髮：「如果把你綁上，你就能心甘情願地跟著我走，你當我樂意這麼折騰，你小子抽起風來有誰拉得住你？」

「我脾氣不太好。」陸臻誠懇地說道。

「得了吧，你脾氣不太好，我脾氣好……」夏明朗笑得眼睛都彎了：「這話說出去，也得有人信哪。」

「我當時就抽風了吧！？」再一次回憶那個黑色的任務，陸臻驚訝地發現，他已經不像當時那麼迷惘心痛。

「還好，我已經做好準備把你敲暈帶走了。」

「可是，你怎麼知道門後有炸彈呢？」

夏明朗大笑：「你當我神仙？我要知道會爆炸還會讓小肖去碰它？我不讓你去，是因為你那時候人已經傻了，不能讓你再殺人了，我怕你崩潰。」

「絕望的感覺，你說過的滋味，我終於嚐到了。」

什麼是絕望、崩潰的滋味，這些問題的答案不僅夏明朗想知道，陸臻自己也在不斷地尋找。

生死一線，孤立無援，甚至任務失敗都不能讓陸臻絕望，他總是有種超脫者的姿態，那種彷彿與生俱來的瀟灑。其實，一切曾經設想並研究過對策的壞境況都不能讓陸臻絕望，真正的絕望是來自內部的，一個意外，似乎只是很小的一個點，輕輕一擊，打在最脆弱的地方，於是廣廈將傾。

好像是忽然間，那強悍的、堅不可摧的信仰體系出現了一道裂縫，他所有的自信，一切力量的根源開始動搖。

相信自己，永遠地相信自己，可是當某一個瞬間，忽然發現原來自己也並不是那麼乾淨，那麼正確，於是……何去何從？

當你忽然發現，原來我們一直信任的東西，其實並不是那麼純白無瑕，它是灰的，深深淺淺的灰，而你的使命並不是那麼的崇高，卻又不得不為。

那麼，應該要如何？

沉默了半晌，陸臻說道：「應該要恭喜你，你終於成功地打破了我，我的天真在那一槍之後變得粉碎，所以我當時特別恨你。就算我知道這一關不得不過，我還是生氣，我寧願換一個人來指給我看這一切，而不是由你握我的手來開這一槍。」

「可是除了我，還有誰敢讓你開這槍？」夏明朗道。

「對，所以我現在覺得，幸好是你。」陸臻的耳尖上發紅，眼神飄忽閃爍：「那一槍打碎了我很多東西，我曾經的信仰現在要重新建立，所以我很高興是你握著我的手開了那一槍。雖然很痛，但是，幸好是你。雖然特荒唐，沒什麼可比性，可我還是忍不住會想到一個別的詞。」

「什麼啊？」夏明朗莫名其妙。

陸臻的臉上紅透，眼睛眨巴了半天，終於還是洩氣：「算了，我說不出口。」

「什麼東西？」夏明朗懷疑地瞇起眼睛。

「總之對你來說不是什麼壞事，我決定保守這個秘密直到老死……」陸臻敏銳地發現夏明朗舒展手指彷彿有所行動，馬上提了一個調說道：「那個，什麼，等你七十歲生日的時候我就告訴你。」

「七十？」夏明朗哭笑不得。

陸臻鄭重點頭：「你不會覺得自己活不到七十吧？」

夏明朗忽然把陸臻的腦袋抓過來狠狠地順了一下毛，陸臻掙扎著亂叫，從夏明朗手裏彈出來迅速地轉換話題，大叫著問道：「那個，那個什麼，你當年是怎麼過這關的？」

夏明朗一愣。

「你是不是一下就順過去了？」陸臻頓時沮喪。

「也沒有，卡是卡了一下的，當然沒你這麼嚴重。當時嚴隊跟我說：『你就把自己當武器。就這樣，我們只是武器，國之利刃，別的什麼都不用想。』」

「你是不是特瞧不起我？居然拐著彎想了那麼多，跟你講，這已經是我這兩天裏想到最優化的一條通路，前面走死的胡同無數，乒乒乓乓盡往南牆上撞，我那AMD大腦啊，這回徹底發熱過量了。」陸臻感慨萬千地說。

「能想通就好，就怕你死在南牆上。」夏明朗微笑。

「不過，你剛剛有句話給了我靈感，讓我發現那一大堆的理論真他媽囉嗦，其實還有一個最短的通路。」陸臻看著夏明朗的眼睛，微笑著，真切誠懇：「有一個事實連我自己都沒發現，我難過我糾結，但其實我從來沒有想過要離開你。你開槍我覺得那樣的你真可怕，可是更多的感覺是可憐，我同情你，因為我知道你一定不喜歡這樣，你只是不得不為。於是，想想看，如果我現在就這麼走了，我就成什麼人了？聽說過印度賤民嗎？」

夏明朗十分接不上地點了點頭，不明白兩者到底有哪怕一分錢的關係。

「在印度的四大種姓之下，還有一群人叫賤民，不潔的人，因為他們的工作與污物相接觸。這樣的制度在戰國時期的日本也有過，我當時看書的時候就覺得，這TM真是天大的偽高貴，那些所謂高貴的人，享受了賤民的服務，然後為了表明自己是多麼的乾淨，於是把幫他們清理垃圾的人當成是下賤的，隔離開。所以，如果我就這麼走了，我把這裏當成是不潔的，可是又繼續生活在這個國度裏，享受你們的保護，然後還要離開以表明自己多純潔，我怎麼能幹這麼噁心的事？」

雖然夏明朗仍舊聽得暈乎乎沒覺得這比剛才簡潔了多少，但是他強忍著把陸臻那AMD大腦拆出來看看CPU頻號的衝動，馬上誠懇地點頭贊同道：「對，太他媽有理了。」

「所以，說到底，我還是對自己沒自信，我怕犯錯，我想做完人，但其實，那根本不可能。到有危險就避開走，孔老夫子就是這麼教的，可是君子不立危牆之下，誰立之？」陸臻超頻超上了癮，越說越玄。

夏明朗汗了一頭：「我立，我不是君子。」

陸臻目光一錯，粘在夏明朗臉上，眸光顫動，濃烈的情感不可言傳。

「不，你是！」他說，睫毛垂下去，掩去眼底心中澎湃的激情。

夏明朗錯愕，氣氛忽然間，變得尷尬起來。

陸臻尷尬地用熱血給自己煮著耳朵，夏明朗瞧著那小圓耳朵越燒越是通紅透明，異常困惑於剛剛出了什麼事。

子啊，你今天晚上實在出現了太多次了，所以做為一個文盲，請把我帶走吧！夏明朗發出了一個文盲的悲嘆。

「嗯，不早了，回去嗎？」夏明朗等了半天等不到陸臻開口，只能自己動手打破僵局。

「嗯。」陸臻垂著頭，兜著轉往回走。

夏明朗覺得挺好玩，伸手揉揉那隻通紅的小耳朵。

「嗯，別碰我。」陸臻馬上偏過頭，壓低了聲音惡狠狠地威脅道：「當心我再一次獸性大發。」

「來啊！」夏明朗神氣活現的：「小子，長本事了啊，給你三分顏色，染坊就開起來了嘛，怎麼，這是要爬到我頭頂上去啊。」

「我不敢。」陸臻馬上退縮。

「還有你不敢的事？」夏明朗挑眉毛。

「當然有，我又不是你，什麼都不怕。」

夏明朗聽得一愣，忽然道：「我，當然會有我也害怕的事。」

「什麼？」陸臻好奇。

「我跟你說過的，一開始你就問過我，我怕什麼。」

陸臻恍然大悟：「你說你害怕辜負隊友。」

「對，所以……」夏明朗眼中閃過一絲傷痛。

「看來，已經發生過了。」

「是啊！」夏明朗盤腿坐到路邊的草叢裏：「當年一個室友。」

陸臻看著巡邏兵遠遠地走過來，跑過去出示了證件，並再三保證會在熄燈前回到宿舍裏去，回去的時候看到夏明朗仰面躺著，眼睛睜得很大，殘月在他瞳孔裏留下一線光斑。

「說說吧，怎麼回事，如果你願意的話。」陸臻在夏明朗旁邊坐下。

「其實，很簡單的一個事，我跟他是一期進隊的，一個屋，關係當然好。一開始我的事比較多，折騰個不停，最後才安定下來，可是沒多久他就出了事故，演習的時候把頸椎給傷了，醫生建議他轉調。那時候我特別不想他走，四年同寢，我有兩年多一直在外面受訓，剛回來，就像他說的，咱倆還沒好好在一起打過仗呢！他自己其實也不想走，27歲正值當打啊！練得最熟的時候誰捨得走。他問我拿主意，我說留下！怕什麼啊！反正將來出去咱們兩個一組，就算有什麼萬一，但凡有口氣我也能把他背回來。我那時候剛從國外受訓回來，整個體能和意識都在巔峰，特別厲害，誰都不是我的對手。」

「我覺得你現在更厲害。」陸臻忍不住插嘴。

「那要看怎麼比了，比當隊長，那是現在厲害，可是比單兵，已經不如當年了。可，就算是那樣也沒有用，陸臻，你要永遠記住，在戰場沒有萬無一失。」

「不，不在了？」陸臻遲疑問道。

「死了。」夏明朗的言詞間有一種自虐式的豪邁：「他當時舊傷復發不能轉頭，視野被限制，我保護不了他，他就倒在我面前。他說他不想死，可我救不了他。在戰場上我們不能期待著自己去保護任何人，知道什麼叫萬一嗎？一萬次生，一次死，那就是結局，死了就沒了，什麼都沒了。」

「所以你要求每一個跟著你上戰場的人，都能保護自己。」

「我不能讓這種事再來一次，我受不了，明知道有隱患而不去清除。如果三天前不是這麼低烈度的任務，你當時那種狀態，能自保嗎？你死了讓我怎麼辦？我的失誤，又一次。」

陸臻低頭看著他：「那不是你的錯，是我太矯情，自作聰明，繞過了你的說明。」

「陸臻，」夏明朗悄悄握住陸臻的手指蹭在臉側，「我不是你，明白嗎？我不會因為自己沒錯就好過一點。死了，就沒了，你不會再笑，對著我說話……而你本來可以不用死，是我把不合格的人，帶進死地，我一輩子都不會原諒這種事。」

「我會努力的。」陸臻輕聲道：「努力地活著。」

努力地變強，不讓你擔心，努力地更強，我要保護你，至少，保你一萬次生。

夏明朗微笑，輪廓分明的唇線在星光下揚起一個角度，眼睛很亮，映著天上的每一顆星。

或者對於戰士來說，最大的深情就是活下去，活著，才會有未來，才能有歡笑。

4.

這一期選訓的學員剩下的已經不多了，看來看去不過那幾份資料，背都能背出來。之前每一個離開的學員，陸臻都會親自去送，連夜列印成冊的訓練成績和教官點評捧上去，總是能毫無意外地看到那些鐵打的漢子在一瞬間淚流滿面。

很少有人會求他說：再給我一個機會。

但幾乎所有人都在發誓：下一次，我會再來。

軍人的血性與豪情！

可是，陸臻把最後剩下的四個人一字排開，生死之地，你們是否真的準備好了呢？

我，又是否準備好了呢？

幾天之後，陸臻寫出了一份秘密計畫交給夏明朗，夏明朗看完之後神色極為複雜，定眉定眼地盯著陸臻的臉瞧了半天，感慨：「你小子也忒狠了點。」

陸臻聽得一愣：「這個……不合適？」

「合適，太合適了。」夏明朗感慨萬端：「我這兩天一直在想，最後一關讓他們怎麼過，我還以為做人到我這份上已經算可以了。沒想到啊！陸少校果然是讀書人，腦子裏裝著上下五千年，二十四史的謀略，想出來的招就是比咱們這種粗人精妙。」

「你要是想埋汰我呢，就直說。」陸臻無奈。

「我哪敢埋汰你呢？從現在起怎麼都不敢了，」夏明朗的食指貼著陸臻的臉側劃下去，停到下顎處輕輕挑起來：「你說你怎麼能學這麼快呢？」

陸臻笑了：「那也是你教得好。」

「你小子心夠狠的。」夏明朗神色微沉，有些凝重的樣子。

「我……」陸臻一時之間倒猶豫了：「我認為這是應該做的。」

「我知道，只要是你覺得應該的事，你都狠得嚇人。」

陸臻咬了咬嘴脣：「不好嗎？」

夏明朗沉默了一會兒，笑道：「很好，我喜歡。」夏明朗收了手倒回他的圈椅裏，揮手：「去吧，就照你的意思辦！」

陸臻站起來立正，把東西收好開門走了出去。

夏明朗轉頭看那道背影，依舊清瘦而修長，乾淨如竹，可是有些東西變化了，某些內部的東西。是他用一些強力的方式侵染了他。這樣的變化是好還是壞，他已經無從分辨，或者唯一確定的僅僅是，不得不為。

在這個世界上，有些事可能並不美好並不動人，只是不得不為。就像陸臻所說的賤民，那些工作骯髒而污穢，卻總是要有人做，所以賤民根本一點都不賤。

如果可能……夏明朗蒙住自己的眼睛，如果可能，他也希望這個世界上沒有軍人，戰場飛著和平鴿，所有的槍口都插滿了花，像陸臻那樣乾淨而高傲的孩子，一輩子都看不到醜惡與鮮血。

然而，那終究是不可能的。

他沒辦法讓這個世界永遠和平，正如他無法永遠保護陸臻的天真一樣。那是陸臻自己選的路，是他不得不面對的磨難，而對於夏明朗來說，他唯一能做的，不過是陪著他闖過去。

讓白璧染血，染得好，叫沁，染得不好，叫瑕。

好在那個孩子有足夠的堅強，即使白璧微瑕，仍然不改玉質，何止……他甚至走得比他想像的更快更堅定。

夏明朗有點感傷，心酸的味道，終於，他們有了共同的不可告人的秘密。或者唯一的幸運在於他們還有彼此，還能相互理解，彼此體諒。這讓他想到了他曾經的遺憾，至少此刻，他這一生最驕傲的成就，最為難的痛苦，他的愛人，是會懂得的。

這也是一種幸福吧！

陸臻的後花園開園的時候一共來了三十幾朵花，經過現實這雙摧花辣手一路荼毒，目前只剩下寥寥四朵。

馮啟泰，來自麒麟基地的資訊支隊，中尉，單純執著，體能過人，而且是天生駭客，他與01機械語言有種精神上的互通，以致於他跟人交流的時候常常會少根筋。

曹亮，18軍直屬電子偵察營，上尉排長，技術全面，實踐經驗豐富。

宋立亞，師偵察營電子偵察連副連長，上尉，具有豐富的野戰部隊戰鬥經驗。

劉雲飛，後勤出身，通信工程的碩士，偏硬體，機械之王。

每一朵都是好花兒，讓陸臻激動心動、甚至於自嘆弗如的驚豔之作，要是換了早幾天讓他選，他會恨不得把所有人都留下來，可是現在不一樣了，如果沒有合適的，他會寧願一個都別留下。他不是夏明朗，說真的，他甚至沒有讓那些人在真實的戰鬥中崩潰一次並安全返回的能力。

第一次，他在一個全新的高度，站到了與夏明朗相同的地方，看到了太多之前沒有看到過的陰影，而這些，讓他變得清醒而謹慎。

經過了入隊儀式之後，陸臻的資訊組裏正式變得熱鬧了起來，與往常新兵入營時不同，因為官方引導得好，新老之間的氣氛融洽得特別快，讓大家都恍然有點忘記了一中隊的傳統，那多年的媳婦熬成婆的最後一關。

於是當夏明朗把陸臻修正好的演習方案拿給方進他們看的時候，小侯爺憋紅了一張臉急切地瞧著夏明朗，夏明朗隊長平靜地回望：「我知道你想說什麼，所以，還是別說了。」

方進用力點頭。

過了一會兒，陸臻走過來親熱地攬著方進的脖子笑瞇瞇地問道：「侯爺，你剛剛想說什麼呢？」

方進被那明亮的笑容所迷惑，一時脫口而出：「我想說最毒婦人心。」

陸臻哦了一聲，嘴巴張成一個O。

方進額頭開始冒汗。

「嗯，是這樣的，」陸臻鎮定了一下神情，壓低了嗓子，「侯爺我知道你對我們倆這種關係有點誤解，其實吧……」陸臻故意用一種放肆的目光盯了夏明朗一眼，萬分輕佻地說道：「隊長那人，還是很適合拿來寵愛的。」

方進嘴巴大張，下巴直接掉了下來。

陸臻同情地幫他把下巴托上去，一本正經地：「這種事不是看你想怎麼樣就是怎麼樣的。」

方小爺眨巴著眼睛，神色複雜難言，陳默瞇了瞇眼安靜地看著那三人你來我往。

陸臻嘿嘿一笑，飄然而去。

至此，連續三天，夏明朗都覺得方進看他那眼神有點瘆得慌，至於第四天？沒有第四天了，方進被陸臻誠邀，陪著他的四朵金花搞野外生存訓練去了。

小陸少校的陰謀畫卷，就此緩緩展開。

這是一個小規模的山地野外生存，四天300多公里，雖然距離不短，但是平原丘陵地帶的路況要比雨林好得太多，所以四個學員都在規定時間到達了目的地。

陸臻和方進商量過，決定原地休息一個晚上，第二天再叫直升機來帶他們回基地，於是飢腸轆轆的學員們開始變著法給自己弄吃的，兔子倒是烤了兩隻，可惜手藝比起夏明朗來，那叫一個天上地下。陸臻神采飛揚地炫耀著夏隊長的成名絕技，一干小花們因為剛剛才在夏惡人手裏吃盡了苦頭，只是敷衍地陪了點笑臉。

畢竟是體力消耗過大，吃過了東西，幾個學員各自找了個草窩子窩下去，一個個睡得不醒人事。

方進這幾天過得太無聊，長夜漫漫無心睡眠，偷偷拉著陸臻說小話，說著說著又說到了演習上，不由得感慨了一聲：「你說說啊，你那屆是打毒販，我那屆也是，現在他們還是，從頭到尾，咱都打了五、六年的毒販子了。」

陸臻聽得一囧，笑道：「誰讓咱們嚴頭只有何老大一個過命的兄弟呢？他要是還認識什麼特警大隊大隊長什麼的，咱們也能撈點城市反恐的任務哄哄人。」

「可不咋的！你看咱大隊長啊，現在都能這麼……啊，那拉風的，當年當兵的時候應該也老風騷了，怎麼就沒多給咱們基地勾搭幾個兄弟單位呢？」方進一本正經地支愣著下巴。

陸臻臉都快抽了，拍著方進的腦袋笑道：「侯爺啊，我算是知道為什麼嚴頭沒事老整你了……」

方進一愣，後知後覺後怕地把腦袋埋到爪子下面睡覺去了。

夜闌人靜，陸臻藉著微茫的月光看著那些年輕而富於朝氣的臉，心裏忽然有點捨不得，他本來就是極易和別人結下情分的人，而現在這四個人，於他而言，意義則更加不同。

陸臻看著天上的繁星重重地閉上了眼睛。

天亮的時候夏明朗用衛星電話通知他一切順利，陸臻把四個學員叫醒，一本正經地告訴他們有個臨時的實戰任務，夏隊長決定帶大家過去開開眼界，聽他這麼一說，眾人臉上的睡意瞬間煙消雲散，一個個嚴肅了起來。

陸臻呵呵笑著讓大家放鬆，解釋道：他們不過是做為預備軍去見見世面，到時候還不一定逮得著機會開槍呢！

馮啟泰頓時鬆了口氣，劉雲飛年紀輕有點不服氣，嘀咕了一句，陸臻按住他肩膀，笑道：「慢慢來，一口吃不成個胖子。」

而另外兩位畢竟資歷深，神色間只有嚴肅，並沒有什麼多餘的變化。

這邊六個人坐著直升機趕到，大部隊已經隨著夏明朗上邊界堵人去了，留下接待他們的只有黑子。他把地圖指給陸臻看，原來陸臻這支小分隊的任務主要是監控一個小村莊，據說與邊境上交易的毒販子有點牽連，學員們大都露出躍躍欲試的緊張神色，陸臻趁熱打鐵把人員分配了出去，五個人佔了四角方位，還有一個可以做機動。

頻道裏一時安安靜靜，只有細微的電流的沙沙聲。

潛伏了一個小時之後馮啟泰終於忍不住問道：「組長，咱們今天能看到敵人嗎？」

「不一定，1%的可能，100%的準備。」陸臻道。

馮啟泰嗯了一聲，鼻音有點重，帶著孩子氣，陸臻於是笑道：「怕了？」

「誰，誰怕了？」馮啟泰著急。

「組長我敢保證阿泰就是怵了，剛剛看著都快飛淚了。」因為是公共頻道大家都聽得到，劉雲飛忍不住插嘴。

另外兩個人隨之附和了兩句，可憐的阿泰終於哽咽了。

「你這毛病……」陸臻感慨：「得改。」

「我知道。」馮啟泰有點氣聲：「我真的不怕的……」

陸臻忽地聲音一沉：「有情況，保持頻道清潔。」

五個人，十隻眼睛，十隻耳，齊齊靜了下來，張開天羅地網。

陸臻和曹亮在同一個方向，只有他們兩個看到了來人，遠處的山梁上急匆匆地繞出來一大隊人，看那聲勢足足有十幾匹馬，曹亮壓住聲音裏的焦慮情緒：「怎麼樣？打嗎？」

「我們兩個頂不住的。」陸臻道：「把另外三個算上也不行，那些都是境外的雇傭軍，馬上有重武器，幾個毒販子還不值得我們拼命。看樣子，隊長他們沒截到人。」

「他帶那麼多人過去，還截不住一幫毒販子？」劉雲飛忍不住插嘴。

「碰到了當然能截住，可能是消息走漏了，這麼長的國境線，販毒的都是本地人，比咱們知道從哪裏能過境。」陸臻沉吟了一下：「不能放他們進村，萬一他們狗急跳牆綁架人質就慘了，你們先頂著，我到村子裏面看看，找個打伏擊的地方。」

陸臻是組長，他說得滴水不漏，沒有人有異議。

陸臻潛進村裏，幾分鐘後另外四人聽到耳機裏呀的一聲，劉雲飛著急追問，對面安靜無聲，頓時大家就有些慌了。

靜默了幾秒，宋立亞忽然說道：「衛星電話在誰那裏？我們應該先通知夏隊長。」

馮啟泰驚聲：「被組長帶進去了。」

怎麼會這樣？

宋立亞嘀咕了一句，說道：「雲飛，不如你進去看看，不管遇上什麼事，即時通知大家。」

劉雲飛收了槍悄然潛入，幾分鐘後，耳機裏沙沙地一響，陸臻的聲音又一次響起，帶著急促的氣聲：「我在村子裏發現了毒品，找到接應的人了，剛剛跟他幹了一架，大家都進來，西南邊第三家，門口有很大一叢竹子。」

「組長，我們應該先通知夏隊長。」宋立亞急道。

「已經通知過了。」陸臻乾脆地回答。

他說得斬釘截鐵，於是自然沒人再會有懷疑，十幾分鐘後，當學員們一個個莫名其妙地被人放冷擒倒，被押進那個小院時，看著被晃悠悠吊在架子上的陸臻一個個露出了難以置信的表情。

怎麼會這樣？

馮啟泰的眼淚一下子就滾了下來：「組長？？！！」

陸臻有些無奈地笑了一下：「我剛剛讓他們給扣了，我不想死，只能搭你們進來。」

陸臻說這句話的時候強迫自己睜大了眼睛，平靜得幾乎有些陰冷的目光掠過一張張震驚到漠然的臉，陸臻不自覺咬住自己的下唇，心很痛，是那種沉重的痛，好像有氣錘砸在胸口，又悶又堵。

夏明朗，我終於體會到和你一樣的感覺了，那是不是代表著我與你又近了一步？

陸臻有些釋然地想著。

「現在人齊了，能把我放了吧？」陸臻慢悠悠地說道。

旁邊一個穿著大花襯衫的年輕人惡狠狠地踢了他一腳，罵道：「憑什麼？」

「放我走，我有能力把緝毒警騙開。」那些目光太過刺眼，陸臻終於忍不住閉上了眼睛。

「我憑什麼相信你？」

「就憑他們現在人在你手上。」陸臻忽然惱怒，他有一肚子火，正愁找不到發洩，他偏過頭，視線冷冰冰居高臨下地罩過去，鋒利的目光簡直能戳死人：「我現在跟你們一條船，不放你們走，我自己也不安生，還需要我再解釋一下嗎！」

身後一個中年人用當地土語吆喝了一聲，花襯衫拿匕首挑斷了繩索，看著他的眼神極為鄙視，陸臻心中剛剛騰起一陣疑惑，眼前已是白光閃過，花襯衫橫握著匕首切了過來。陸臻直覺往後閃，刀鋒擦過胸口一點點，入肉一兩分，滲出一線血痕。

「你幹嘛？」陸臻怒喝，把那柄刀從他手上奪過。

「老子瞧不上你這種人！」花襯衫唾了一口，身後的中年人著急地走過來把他拉了回去。

陸臻頓時有些了然，夏明朗一向有急才，可能他臨時又改了劇本，讓一切看來更真實，這樣也好，陸臻譏諷地笑一下，冷冷的：「那又怎麼樣？」

他把身上的灰撲了一下，轉身就走。

作惡，會給人一種奇妙的快感，而同時更有一種如墜無底深淵的恐懼感，此時此刻，這兩種激烈的刺激在陸臻的心底拉鋸，像是一場不動聲色的折磨。經過劉雲飛身邊的時候，那個人忽然不要命地掙脫了出來，瘋狂揮過來的拳頭幾乎沒有章法，陸臻仰面躲過這一擊，腳下已經直覺地踢了回去。劉雲飛被踢倒，旋即又被按住，陸臻看著他的臉倔強抬起，一雙眼睛裏血線交錯，殷紅的，好像會滴下血。

他什麼話都沒有說，但陸臻卻覺得他什麼都聽到了。

在那個瞬間，他被這束目光所穿透，像一隻枯葉做的蝶，被人釘死在灰牆上。

陸臻看著他一字一字地說道：「麻煩，把這些人盡快處理掉，要不然我會很難做。」

你會絕望嗎？

陸臻用一種探究的目光與他對視，當你相信我真的已經背叛了你，你最信任的組長，最親密的戰友……

你會怎樣？

沒有回答，只有憤怒。

陸臻僵硬地轉過頭，馮啟泰已經把臉哭花，曹亮眼中茫然得好像什麼都看不清，宋立亞拒絕看他，視線始終落在地面上。

陸臻心中悄無聲息地嘆了一口氣，拿出身體裏最後一點力量走出門，當確定他的背影已經在他們的視野中消失之後，陸臻像是忽然間脫了力，跌坐到路邊的一堵矮牆下，塵煙揚起，迷花了眼睛。朦朧中看到有人走過來，像是從青天綠水間行來，因為氣息太熟，陸臻閉上了眼睛沒有動，感覺著一隻溫暖的大手按在髮間揉了揉，滑下去，把他的臉抬起來。

「哎，怎麼哭了？」夏明朗笑道。

陸臻閉著眼睛。

「方進，過來看看，這裏有個比你還沒用的了。」夏明朗的笑聲溫和平正。

陸臻終於睜開眼睛瞪著他。

「怎麼？」夏明朗笑瞇瞇地逗他。

方進抓抓頭髮走過來：「臻兒，別怕，第一次都這樣，哈哈，我當年硌得我晚上都不想睡覺，覺得自己天生就是個壞人。」

陸臻胡亂抹著臉上的水跡，一邊抬腳踹過去。

夏明朗看到他胸口的傷，指尖湊上去沾了點血：「怎麼搞的？」

「何隊手下的人嫉惡如仇。」陸臻笑道，眼神意味深長。

「以後專心點。」夏明朗顧左右而言他，招呼著陳默：「跟裏面聯繫好了嗎？」

陳默點點頭，夏明朗手臂一張，勾著陸臻的脖子大搖大擺地走進了院裏，花襯衫正爬在架子上面解繩結，冷不丁打眼看到陸臻嚇得差點從架子上掉下來。

「他、他他他……」花襯衫指著夏明朗，又指著陸臻，最後又指回到夏明朗。

夏明朗笑眯眯的：「介紹一下，奧斯卡最佳男主角。」

「啊！」花襯衫跳了起來。

陸臻撚了撚指尖上的血，苦笑：「斯坦尼斯拉夫斯基體系，看來我是體驗派的。」

「可老大和我說的不是那麼回事啊！！」花襯衫驚慌失措地看著陸臻。

「沒事沒事，演得很好，很逼真。」陸臻上前一步安慰半抓狂的小刑警。

相似的場景，四台電腦，四個畫面，刑求。

陸臻抱著肩站在夏明朗身後，胸口的一線血口已經用敷料處理好，專用的膠條很好地止住了血。

「去年你整我的時候也是這樣吧。」陸臻忽然道。

夏明朗做猥瑣奸詐狀地笑：「有沒有一種多年的媳婦熬成婆的興奮感。」

「小生人品純良，對這種為非作歹的事沒有快感。」陸臻嚴肅的說。

「你得了吧你，」夏明朗轉過臉來：「我算是看透你了，書生翻臉狠上加三分，咱以後可再也不敢得罪你了，是吧，侯爺？」

方小進用力點頭，支著下巴問：「我說臻兒，反正最後都要玩這一齣，你前面搞這麼煽情幹嘛？」

「不一樣。」陸臻道：「一個被認為是歸屬的地方，是應該給人希望的。我們可以製造10倍的磨難，但不要打壓做人的尊嚴。」

「那現在呢？還不都一樣？」方進不以為然。

「不一樣，現在讓他們失望的是我，不是麒麟。」陸臻的眼睛牢牢盯著畫面，目光灼熱。

夏明朗不動聲色地站起來按住陸臻的肩，笑道：「你有福啊，正趕上升級，看這畫面多清晰。」

「你們以前攝像頭的圖元太低了。」陸臻沉吟了一會兒終於還是開口問了：「還要多久？」

隨行的心理醫生還是唐起，聞言笑道：「是不是看別人被打比自己挨揍還難受？」

陸臻一笑：「有點兒。」

夏明朗捏在陸臻肩頭的手指緊了緊，陸臻抬手在他手背上拍一下，凝眸看著畫面：「你覺得情況怎麼樣？」

「基本上都還可以，除了一個……」夏明朗遲疑。

「曹亮。」

畫面上被定格的臉上眼神空茫。

陸臻輕道：「沒想到是他，我本來以為會是阿泰，或者劉雲飛。」

「通常單純的人，都會比較無畏。」

本來以為阿泰會第一個挨不過，可沒想到他一直哭，哭到天昏地暗時，什麼都問不出。本以為劉雲飛過剛易折，可是沒想到他就是可以硬到底，似乎折斷了也無所謂的豁出去似的豪邁。或許吧，陸臻疲憊地閉上眼睛，他覺得很累，好在，還有夏明朗，讓他可以暫時閉目。

因為單純所以能執著，不會用太多花哨的想法與理論去編織這個世界，所以才最貼近自然，所以勇敢無畏。然而，那註定是他所無法擁有的天分，可是夏明朗呢？

夏明朗極聰明，夏明朗是複雜的，然而，他也是單純的，近乎天然。自然之子的感覺。

第一階段的刑求結束之後就是逃跑，測試學員們隨時隨地尋找逃生機會的能力，阿泰又一次打碎了所有人的眼鏡，他第一個逃了出來，夏明朗站在樓下的院子裏招手，笑容很欠扁，拽得二五八萬似的不露痕跡地擋在陸臻身前。

馮啟泰連滾帶爬地衝了過來，手指著陸臻，張口結舌：「你，你你你……」

陸臻打點起精神，尋思著要怎麼向淚包解釋這個事，馮啟泰忽然跳起來抱住了他：「組長，你騙我的是吧，我就知道你一定是騙我的，我就知道你一定會回來救我們的……」

陸臻與夏明朗面面相覷，有時候盲目的信任也是一種能力，與虔誠的信仰很相近。

不過接下來兩位卻沒讓陸臻這樣順利地過關。雖然有方進和夏明朗的雙重保護，陸臻還是被劉雲飛打到一下，那個憤怒的青年像一頭獅子那樣火爆而瘋狂，至於宋立亞，他的憤怒則顯得更為平靜而深刻。亞熱帶潮濕的陽光明亮而粘重，陸臻看著那一雙雙火光灼灼的眼睛，輕輕咳了一聲。

「我知道你們需要一個解釋。」陸臻道。

宋立亞的聲音冷硬：「我們需要的不僅僅是一個解釋，我需要知道理由，這場荒唐鬧劇的理由，你們想怎麼樣？讓我們學會不再相信任何人嗎？」

「為了讓你們害怕、憤怒、絕望、痛苦，感覺最崩潰的瞬間，然後告訴自己那不過如此，知道自己怕什麼，然後才能克服。對，當我們站在一起，穿著同樣的軍裝，為彼此生死，我們是戰友，我們彼此信任彼此依賴生死與共，但是我想請大家永遠不要忘記我們為什麼會站在一起。」陸臻忽然覺得四周極安靜，連風吹過林梢的聲音都絲絲入耳，他清晰地聽到自己說的每一個字，擲地有聲，清亮通明。

「我希望你們的將來不會後悔，而我的未來也不會有悔恨，我希望你們能在我這裏盡可能地受到磨練，體會什麼叫絕境，什麼是瀕臨崩潰，才能夠對未來發生的一切意外都有心理上的準備。我希望無論發生什麼事，都不會讓你們失望到放棄自我的地步。我希望你們是堅定不移的戰士，你們的忠誠與信仰向著祖國與人民，於是任何人任何事都不能動搖你們的根本，我希望，假如有那麼一天，我真的背叛了曾經的誓言，你們會踏著我的屍體繼續前進……」

陸臻猛然停了下來，那個句子是如此的熟悉，彷彿來自於他靈魂的最深處，沒有經過大腦的思考而直接被宣告在了陽光下。

「我想要的士兵是會在我叛變之後，踏著我的屍體繼續前進的人。」

陸臻忽然偏過頭，視線掠過人群落到夏明朗的眼底，那雙眼睛漆黑明亮，隔著遙遠的距離清晰地映出他的臉，像是一面鏡子！

從什麼時候起？

從什麼時候開始？

當他立志要做一個正確的人，當他開始寬容這個世界，寬容所有人，寬容殘缺的命運，當他學會站在任何人的角度看待事物，當他不自覺地超脫，變得居高臨下，他於是也就失掉了自己的參照物。

一個點的位置是由另外一個點來標記的，一個人的面目是由另外一個人來映現的。

他的鏡子。

他的，夏明朗。

第二章 夢開始的日子

1.

解釋的工作出乎意料地順利，曹亮自己選擇了退出，另外三個雖然神色間疲憊刻骨，但複雜的眼神中已經尋不到敵意。夏明朗留了一隊人下來幫何確搞演習對抗，長年麻煩別人，有來不往非禮也，而他自己則隨著陸臻一行人返回基地，這些日子以來這小傢伙太累了，心力俱憔悴，他有點不放心。

不過，陸臻並沒有如他預料地直接回去睡覺，而是一聲不吭地跟在他身後。

夏明朗拿出鑰匙開門，陸臻在他身後推了一下，雙手貼著夏明朗的腰側圈上去，隨著他走進門裏，彷彿迫不及待，卻又如此溫柔平穩。

「怎麼了？」夏明朗想要轉身，圈在腰上的力道緊了緊，打消了他這個念頭，他於是抬手按住了陸臻的手背。

「夏明朗。」陸臻貼在他耳後輕輕地說。

夏明朗意外而詫異，陸臻很少叫他的名字，他一般都會叫他隊長，即使在某些特別的時刻被夏明朗強制要求不許叫隊長，他也會鼓著嘴保持沉默，「夏明朗」這三個字於他而言太過生疏鄭重，近乎矯情。

「怎麼了？」夏明朗握緊陸臻的手指。

然而溫熱的氣息在他耳邊流連不去，陸臻乾燥的嘴唇摩挲著他的耳朵與頸側，一聲聲叫他的名字，輕柔而細軟，到最後連在一起分不出音節與音節的分界，像一記綿長的嘆息。

夏明朗覺得心醉，旁人醉酒，他醉情。

「我喜歡你。」

嘆息聲微微顫了一下，停住，換了一個音調。

「我知道啊。」夏明朗笑道。

「我很喜歡你……很愛你。」

夏明朗沉默了一會兒，緩緩道：「我知道。」

陸臻收緊手臂束住他，聲音哽咽：「我該拿你怎麼辦？為什麼你會這麼好？」

夏明朗失笑：「你為什麼要辦了我？」

「我，我不知道。」

夏明朗轉過身去，一頭霧水地看著陸臻眼眶紅透，拇指沾了他一點眼角的淚光，問道：「你到底怎麼了？」

「我最近老是會有些很傻的想法。」

「比如說？」

「比如說，我偶爾會很想把你疊巴疊巴揣到口袋裏裝起來，帶在身上誰都不讓看。」陸臻紅著臉，非常不好意思地低下頭。

夏明朗梗住，竟無語而凝噎，愣了一會兒無奈道：「我都不知道原來我在你心裏就是張包裝紙，看來還是包乾果仁兒的。哎，兄弟，臻子多少錢一斤吶？」

陸臻笑起來：「賣給你就不要錢。」

「不值錢的東西就塞給我？」夏明朗故意挑眉。

陸臻卻不答話，睜大眼睛看著他，目光晶亮，夏明朗忽然感慨，原來書上寫的那些事兒是真的，心會軟，會化，會醉，都是真的。

「到底怎麼了？啊？」夏明朗捧住陸臻的臉，額頭相貼。

「我也不知道，我只是不知道要怎麼辦才好，我不知道應該怎麼對你了，我一會兒想把你藏起來，一會兒想告訴全天下我愛你，我，我也不知道我到底是怎麼了……你不會笑話我吧？」陸臻很著急，臉漲得通紅，而眼神清澈到底，像透明的湖水。

夏明朗想，他會跌到那片湖水裏去，然後把他的心撈出來，於是他嘆息一聲，把陸臻拉到懷裏抱緊：「不知道就別想了，有什麼可想的？」

「我，」陸臻抽了抽鼻子：「我是不是特可笑？」

「是的！」

陸臻掙扎起來。

「不過，我很喜歡。」

陸臻於是不動了。

花灑裏流出清亮的水，蒸騰得一室氤氳，夏明朗建議說咱們兩個都太髒了，是不是應該把自己洗巴洗巴再疊起來。陸臻站在浴室門邊眼巴巴地看著他，夏明朗於是一伸手，把人拉了進去。

古銅與淺小麥色的皮膚，乾淨而光潔，健康的皮膚下緊繃著勁實的肌肉，夏明朗與陸臻是完全不一樣的身形，然而，卻是一樣的優雅而有力，凝固時有雕塑一般的肌肉線條。

陸臻彎著腰讓夏明朗幫他洗頭，白色的泡沫沿著臉頰滑下去，抿到唇間，有微苦的味道。

他於是笑得很傻，忽然直起身，一把拉過夏明朗的腦袋，準確地貼上了嘴唇。

屏息的吻。

互相地注視著，嘴唇緊抿，只是單純地緊貼。

溫熱的水沖刷著相貼的唇，從縫隙之間往下流淌，溫暖而濕潤。

陸臻睜大眼睛看過去，夏明朗的臉上鍍著一層水膜，在浴室的燈光下閃著燦爛的金光，漆黑的瞳孔在水流的沖刷之下黑得沒有止盡，連一絲閃爍的光都沒有。

陸臻全身罩在水裏，喉嚨乾涸得像是在沙漠中。

夏明朗的手臂用力收了一下，兩具火熱的身體跌到了一起。

太陽升起，太陽落下。

陸臻抱著夏明朗的肩膀看到窗簾的縫隙裏漫進如火的紅光，那是夕陽日暮。

他常常躺在這張床上看日落，他偶爾也曾幻想過與夏明朗擁抱在一起看旭日初升，清晨初起的太陽，華美而壯麗，會讓人覺得年輕並且充滿了力量，無所不能，會讓人期待未來。

然而那總是不太可能的吧，休息日的下午是比較安全的時段，至於過夜，那就太過囂張了一些。

夏明朗在他懷裏一動，坐起身來穿衣服：「我給你打飯，還是我們一起去食堂？」

「我要吃番茄炒蛋。」陸臻笑道。

「要是沒有呢？」

「那我就吃你！」陸臻勾起嘴角來笑，露出潔白細膩的牙，在燈下閃著微光。

夏明朗捏住他的下巴，笑道：「你省省吧。」

陸臻側身躺著一手支起頭，看著迷彩綠的衣服一點點包裹起他最鍾愛的身體。

「隊長。」陸臻伸手拉住夏明朗的衣角。

夏明朗側過身去看他。

陸臻的手指拉扯著衣襟一寸一寸地往上爬，爬到領口的時候，兩個人之間的距離已經變成沒有距離……

「夏明朗，我愛你。」

陸臻微笑地看著他，嘴脣輕微地顫抖，因為剛才的深吻而變得潮濕紅潤。

「你今天已經說過很多遍了。」夏明朗的眸光柔和而深沉。

「可我覺得怎麼都不夠，說一千遍一萬遍都不夠，我，不知道要怎麼辦才好。」陸臻熱切地看著他，眼睛亮得驚人，像欲滴的星辰：「如果你知道，我怎麼做能讓你更快樂，請，一定要告訴我。」

「專心做你自己就可以了。」夏明朗溫柔地撫過陸臻的臉頰，起身離開。

開門的時候，夏明朗不自覺轉頭向裏屋看，陸臻仍然在看著他，整個人像是半透明的，內部有光源，臉龐微微發亮，夏明朗霎時間感覺到有什麼東西充盈在胸口，像棉花一樣的柔軟，糖一般的甜蜜。

或者，真的是如此，找一個人，付出愛，是一種本能，如果沒有，心會去尋找。

我們從不害怕愛上誰，我們只會害怕不值得，虔誠地奉上一顆心，被扔到泥土裏踏碎。

我們期待回報，期待著被珍視，期待著那些彷彿身體被漲滿的時刻，如此幸福，而且甜蜜。

於是，在關門的瞬間，夏明朗聽到自己的心底在嘆息，這一刻，他柔軟得不像那個人所共知的夏明朗。

可是，那又怎樣呢？

2.

小陸少校的花園大賞終於收官，曹亮走的時候很低調，不過陸臻還是在門口堵上了他。

「我還是讓你失望了。」曹亮要比陸臻大幾歲，於是黯然的神色看來幾乎蒼老。

陸臻尷尬地看著他：「曾經成為你的隊友，我仍然覺得驕傲。」

「謝謝。」曹亮笑了笑。

「你，你對自己很失望嗎？」陸臻問道。

「有一點，我原來覺得自己啥都能幹，現在不這麼想了。」

「其實沒有人可以十全十美……」

「我知道，」曹亮打斷了他，「我自己都知道。」他忽然拔直了身體：「可以嗎？」

陸臻愣了一下，看到曹亮微微抬起手。

「哦，當然。」

陸臻立正靠步，極為鄭重而標準地搶先敬禮。

曹亮把手指抬到眉邊，嘴脣緊抿，腮上繃起一根線，正午的陽光映到他的眼底，另一種挺拔升騰起來，沖淡了那一抹疲憊的蒼老。

陸臻看著他上車，看著大路盡頭的煙塵吞沒最後的一點影子，他慢慢吐出一口氣，轉過頭卻發現劉雲飛正站在不遠處觀望。

「要送人就站近一點嘛。」陸臻笑著走過去。

劉雲飛勉強笑了一下：「老曹想一個人走。」

陸臻收起了笑意：「說真的，我覺得他一點也不丟人。」

劉雲飛飛快地抬頭看了陸臻一眼，笑一笑，沒有答話，陸臻於是主動勾上了他的肩膀：「兄弟，眼睛要往前看，馬上就要演習了，你們這些金剛鑽，得幫我去攬瓷器活。」

「沒問題！」劉雲飛點了點頭，走快了一步，從陸臻身邊離開。

劉雲飛是個火爆的傢伙，甚至偶爾會有一點憤青式的激烈，陸臻敏銳地感覺到有些地方不對頭，可是如果對方不想說，他相信自己也問不出什麼來，像他們這些人都受過專門的訓練來隱藏自己真實的想法。陸臻於是苦笑，或者在劉雲飛眼中，他已經不再是一個可以傾吐心事的人，他花盡心思來打碎自己完美的形象，即使事後證明那只是一場騙局，但已經開裂的美好不能再還原。

不過，沒關係，陸臻很樂觀地想著，他們是戰士，他們可以在戰鬥中粘合裂縫，在傷口上生長出新的更親密無間的好交情。

入秋之後的第一場大型演習，麒麟一隊風光大振，陸臻與宋立亞兵分兩路牽制敵人，配合默契，殺傷力翻了一倍有餘，而且這一回連老天都幫忙。

夏明朗耍詐繳獲了一輛連級的指揮車，本來他們只是打算著讓阿泰侵入系統看能不能抄到點有用的資料，可沒想到那輛車居然還和紅方的總指揮部聯著網，陸臻腦子裏靈光一閃，一個無比大膽的想法馬上冒了出來，入侵，直接去闖紅方的中樞主機。

馮啟泰一聽這主意眼睛都亮了，兩個人抱著兩台軍用筆記本瘋狂測試，阿泰搖著圓圓的腦袋後悔不迭，他新編的心水軟體沒帶出來否則那就是個事半功倍啊！陸臻與阿泰聯手，一路衝破了幾道防火牆終於還是被對方發現，可是陸臻到底機靈，搶在紅軍主機切斷聯繫之前植入了病毒軟體。

馮啟泰看著藍屏呆了一下，忽然間跳起來：「組長，你用了哪個病毒？」

「你上次給我的那個啊……反正對方都發現了，裝木馬也沒用了，直接滅硬碟。」陸臻抹了一把汗，打開耳機頻道向夏明朗報告戰況：紅方的電腦主機已經被病毒入侵，硬碟資料直接被格空，估計一個半小時之內沒有辦法恢復……

馮啟泰像一個幹了壞事兒的小孩那樣在陸臻面前站著，緊張得直發抖，陸臻莫名其妙地瞧了他一眼，轉過頭一下子笑噴了出來，被自己的口水嗆得直咳嗽。

「怎麼了？」夏明朗在頻道的另一邊抱怨。

陸臻手指著指揮車上的電腦顯示幕笑得連話都說不出，顯示幕粉色的背景上跳躍著一隻碩大的黑猩猩，雙臂捶胸，上竄下跳。一行金光閃亮的黑體字在屏上緩緩流過：大家好，我是泰星寶寶！！

陸臻其實還算是運氣比較好的，因為指揮車上的電腦插著耳機，他什麼都沒聽到，據說紅方總指揮大人當時正對著投影圈劃分析，忽然耳中傳來一聲猩猩的怒吼：啊哦，啊哦啊哦哦！

定睛一看，他的地圖沒了，他的資料也沒了，一個光著屁股的大猩猩對著他囂張地扭動，一排金字閃得他眼前金星直冒。

這，這……可憐的指揮官一口噴出去，知道的，明白那是菊花茶，不知道的，還以為是血。

這TMD太過分了！

整個導演組全部笑抽，而紅軍那一邊上至師長下至列兵，一個個氣得血噴心，據說高師長下了命令，不惜一切代價抓住泰星寶寶。阿泰收到風聲嚇得連大氣都不敢喘，夏明朗得到消息的時候也笑得不行，而方進卻直接對阿泰驚為天人，畢竟像這種千里之外都能取敵一口心頭血的戰將，那可是絕無僅有啊！

一個半小時的主機癱瘓雖然不至於讓紅方直接落敗，可到底折損嚴重，成為了紅軍失利的主要原因。紅方氣不過最後還是只能抓著病毒的問題發洩，雖然網路攻擊並沒有直接寫入作戰計畫，但是在理論上說來，卻不算違規。然而嚴正是多麼玲瓏剔透的一個人，眼看著兄弟單位都要爆炸了，馬上主動提出道歉，把馮啟泰哄了一通，還不及回基地，直接踢到軍區去給人家賠不是。

陸臻做為馮啟泰直接領導，尋了個由頭陪著去壯膽，可是聽到半道兒上，差點沒把自己先笑瘋了。因為出來的時候嚴正千叮嚀萬囑咐，千萬不要申辯，別人說什麼就是什麼，好好地道個歉，回來該幹啥還是幹啥。這話說得是沒錯，可是嚴頭百密一疏，忘記了馮啟泰是多麼膽小而喜感的一個孩子。你不關照他，他一個中尉站到大校面前就抖得厲害，現在一關照，他根本就是語無倫次。

對方的參謀氣極了怒吼：你怎麼能弄個黑猩猩放在上面呢？

馮啟泰點頭如搗蒜：是是是，我以後一定不弄個黑猩猩放在上面。

另外一個少校拍著桌子：你說你，啊！怎麼想的？整這麼一個畜牲在那裏，還扭發扭發……

馮啟泰誠惶誠恐：是是是，我以後一定不讓他扭發。

高師長聽得差點又是一口血噴出來，意味深長地看了陸臻一眼，陸臻笑道：「我們家阿泰離開了電腦語言就不太會說話。」

高師長從鼻子裏哼出一聲，慢條斯理地把杯蓋擰好，指著陸臻的鼻子說道：「回去告訴你們老嚴，老子跟他沒完。」

陸臻跨步直立，一本正經地點著頭：「是，一定帶到。」

馮啟泰哭喪著臉驚惶地瞧著陸臻，陸臻隨手揉搓他肉乎乎的腦袋，安慰道：「沒事兒，這年頭要跟咱們頭兒沒完的人多了去了，也不差他這一個。」

於是馮啟泰同志回到麒麟之後依舊受到了英雄般的禮遇。當然，泰星寶寶這個花名算是固定了下來，方不辜負他那紅透整個軍區的大好名聲。

演習得勝，回到基地裏自然是熱熱鬧鬧地搞慶功，這次一中隊的表現亮眼，先佔了食堂開場，大隊出錢把高粱換成了五糧春。馮啟泰是大功臣，隊員們一個個都跑過來敬他，於是酒還未過三巡阿泰就喝掛了，被方進和徐知著攛掇著上臺做成名絕技猩猩跳，笑得陸臻眼淚都飛出來，整個中隊的人都樂得七歪八倒。

夏明朗不露痕地扶著他的腰，撐住人，忽然抬手在他肩上推了一把，指給他看某一個方向。

陸臻眼睛還有笑出來的水光，模模糊糊地看過去，什麼都是花的，用力揉了揉眼角，卻看到劉雲飛一個人坐在一邊喝酒，臉上有笑意，卻進不到眼底，有些飄然恍惚的味道。

「有點問題啊。」陸臻的酒醒了一半。

「心理小組那邊告訴我最近他一直過去，但是很不配合，去了也不說什麼。」夏明朗想了想：「你要不要過去跟他談談。」

「我？」陸臻一愣。

夏明朗笑了笑，在他背上拍了一把。

陸臻伸長手從桌上拿了杯酒，起初劉雲飛還以為是來敬酒的，看到陸臻玻璃杯裏足足有三兩多白酒，臉上一陣窘迫，陸臻與他碰了一下，笑道：「我乾杯，你隨意。」

劉雲飛是北方人，酒量可以輸，酒品不能輸，固執地把酒添到超過陸臻一點點，隨著陸臻一起悶了下去，臉上頓時騰起了一層血光，陸臻拍著他的肩膀笑道：「爽快。」

劉雲飛仰起臉看了他一會兒，忽然站起來急切說道：「我，我有事要跟你商量。」

「行啊。」陸臻隨手拎了一塊牛肉扔到嘴裏嚼著，跟著他走到了食堂外面。

劉雲飛的酒氣已經上了頭，整張臉紅通通地直冒熱氣，結結巴巴地拉住陸臻的衣服，說道：「我，我想走。」

「啊！」陸臻嚇一跳，酒醒了個通透澈底。

劉雲飛捧著頭痛苦地靠在牆壁上：「我不行了，我成天做惡夢……」

「是，是因為我嗎？我讓你覺得……」陸臻遲疑道。

「我……」劉雲飛低著頭，不肯吭聲。

人和人的心理總是差得遠，有些人當時就知道恐懼，而有些人反而後怕。有些人在蛇口餘生，覺得那也不過如此，而有些人會怕上十年的井繩，有很多事，會有因人而異的反應。陸臻一早就發現了劉雲飛的緊張，然而他沒有想到會是這樣極端的反應，他本以為那是可以克服一下就過去的。

陸臻深呼吸強壓下心頭的紛亂：「你想走嗎？」

劉雲飛點了點頭。

「害怕了？」

劉雲飛沒有動，過了很久，慢慢把自己縮起來。

「沒事。」陸臻蹲到他身邊，手臂橫過去攬住他的肩膀：「現在知道害怕，總比逞能硬上出了事來得好。」

陸臻看到劉雲飛的肩膀在抽動，頓時更加心軟，大概再也沒有比一個驕傲的軍人忽然發現自己害怕死亡害怕自己有難以忍受的絕境，更讓人覺得尷尬的事了。

「沒事的，啊！沒什麼大不了。」陸臻手上緊了一下：「想回老單位？」

劉雲飛忽然抬起頭，困惑地說道：「你沒有嘲笑我。」

「我應該要嘲笑你嗎？」陸臻看著他的眼睛：「還是說，你希望我嘲笑你，假如我罵你一頓，你是不是會覺得好受一點，所以你是在愧疚嗎？」

劉雲飛猛然站起身，用力地把臉抹乾淨，急匆匆的說道：「把我退回去吧，隨便用什麼理由，反正，我不配待在這兒。」

「嗨嗨，」陸臻探手拉住他：「你也太不負責任了吧！」

劉雲飛一愣，臉上白下去，酒氣都散了。

陸臻扶著頭，想了一會兒，忽然問道：「老實說，你喜歡麒麟嗎？」

劉雲飛卻忽然憤怒了：「老子要走，你聽懂了沒！老子不想……」

「我是說，你有沒有興趣去資訊支隊王隊長那邊，他們的任務基本上都在後勤上，而且和行動隊的人員彼此流動配合得很不錯，當然差別還是有的，你知道的。」陸臻頓住，安靜地看著他，黑白分明的眸子沐在月色裏，通透而清澈。

「你……」劉雲飛愣了。

「我相信每一個人都有自己適合的地方，所以你其實做得很好，早一點發現自己的需要和禁區，這對我們大家都有利。」陸臻道。

「你不覺得我很，很丟人嗎？」劉雲飛艱難地問。

「我想不出這有什麼可丟人的。」陸臻走過去一步，抱住劉雲飛的肩：「留下來吧，做我們的兄弟，這裏有需要你的戰場。」

劉雲飛被他抱住，整個人幾乎是僵硬的，陸臻沒有動，安靜地等待著他，過了好一會兒，終於聽到一聲微微哽咽地詢問：「真的，可以嗎？」

「那當然。」陸臻斬釘截鐵地。偏過頭卻看到夏明朗站在餐廳門口，雙手抱著肩，下巴微挑著，一點妖孽橫生的笑，陸臻心裏一涼。

事後夏明朗隊長強烈地表達了他對此事的不滿，用他的話來說，連身都獻了，居然都沒能把人留下來，白白便宜了王朝陽那老小子。陸臻聽著嘴角一陣一陣地抽，心道，說得我像什麼一樣。

陸臻為劉雲飛擬的總結非常有技巧，又通過阿泰放了一點風聲回去，王隊長一直眼饞行動隊裏這幾塊寶，自然心領神會地打蛇順杆兒上，連劉雲飛自己都沒有感覺到有什麼彆扭的，自然而然的，他便正式入隊成了麒麟基地資訊支隊的一員。陸臻辦事的靈活手腕初現端倪，引得嚴頭也含笑讚賞不已。

陸臻原以為，撐過戀愛初期的狂躁症，後面就會是平靜的老夫老妻，搞得不好，情到濃時情轉薄，成天這樣相對著，七年之癢縮成七個月，愛情飛快地走過一個輪迴，最後相看兩厭。然而，世事總不會盡如人所預料，這個世界上畢竟充滿了意外，比如說他的愛情，他們的愛情。

魔幻般的力量。

陸臻有時候覺得這是最美好的時光，生活在夏明朗身邊的每一天都是新鮮的，快樂而向上的，血液中有一些好像興奮劑似的因子在刺激著他，讓他鬥志昂揚閃閃發光。

那個男人，陪在他身邊，指給他看廣闊的天地，卻讓他自由的行走。

陸臻有時候幸福得想哭，這樣的人，居然是他的，居然可以遇到，人生的旅程中可以跟他相伴走一程，這一生，足可無悔。

訓練，演習，任務一如既往的重，可是他覺得沒什麼，假如一個人心裏充滿了喜悅和感激，那麼即使在荒島上的野外求生他仍然會準時去欣賞日升月落。

有時候從高空跳傘落下去，看著腳下飄飄蕩蕩的白色蘑菇，一瞬間腳踏實地，安穩與滿足變得如此輕而易舉。

他看著阿泰追著雪白的降落傘狂奔而去，看著方進氣急敗壞的把那小子一拳摺到地上再拎回來，笑得腰都直不起來。

那一年，陸臻二十五歲。

他會永遠記得那一年，那是他夢開始的日子。

第三章 融化的冰雪

1.

快樂的日子總是過得特別快，晃晃悠悠地就入了冬，那一年的冬天邪了門的冷，整個中國的南部全被冰雪覆蓋，那些從來沒有感覺過什麼叫嚴寒的地方，真切地體會到了什麼叫自然之威。連綿不斷的大雪和凍雨最後終於釀成了災，於是一道軍令從總參謀部發出來，長江以南的三大軍區整裝待發。

「大隊，這……有點兒搞笑了吧！」夏明朗看著手裏的紅頭文件，神色不免有點愕然。

「軍民互助，抗擊天災，這種事也能叫搞笑？」嚴正淡淡地掃了他一眼。

夏明朗連忙賠笑解釋：「當然……軍民互助當然不搞笑，只不過這抗災的事兒，一向都輪不到出動咱們大隊。」

嚴大人眸光一閃：「夏明朗同志，革命任務沒有大小之分……」

夏明朗失笑：「行啊，大隊，您說吧，讓咱們去幹嘛？上高速除冰撒鹽？只要您一句話，20分鐘之內我們就能出發。」

嚴頭繃得怒了，斥道：「別添亂，沒你們行動中隊什麼事，主要是後勤和技術上出力去幫點忙。」

說著嚴大隊鋒利的眼神緩緩掃過其他幾位中隊長的臉，眾人急忙調出一副保證完成任務的神情。

「雖然我們大隊是軍委直屬大隊，但畢竟長期掛靠成都軍區，這些年來軍區首長對我們大隊的幫助和支持是有目共睹的，現在兄弟軍區希望我們能夠在這場……」

嚴頭繼續語重心長，夏明朗手上沒菸十分無聊，只能在心裏悶笑，據說嚴大隊長清早接了個電話持續近一小時，估計官腔聽了不少，那些老人家，心地是好的，就是喜歡把一二三說得像三二一。嚴正這人自己鬱悶上了是絕不肯獨自消受的，堅定不移地把鬱悶轉嫁才是妖孽本性，麒麟這地界出來的普遍人品不佳，根子當然在最高長官身上。

嚴隊終於把他聽來的官話發洩完，機要參謀開始放幻燈片介紹各省的災情，夏明朗鬼鬼祟祟瞧他一眼，意思是：您不厚道。嚴正把手裏的筆轉了轉，筆頭對準夏明朗，意思是：再囉嗦老子崩了你。

夏明朗滿意地把目光收回來，去看幻燈片。

一直窩在基地裏還不覺得，原來外面的情況已經壞到這份兒上了，鐵路公路大梗塞，正趕上春運的第一波高峰期，局部地區斷水斷電。

「真像一場戰爭啊！」後勤中隊的中隊長不覺感慨。

夏明朗看著閃動的幻燈，臉色漸漸凝重：「報告！第一行動中隊，請求任務。」

「哦？你要做什麼？」嚴正愕然。

「我們中隊可以承擔貴州山區的一部分高壓輸電線路的搶修和維護任務，順便鍛鍊隊員在冰凍天氣裏長途奔襲與野外生存的能力，以及直升機分隊的抗暴雪飛行能力。」

「兩個小時之內，給我完整的報告。」嚴正的鋼筆在桌子上敲兩下，一錘定音。

「是！」急事急辦，夏明朗迅速地拷貝幻燈資料，然後推門離開。

「好了……」嚴正笑瞇瞇地看著大家：「夏隊長的報告會準時發到各位手上，那麼現在咱們繼續討論捐款捐糧捐棉被的事。」

呃……各中隊長臉上一僵，不無同情地看了一眼會議室那已然合攏的大門，以及馬上就要被他們的妖孽長官狠狠操練一把的倒楣孩子們。

牢騷歸牢騷，麒麟的效率永遠是驚人的，從夏明朗走出會議室那一刻開始算，5分鐘之後緊急集合的哨聲尖厲地撕開了宿舍區上空的空氣，8分鐘之後行動隊的全體人員在會議大廳集合，20分鐘之後嚴隊的機要參謀換了一種語速，用最簡明的語言介紹完整個貴州省的災情。

「好，現在說一下任務，」夏明朗懶洋洋踱上主席臺，可惜他步子踱得越慢，大家心裏越緊張，陸臻在心裏計算他的步距以估計這次任務的困難程度。

「由於貴州山區的特殊地理環境，國家電力總局向軍區首長求助，希望軍方能派人支持一下。小事情，也就是敲敲冰除除雪什麼的，咱們雖然以前沒幹過，但是我想應該也沒什麼問題吧？」夏明朗用一雙真誠的眼睛，熱切地看著大傢伙兒。

果不其然，大家齊聲吼道：「沒問題！」

陸臻敷衍地順大流應了一聲，一心一意地等待著夏明朗那話鋒的一轉。

果然，夏明朗欣慰地點了點頭：「我是這麼想啊，反正都出去了，就光敲個冰，沒意義！這大冷的天，還不如在被子裏待著。不如就順便來個冰雪突擊的演習，長時間冰凍天氣的野外生存訓練，就別辜負了老天爺賞的好景色嘛。瞧這鬼天，人家直升機支隊的兄弟們出趟機也不容易，別浪費了，對吧！」

對吧？

夏大人問對不對，有誰敢說不對，對吧！

陸臻輕聲在台下嘀咕：「順便前後的條件句應該倒一下才合邏輯啊。」

唉，這傢伙啊什麼都好，就是實在太能裝了。

於是，他右手邊的徐知著聽到了，衝他眨眨眼睛，意思是：心照不宣。

當然，夏明朗站在他面前三米開外，也「聽」（確切地說，應該是看）到了，於是高聲喊道：「陸臻！」

「到！」陸臻啪的一下起立，站得筆直。

「宋立亞！馮啟泰！」夏明朗繼續點名開始分配任務：「你們三個負責聯絡相關部門，查明整個電網的分佈圖還有損壞情況，制訂行軍路線，繪製電子地圖並分發。同時，想辦法給大家聯絡個有經驗的做電工方面的特訓。」

「是！」三個人齊刷刷地應了一聲。

「陳默！徐知著！」

「到！」

「你們兩個，負責估計武器的攜帶種類，和子彈攜帶量。」

「是！」麒麟的人都訓練得太好，無論什麼命令首先應著，「是」完了才開始「呃……？」

徐知著挺詫異地提問：「這種民事任務還用帶子彈嗎？」

「所有的武器攜帶標準按戰爭狀態估計，而且……」夏明朗笑眯眯地說：「聽說有些地方爬不上去，可以用空包彈打電纜上結的冰，你可以試試。」

「是！」徐知著眼睛一亮，十分期待地坐下了。

「剩下的人由鄭楷帶隊，進行高架鐵塔的攀爬特別訓練，同時選擇出本次行動要攜帶的裝備清單，記住三十公斤標準負重，不需要的東西少帶點，你們就能多揣幾塊餅乾，假設敵情有紅外探測，全程防紅外作業，想生火的，自覺一點。」

夏明朗看了一下錶，慢悠悠地說完最後一句話：「現在解散，兩個小時之後在操場集合，做進一步的任務明確，不出意外的話，今天晚上你們就可以在貴州的大山深處看著美麗的冰凌，數著星星，欣賞雪景了。」

夏明朗拿出他慣常最誘人的笑容看著大家，一如藏了寶藏的孩子，天真而爽朗，自信而誠摯，好像他正在邀請人們去一個糖果屋，吃聖誕晚餐。

面對如此蠱惑，眾人十分冷靜的……散了。

開玩笑，天黑之前要行動，多少準備工作要做啊！

娘唷！又要玩命了！

人散到門邊時，陸臻慢了一步，回頭對著最末尾正收拾東西的夏明朗道：「隊長，大家都忙去了，那你呢？」

「我嗎？我要給嚴隊寫一份詳細的演習報告，要給直升機支隊的兄弟們寫出勤申請，要給後勤中隊的老大們寫物資的調用申請，還要給……」夏明朗看著陸臻的頭已經越垂越低，這才笑容可掬地問道：「陸臻同志，你既然這麼關心我的工作，心動不如行動，不如就拎回去做掉吧。」

「不要！」陸臻斬釘截鐵地拒絕。

夏大人眨了眨眼睛，很受傷：「想不到，你居然這樣瞧不起我的工作。」

「隊長……小生冒昧了……請念在小生年少無知，尚有寒窗要守，萬卷書要讀，就放小人一條生路吧……」

「那就快點給我滾……」夏明朗瞬間變了臉色，作勢欲踹：「就你廢話最多，遲早把你的舌頭給割下來當菜炒。」

陸臻往前一竄，貼在夏明朗耳根道：「你捨得麼？」說完，兔子似的竄走，聲音遠遠地從走廊飄來：「隊長，遲不如早啊，心動不如行動……」

靠！這小混蛋，膽子越來越大了，這是要翻天啊！夏明朗在心裏暗罵。

如果說麒麟的效率驚人，那麼陸臻的效率絕對是驚悚的，不到一個小時，陸臻興奮地敲開了夏明朗辦公室的大門。

「這麼快就搞定了？」夏明朗詫異，貌似這回交給這小子要幹的活兒不少啊。

「隊長，太有意義了，非常有價值。」陸臻的聲音裏透著欣喜。

「嗯，哦。」夏明朗心道，你才知道啊？！白養你這麼大了。

「這樣的雪災，完全可以做為一次大規模全面戰爭的預演，試想敵人在開戰前，大規模集中投放石墨炸彈，炸毀我南北交通大動脈的高壓電網，沒有電，鐵路就不通，鐵路不通就沒有煤，沒有煤，就更沒有電，這是一個逐級放大的惡性效應，而且會越來越嚴重。另外我發現國家似乎並沒有對應這類事件的應急方案，而一旦開戰，像這樣的遠端攻擊是最常規的打擊手段……」

「陸臻！」夏明朗忽然打斷他的話：「有關預案這個部分可以等演習結束之後寫一份詳細材料由大隊轉交到總參，現在還有幾個小時，而局面已經是這個樣子了，不如讓我們先來想一下，我們中隊這一百多號人，要如何在你的戰爭中發揮別人無法取代的重要作用。」

陸臻在興頭上被打斷，一時語塞。

「你有全局的眼光，這很好，但同時我們也需要在局部尖刀一樣的行動，告訴我在現在這樣的情況下，如何對我們的隊員做最大程度的鍛鍊並且為緩解災情提供最大的幫助。」夏明朗坐在椅子上，微微抬起頭來看陸臻，從低往高處看的目光裏總會有些仰視的味道，然而夏明朗眼中鎮定的自信完全壓過了仰視所帶來的謙卑感。

陸臻一愣，居然先去開了辦公室一邊的窗，寒風倒灌進來，呼呼作響，陸臻站回到原位上，笑得真誠又無辜：「響應奧運號召，拒吸二手菸。」

夏明朗的目光無奈地飄移，掐滅了手裏的菸頭，偷偷罵了一句：靠！

「我想，應該不是國家電力總局要求我們去搶修電路吧。」陸臻又理清了思路。

「他們的確有向軍委尋求幫助。」夏明朗微笑。

「我剛剛查到資料，貴州山區輸電線路連鐵塔都倒了不少，咱們人手太少這種忙幫不了。不過冰雪天氣的野外生存，長途奔襲防紅外作業這些都可以嘗試，我倒是發現有一件事大有可為，在貴州山區應該有一些斷了通訊的居民點，我們可以摸清這些地方，在電子地圖上標出座標點，交給有關部門，現有的資料顯示，某些地方可能真的，除了人連裝甲車都開不上去了。」

夏明朗想了想：「地圖都抄好了嗎？」

「好了！」陸臻拿出隨身碟來。

「先回去吧！盡量多收集資料，任務完成之後去操場跟著一起訓，等會兒準時集合，到時候我會拿出第一稿詳細方案來供大家討論，另外……順便，幫我把窗給關了。」

「隊長，小生日行一善，臨走提醒您一句，再這麼抽菸會得肺癌。」

「謝謝啊……」夏明朗無奈地挑起眉毛：「不過，陸臻，你這善怎麼每天都行一個內容啊？我記得你昨天告訴我說現在肺癌的平均發病年齡提前了，是51歲，我記下了，到50歲我就戒菸。」

陸臻鼓著嘴看著他，夏明朗無奈，搖著菸盒道：「一天半包你總得讓我抽吧！」

陸臻點點頭，忽然道：「以後，只許在我面前抽菸。」

「為什麼？」夏明朗莫名其妙。

「堅持抽二手菸，因為不想死在你後面。」陸臻一本正經地說道。

夏明朗拿文件砸他，笑道：「有毛病。」

陸臻笑得得意洋洋。

門開關的瞬間，一陣寒風吹進夏明朗的辦公室，把桌子上的檔吹得紛紛翻頁，夏明朗只好自己去關了窗，順便又把那半支菸給點上，打開電子地圖，陷入深思中。

１小時之後在操場邊的集合點上，整個準備工作已經全面完成。隊員們都已經換裝為灰白色的雪地迷彩，這是特種研究所的最新產品，防水防風但保暖透氣，靴子則換成了鞋底有鐵釘的雪地靴。

這次行動由兩到三人編組的A級小分隊分組完成，任務的具體內容是在劃定區域內偵察整個電網沿線，有冰就除冰，能修的修，修不好的拍照標明損壞程度並在電子地圖上準確標記，同時收集那些被大雪困在深山的山村居民點的受災情況。

任務代號：融雪！

電子地圖已經拷貝進各人的臂上電腦，座標方位、各組的責任範圍都十分明確。

裝備按小組分配，統一組合裝包，考慮到冰雪山區的環境，另外又加了登山鎬和繩槍及大量的藥品。另外夏明朗方才用子彈打冰凌的一句戲言被陸臻查到的一張圖證明了的確可行，經過徐知著和陳默兩人的實驗，攜帶的武器統一為微沖，並攜帶大量的子彈。

天公作美，未來四個小時無雨無風，直升機支隊整裝待發。

沒什麼誓師大會，也沒什麼特別動員，任務交待完，夏明朗把自己的包背上，站在機艙前微微偏了下頭，道：「走吧！」

眾人次序井然地按分組登機，大部分的分組為兩人一組，夏明朗與陸臻構成前線指揮組，負責對基地的聯絡與各小組行動的指揮，另外又加上阿泰當技術支援外加背包工——遠端通訊器材大都非常沉重！還有微型發電機……

當然夏明朗和陸臻幫他背了一些生活用品，於是這個組很自然地成了負重最重的一個組，所以說……跟著夏老大混，絕沒有好事。

直升機直接把他們送到了相關區域，低空繩降，落地的那一刻起，便代表了任務開始，各小組迅速地確定自身方位並馬上開始作業。

2.

為了節省電力，各小組每隔一個小時彙報一次情況，由陸臻把相關的資料匯總，編成地圖，打包加密，利用衛星發回給大隊。最初的兩個小時，氣氛還很輕鬆，各小組佔著頻道討論槍要怎麼打才能既省子彈又破冰，同時感嘆一下這生動的COS了東北大地的水晶世界。

等到了第三次通訊時，宋立亞難得焦急的聲音讓陸臻嚇了一跳，原來他們走到了一個少數民族的小山村，此地交通受阻斷電斷通訊已經很久。由於村內的青壯勞動力大部分在外打工，村內固守的大多是老弱婦孺，眼下雖然糧食和水還足夠，但是冰雪封山各家各戶已經快沒有柴燒了，有大量凍傷和感冒的病人，幾乎半個村子都在發著燒。宋立亞他們身上帶的藥一下子就被分了一大半，並且他們打算幫忙上山砍幾棵樹拖下來。

宋立亞的聲音焦急而平穩，並且保證可以放棄晚上休息的時間完成原有的地圖作業，不會影響到任務。

「隊長？」陸臻看著夏明朗。

夏明朗埋頭專心看地圖，一時沒答語，宋立亞的聲音又高了一度：「隊長……那些老太太都幾乎聽不懂我在講什麼，可我說解放軍，她們居然能聽懂，眼淚都下來了，隊長……我保證完成任務。」

「宋立亞，現在不是炫耀你的同情心和軍人榮譽感的時候，馬上把你分發下去的藥品回收起來。」

「隊長！」

「這才是第一個村子，整個貴州山區有無數個這樣的小山村，總不能餵飽了這邊，餓死下一家。馬上和村長聯絡，組織自救，要警告他們，現在是災時，他們是災民，國家不會放任不管，但外界的幫助在半個月之內可能無法到達。把人員集中起來以節省資源，只有真正需要的病人才能給藥，天氣預報顯示未來三天之內都有凍雨，武直無法起飛，我們不會得到空投的補充。至於木柴的問題，組織所有青壯勞動力上山砍柴。記住不要浪費時間，按原定計畫前進。」

「是！」宋立亞迅速而俐落地回答，可以想像這傢伙應該馬上就腳不沾地地去忙碌了。

「怎麼辦？」陸臻把最新的資料傳送完：「情況比想像中嚴重。」

剛一落地他就發現了不對勁兒，何止是銀裝素裹，根本就是到了水晶宮。手指粗的電線上包了大腿粗的冰，電線杆、塔架等電力設備已經損壞到幾乎無法挽救的地步，他們這一路幾乎就是在做標注，劃明方位座標，損壞程度：近乎全毀。

這真是連石墨炸彈都無法達到的大規模惡性損毀，自然，有時候比戰爭還殘酷。

然而這樣惡劣的情況是他們在到達之前沒有想像到的，陸臻前期收集到的資料顯示，災情主要集中在湖南的交通線和廣州火車站，而相對於水深火熱的湖南而言，貴州幾乎是沉默的，大部分的圖片和文字都表明這個地方正在平穩而有效的抵抗著風雪，想不到這種沉默竟是源自於，想說話的人，沒機會出聲。

「再等一個小時，看情況，是否要改變最初的任務目標。」夏明朗沉吟道，他永遠都是謹慎的。

「是！」

陸臻和阿泰迅速地收好裝備，背上背包，他們是聯絡組，但是負責的偵察區段並不比普通的組別要少，兵是兵官是官，官兵有別，所以至少在麒麟，當官就是表明你要比別人做更多的事。

冬季，白天時間短，到第四次通訊聯絡時天已經全黑了，而形勢也變得越發嚴峻起來，除了宋立亞又有其他好幾組人馬遇到了那種孤島型的村莊，而其中碰到問題最嚴重的是鄭楷，他那邊有個小姑娘莫名地高燒不退，生命垂危。整個大隊都知道楷哥面黑心軟，讓他丟下一個氣息奄奄的小女孩兒繼續上路，那簡直會要他的命。

「隊長……嚴座最新指示！」阿泰忽然大聲道。

「說！」

「嚴頭說：明朗啊，有時候我們訓練，也不過是為了在需要的時候能多救點人。」阿泰拿腔拿調把嚴正的腔調學了個十成十，夏明朗黑著臉飛起一腳踹過去，阿泰順勢側滾翻，在雪地裏打了個滾又跳起來。主動活躍氣氛卻遭慘敗，阿泰委屈地衝陸臻苦笑一聲，陸臻對他做一個鬼臉，以示安撫。

「通知各小組注意，修正任務計畫。」夏明朗終於下定了決心。

「是！」陸臻大聲應道，順便開始廢話嘀咕：「就是嘛，要操兵什麼時候不能操，大不了完事了我們跟你去東三省溜一圈。」

「嗯，不錯，好主意，陸臻少校很有覺悟，」夏明朗佔用公共頻道，聲音沉穩說得不緊不慢，耳機中一片哀鴻聲：臻子……你這個……

「安靜，保持頻道清潔！」夏明朗忽然聲音一提，耳機裏馬上只剩下了嘶嘶的電流聲：「各小組注意，各小組注意，下面發布最新的任務內容：放棄防紅外作業，放棄所有軍事假想，你們可以利用一切資源，現在的任務重點是：更快的速度，更大的範圍，更準確的座標及更詳實的當地情況。同時注意安撫民心，救治重病傷患，並有效地組織人員自救。」

各小組依次明確任務指令，頻道裏一時紛亂，可是很快又安靜下來。

「鄭楷，」夏明朗調出單線：「做完你能做的一切，盡快離開。」

耳機裏一陣嘶嘶拉扯似的雜音，像是電流聲，又像是風在嘶叫，過了幾秒鐘，才聽到鄭楷啞著嗓子說了一聲：「明白！」那聲音像是被風撕破了，又被冰凍上，硬梆梆，有稜有角的，滲著血絲。

陸臻一邊收拾儀器，一邊口氣不免有點衝地在抱怨：「大隊說再多收集一點資料，他會把情況上報給軍區。就是不知道要繞幾百個圈才能到貴州省政府的桌子上了，也不知道那幫大爺們是不是會重視！真是見鬼，明明查到的消息是貴州一切都還好，現在居然……」

「這些程序必不可少，軍隊不能直接干涉地方政府。」

「ＸＸＸＸＸＸ……」陸臻用口型罵天罵地地發洩。

「陸臻同志！」夏明朗失笑：「做為一個軍人，最好不要抱有任何的政治偏見，我們應該是中立的，只以和平與安定為己任。」

「明白！」陸臻無奈地背上裝備繼續出發：「我怎麼發現您現在開始喜歡用永恆的真理來反駁別人了。」

「因為真理比較有說服力。」夏明朗笑得很是欠扁，靈活地在前方開路。

夜色已深，但腳步不停，第一夜，體力充足，只有四個小時的睡眠計畫，而且現在已經放棄了所有的軍事假想，不用輪流警戒。三個人可以一起睡覺，會節約不少時間。

當初夏明朗為自己這組挑了最崎嶇的一塊山區，現在反而是因禍得福，他們這一路下去村莊非常少，不會看到什麼人間慘劇。資訊匯總仍然是一小時一次，情況沒有任何的好轉，全是壞消息，幾乎沒有好消息，陸臻和阿泰兩個一邊整理資料一邊罵老天爺，結果終於成功地把老天給罵怒，淋淋漓漓的凍雨從天而降，只好緊急地支起行軍帳篷，而夏明朗則趁著雨勢還不算大，繼續去偵察山區電網的損壞情況，並尋找還算乾燥的木柴，以及適合晚上宿營的山洞。

零下的溫度，滴水成冰，這樣的天氣下睡在露天，即使是像他們這樣訓練有素的特種兵也是有些危險的，鐵人也有感冒的時候。

凌晨時分，陸臻做完最後一次資訊匯總，與阿泰收拾好東西，按照夏明朗傳過來的方位座標直奔宿營地而去。在野外要求不能太高，有個小山洞遮風擋雨就成，只是夏大人神奇的在這一片水晶世界裏找到一小堆乾柴生了一小堆火，同時那堆黃暈暈暖人心的火苗上竟烤著一隻半生半熟的兔子。

「隊長……」阿泰含著淚一聲驚嘆，情不自禁地哽咽了。

陸臻眨巴一下眼睛，先把背上的裝備卸下了，坐到火堆邊一邊烤著自己幾乎凍僵的手指，一邊看著夏明朗熟練地往兔子上撒鹽，終於還是不由得，讚嘆了：「這種天都能打到兔子，您真是……」

「我叫夏明朗！」

「呃……有什麼典故嗎？」

「所以對某些生物會有天生的感應。」夏明朗一本正經地解釋。

「唔……夏明朗？」陸臻臉上一僵，心道：老大，你名字裏那個是朗不是狼唷！

陸臻為火堆上那隻漸漸轉為金黃色的某剝皮兔子默哀了三秒鐘，你死得……真太冤了。

「隊長……」阿泰一邊啃著自己硬得跟石頭似的行軍乾糧，一邊眼放綠光地盯著夏明朗：「我什麼時候可以吃！」

「什麼時候都可以吃。」

阿泰眼中的綠芒更盛！

「如果是吃你的話……聽說人肉生吃味道會比較好！」夏明朗笑瞇瞇地閃著綠汪汪的眼睛。

阿泰嗚咽了一聲，躲到陸臻身後去。

「好了！」夏明朗看看火候差不多，也懶得欺負小孩子玩了，手上的匕首寒光一閃，一整隻兔子已經被劈成了三份，一人瓜分一塊，就著這點肉食，連那石頭乾糧都成了美味。

阿泰啃得滿嘴流油，表情無比幸福：「下次，我還要和隊長在一個組。」

陸臻悶笑：「下次防紅外作業，你讓他用什麼給你烤兔子去啊。」

阿泰圓圓的眼睛轉了轉，默不作聲地埋頭啃肉。

兵貴神速，更何況人餓得狠了，吃什麼都快，只是到睡覺的時候有點犯了難，最初是按軍事演習的情況打的裝備，因為要留人警戒，帶的是雙人睡袋，現在不用警戒了，三個人一起……

好在陸臻比較瘦，雖說艱難了點勉強倒還能塞得下，夏明朗用一點炭灰掩了火，三個人擠到睡袋裏抱成一團。

「其實這樣比較好，一點兒都不冷。」阿泰幸福地縮著。

「是啊……只是小生快要被你們兩個給擠得前胸貼後背了。」陸臻心酸地哀嘆。

「那我睡中間去好不好？組長？」阿泰馬上討好地說道，此人隸屬資訊組，陸臻正是他的現管上司。

「我說，你們兩個娘們嘰嘰的，睡個覺還有這麼多廢話，看來是今天睡太早了啊！」夏明朗閉著眼睛一聲怒斥。

兩個娘們嘰嘰的小傢伙馬上乖乖地閉上了嘴，陸臻小聲對著阿泰道：「你現在還想跟隊長一組不？」

阿泰眨巴眨巴眼睛，小心翼翼地搖了搖頭。

「膽兒肥了啊，現在說壞話都不用背著人了？」反正眼下這三個人擠作一團，夏明朗非常方便地卡到了陸臻的脖子。

陸臻一聲慘叫：「小生冤枉啊，我明明就是背著您在說您壞話的。」

夏明朗失笑，罵了一句：「小混蛋。」

陸臻翻了個身，笑道：「那我當面說。」

篝火還壓著餘暉未盡，夏明朗深黑色的瞳孔裏映了一點暗紅的火光，盯著陸臻看了一眼，忽然往前探出一點點，咬上他的唇。

陸臻嚇得魂飛魄散，一動都不敢動。

夏明朗挑開他的唇縫，把舌尖探進去，深入淺出地細細品嚐了一番，心滿意足地退了出來。

陸臻咬牙切齒地做口型：「夏明朗。」

「嗯！」夏明朗閉上眼睛微笑：「不早了，睡了。」

畢竟是勞累過度，陸臻磨了磨牙，各自沉沉睡去。

幾個小時之後，當陸臻醒過來的時候，夏明朗已經在整理裝備了，陸臻看阿泰睡得還甜，一時有點心軟，自己先從睡袋裏鑽了出來。

「醒啦！」夏明朗正在擺弄電子地圖。

「哦！」陸臻站到洞口深吸了幾口氣，撲面的凍雨馬上把朦朧的睡意趕到了九霄雲外：「這雨怎麼還沒停？」

「天氣預報顯示今明兩天會一直下雨，過來看地圖，計畫有變。」

「哦？」陸臻探頭過去。

「你和阿泰沿這條路走，路況比較好一點，沿途還有些村莊。你們把藥品都帶上，還有帳篷和睡袋，你們的負重很大要注意休息。」

「那你呢？」陸臻詫異。

「我去完成這一區的電網偵察任務，估計兩天後會與你們會合。」夏明朗把區域指給他看。

「你一個人？」陸臻不免有點激動起來：「外面下這種雨，你一個人沒有睡袋和帳篷，你會凍死。」

「放心吧，我會找到地方宿營，我不是妖怪嗎？禍害都會遺千年的。」夏明朗毫不在意。

「一定要分開嗎？」陸臻有點不開心。

「下這樣的雨，你們兩個負重很大，速度很難快起來，或者，你幫我想個更好的方案。」夏明朗很篤定地看著陸臻，漆黑的眸子閃閃發亮。

陸臻低頭思考，眉毛全皺起來，最後還是嘆了口氣：「你一個人，要小心點。」

「你擔心我？」夏明朗失笑：「還不如擔心你自己吧！照顧好阿泰，你也算是老兵了。」

「我們的路線比較短，也好走。」

「再好走也是路，要一步一步量過。」夏明朗把自己需要的裝備挑出來裝好，背上身，隨便啃了幾口乾糧便準備出發，走到洞口的時候，卻忽然回身，抬手彈一下自己的耳機，笑道：「保持聯絡，還有，小心點，陸臻！」

「是！」陸臻回答得很乾脆。

「哦……」

陸臻聽到背後有聲音，一轉身才發現是阿泰正迷迷糊糊地從睡袋裏探出半個腦袋，瞇瞪著一雙圓圓的眼睛，很是崇拜地讚嘆道：「隊長真帥啊！」

陸臻正想叫他起床，被他這話打得一個站立不穩，差點滑一跤。

「阿泰！」陸臻一頭黑線，雖然說自己的品味被肯定了，然而……這個，陸臻鄭重告誡：「你以後不可以這麼色瞇瞇的看著隊長，我敢保證，你要是讓他知道了，絕對沒什麼好果子吃。」

「啊，組長，我很色瞇瞇嗎？」可憐的阿泰震驚了。

「呃！還好還好……」陸臻繼續黑線，喝道：「你，起來了，要出發了。」

因為這世界忽然變得很不娛樂，我們只能盡量保持娛樂精神，既然老天爺開不起玩笑，於是只好和自己人開開玩笑。重新劃過路線之後陸臻與阿泰的任務變得輕了很多，不過肩上的擔子仍然很重，無邊無際的凍雨下得天地一片晶瑩。

山區落了葉的喬木伸展著黑色的鐵線似的枯枝，而每一寸細小的枯枝上都包裹著透明的冰凌，從樹梢到樹根，像一尊琉璃製的雕塑。

「好美啊！」陸臻看著那一樹一樹的瓊枝，驚嘆不已。

「組長。」阿泰敲著他頭盔簷上的冰凌子：「其實我的耳朵也快要變得這麼美了！您要不要來欣賞一下。」

這種特製的雪地迷彩服雖然不透水，但是凍雨的粘性很大，落到任何東西上面都會結冰，包覆在衣面上的水膜很快地結成了冰殼，在行走時嘩嘩作響。

「多帥啊！」陸臻苦中作樂：「我們都快成機甲戰士了。」

「是啊……不如我們索性站在這邊不要動，站上一天，就能結出一件防彈衣來……唷！」阿泰正悶著頭走，冷不防前面的陸臻忽然停了下來，一頭撞到陸臻背上。

「組長！怎麼了？」阿泰扶了一下頭盔，順著陸臻的視線看過去，沒等陸臻出聲，也跟著愣了。

那是一隻鳥，一隻水晶做的小鳥，安靜而淒然，美麗卻殘忍。

「呀……還救得活嗎？」

「應該不行了吧！」陸臻小心翼翼地把水晶小鳥從樹枝上摘下來，極小的一隻山雀，低低地垂著頭，姿態安詳而優雅，羽毛上覆著一層剔透的冰殼。

「好可憐！埋了吧！」

「嗯！」陸臻拔了匕首出來砸開樹底的冰層，挖了一個淺淺的坑，有時候娘們嘰嘰的人湊到一塊兒也是有好處的，比如說在這種事情上就比較容易觀點一致。

「也還好了，」陸臻一向很能自我安慰：「看到隻鳥總比看到個人凍成這樣好。」

「是啊！你說，要是隊長被凍起來了，會是個什麼樣子啊！」

陸臻眼前馬上閃過另一尊冰雕，頓時臉就綠了：「馮啟泰！隊長昨天還給你烤兔子呢，今天你就咒他死？」

「沒有啊……組長……」阿泰哀號著追上自家組長的腳步，縣官和現管，他這回算是全得罪光了。

形勢很慘烈，然而更慘烈的是，當你面對如此慘澹的局面，卻不能更多的做點什麼。陸臻算是個唱唸做打很全的人物，可是看著那一雙雙飽含期待的眼睛，幾乎無力調出最陽光燦爛樂觀有希望的笑臉來安撫人心，只能一遍一遍地說：國家一定不會忘記你們的！一定不會！會有人來幫助你們！我們是第一批，但絕不會是最後一批！

好不容易發完了藥，哄人的話說了一蘿筐，圍著他們的老鄉暫時都散了回家忙碌去了，陸臻看看時間差不多，借了一戶人家避雨，先把儀器支起來準備著。

「怎麼大隊那邊還沒有消息呢？」阿泰一面啃著石頭，一面憤憤然。

「可能是內部有程式要走，另外，我們的報告不是還沒做完嗎？」陸臻疲憊地嘆氣，抹一抹臉。

「組長，我發現個奇怪的事。」

「呃？」

「我覺得吧，您教育我的時候說得都挺有理的，可是當隊長教育您的時候說得也都挺有理的。」

「這……」陸臻一手勾了阿泰的脖子：「告訴你個秘密，我們家隊長吧，心地其實挺好的，就是愛裝腔作勢，沒事喜歡扮演個什麼人類靈魂導師什麼的，沒關係，你就讓他演，另外，最後附送你一條小道消息，據說嚴隊教育隊長的時候，也挺有理的。」

陸臻十分正直的看著阿泰，其實吧，發洩罵街這種事，是個人都會幹……

「哦……哦！」阿泰還在懵懂，被陸臻一巴掌拍在頭上，喝道：「開始了！」

阿泰連忙應了一聲，摒除雜念，專心幹活。

經歷過最初的情緒不穩，現在的各組又都已經恢復了冷靜的心態，安撫並組織自救的工作做得有條不紊，而同時在大家幾近不眠不休的奮戰之下，任務進度也大大加快，原訂四天結束的行程，現在算來幾乎可以提前半天。

「哎，大隊剛剛來話了，說等完整的報告出來，如果省政府還不出聲，他就直接把資料交到中央軍委去。」阿泰忽然興奮地嚷嚷。

「小聲點！」陸臻輕斥：「你以為這是好事嗎？你知道這麼做嚴隊要得罪多少人嗎？有多少人會看隊長不順眼嗎？小孩子脾氣。」

阿泰一下子被罵啞了，低著頭不吭聲。

「好了，也別太擔心，嚴隊厲害著呢。」陸臻又分心安撫了小孩子一句，同時運指如飛，會合各小組傳回的資料，整理彙編，打包發送回基地。

3.

其實對於這些與世隔絕的孤村來說，斷電斷交通這本身並不太可怕，反正門前有井家裏有糧，實在要是木柴不夠用，大不了砍了院子裏的樹，他們都是過慣了苦日子的人，像這樣的生活，撐上一個月都不會出什麼大事。

而最可怕是那種恐慌感，被拋棄被遺忘，沒有希望沒有指望的恐慌，沒人過來同他們說一句：不要怕！也沒人告訴他們外面的情況如何了，這樣的生活還要過多久，人其實都挺能撐的，只要還有希望。絕望會帶來恐慌，而這種恐慌會讓人做傻事，根據這幾天陸臻手上匯總的資料顯示，大部分的傷亡都是自救不力造成的，有些人盲目的進山，有些村子沒有把人員集中，致使一些孤老在家裏被凍死都沒有人發現……等等。

而更要命的，馬上就要過年了，幾千年來闔家團圓的日子，每一個村莊都在等待著候鳥歸巢，老人等待兒子，妻子盼望丈夫，子女期待著父母。然而就在這最焦慮的時刻，上天降了把冰刀，把一切的想念都切斷，內外不通，不知道外面怎麼樣了，不知道盼了一年的候鳥已經飛到了哪裏，思念的力量，有時候很折磨。

陸臻的骨子裏有文藝小青年的調調，外面再練得鋼筋鐵骨也沒用，遇上這種事仍然心潮起伏不已。

他還在感慨著，屋子的女主人卻從灶上給他們端來了兩個大大碗公，白米飯，紅辣椒炒的土豆片，還有幾片臘肉，熱騰騰的白氣撲面而來，香得只差沒把鼻子勾掉下來，阿泰頓時眼睛就直了。

「吃……吃……」那個看起來50多歲的中年婦女，說著蹩腳的普通話，大概是生怕他們聽不懂，用手做出扒飯的姿勢。

陸臻眼眸深處放著綠油油的光，尚堅貞不屈地死撐：「不不……這個不行，我們按規定不能吃你們的飯。」

「吃……吃啊……沒，沒，好的……」大嬸一看陸臻不要，頓時急了，眼角的紋路都皺起來，想了想，忽然又把碗收回去。陸臻還以為這就算完事了，誰知一個轉身又端了回來，蒸臘肉翻了個倍，厚厚地鋪了一層。

敢情……陸臻黑線，她難道以為自己是嫌棄她家菜不好？

「吃……吃……好吃……」這會兒大嬸推得異常堅定。

「大媽，我們隊裏有規定不能吃您家的飯。」可憐的阿泰一邊努力深呼吸，一邊嚥著唾沫，一邊抵抗胃裏的饞蟲。

娘唷，他都兩天三夜沒進熱食了，就著淒風苦雨地啃高蛋白壓縮餅乾，這種時候讓他看到熱白飯，這……

這……這不是誘人犯罪嗎！

只可憐雙方可供交流的詞彙實在不多，那位大嬸明顯沒有理解阿泰在說什麼，倒是急切地挑起一片臘肉：

「好吃，好吃……」

陸臻見大嬸身後吊著一個約摸七、八歲的小姑娘，細黃的頭髮綁著整齊的辮子，黑葡萄似的大眼睛水汪汪地盯著筷子上那片肉，有點無奈地嘆了口氣，把面前的東西收拾了一下，笑道：「算了阿泰，吃吧！」

「呃？真的啊！組長，這可違規啊！」

「你會出賣我嗎？」陸臻一本正經地盯著阿泰：「這飯咱吃了，就天知地知，你知我知……所以……」

「噢！」阿泰歡呼一聲，馬上去端飯碗。

大嬸還在犯愁，想不到這兩個當兵的嘰哩咕嚕廢話幾句，居然又同意吃了，頓時笑顏逐開，眼角的皺紋全散了像朵花似的，又忙著去張羅自己和孫女的飯食去了。

「唉，舉頭三尺有神明啊！」阿泰一面奮勇地扒飯，一面假正經地檢討。

「馮啟泰同志，你是中共黨員嗎？」陸臻正在以一塊臘肉為誘餌，進行勾引小花姑娘的行動，小姑娘的黑眼睛撲閃撲閃的，小小一隻手捧著比自己頭還大的碗，扭扭捏捏地往陸臻那邊挪過去。

「是啊！我念大學那陣就入黨了。」阿泰倍兒得意，還挺挺胸。

「那就行了，做為一名光榮的中共黨員，不信鬼不信神。只有青天在上。」陸臻終於成功的把小姑娘騙到自己懷裏，筷子頭上那一片肉，輕輕地放進另一個大大碗公。

「唔！」阿泰繼續扒飯，過了一會兒，廢話又來了：「那咱們抬頭三尺，有馬恩列斯毛鎮著啊。」

「呃……」陸臻在努力搬運自己碗裏的肉，筷子一停，頗誠懇地一低頭：「毛主席，我錯了！」

阿泰一口飯含在嘴裏，差點沒嗆噴出去。

農家大嬸倒是沒聽懂他們兩個在嘀咕什麼，一看阿泰嗆著了，連忙又端過來一碗湯，細細的幾絲綠葉子菜，飄著幾朵蛋花。阿泰接在手裏，真的是眼淚都要下來，淚汪汪地看著陸臻：「好人吶！」

「說實話，我一直在想，楷哥掛了不稀奇，全世界人民都知道他沒用，想不到第一個倒下的居然是宋立亞這種千年不倒翁，唉……你看看，現在就連小生這鐵石心腸的人，也撐不住了啊。」陸臻感慨著。

「所以說，只有隊長最狠。」

「他狠？」陸臻臉上不屑，嘴角卻帶笑：「你看他寧願去爬懸崖……他夠狠才怪呢，對了，身上帶錢了嗎？」

「有點！五百。」阿泰從暗袋裏掏出一小卷紅票子，出任務時難保會沒有意外，一點應急的錢必不可少。

「留一百，剩下的都給我！」陸臻把自己身上的錢捲一捲，趁小姑娘不注意全塞到她的衣袋裏。

「哈，組長，你看咱這頓飯吃的，五星級價位！」

「喲，你還真好意思白吃啊！」

「我又沒說什麼。」

陸臻扒完最後那幾口飯，又搶了阿泰的半碗熱湯喝，把裝備一收，準備開路，冷不丁聽到腳邊的一聲脆脆的童音：「叔叔！」

「喲，你會說普通話啊！」陸臻和阿泰一陣驚喜：「別叫叔叔，叫哥！」

「哥！」字咬得雖然不太準，可敵不過那音又脆又甜，聽得人從心底裏舒服起來。

「哎！」阿泰幾乎又想掏口袋，把最後那一百塞給她當壓歲錢。

「你們，叫，什麼名字，我，寫信。」小姑娘一字一頓，說得清晰又固執。

呃……

阿泰有點為難地看著陸臻：「組長，這違規吧。」

「廢話，」陸臻壓低了聲音道，眼珠子轉一轉：「來，小妹妹，把妳的作業本給我，我給妳留個地址。」

「哎！」又是甜絲絲脆生生的一聲，真是……聽得陸臻心裏的罪惡感都起來了，欺騙民族幼苗啊。

到最後，陸臻在那皺巴巴的作業本上留的是——

姓名：解放軍

地址：北京市東城區黃寺大街甲8號（編者注：這地址是錯的）

那小姑娘估計實在還小，不認字，歡天喜地地收了起來。

阿泰在旁邊忍得臉都差點青了，一出村就仰天狂笑：「解放軍……哈哈哈，解放軍……組長，你真有才……哈哈哈，你小時候是不是也在路上撿過一分錢，交給員警叔叔收起來，叔叔問你叫什麼，你就回頭甜甜一笑：我叫紅領巾！哈哈哈哈……」

陸臻忍無可忍，一腳踹在阿泰背上，把他踢了幾個跟頭，好在現在灌木叢上的刺都包著厚厚的一層冰，戳人一點也不疼，可以隨手亂抓保持身體平衡或者借力。阿泰一骨碌跳起來，糾纏不休：「組長，您留的那地址是什麼意思啊？我記得您不是北京人啊？」

「那是中央軍委總政治部的地址。」

「啊……那她要是真寄過去了怎麼辦？」

「寄就寄了唄，會當廢信處理吧。」陸臻口氣有點遺憾。

「唉，可惜了。」阿泰感慨著，忽然想起一件事：「組長你怎麼會記得總政的地址呢？」

陸臻臉上一僵，笑道：「我這人過目不忘。」

「哦……」所以說，單純的孩子就是比較好糊弄，隨便說什麼，他就信了。

冰雨一陣一陣地下，前頭剛剛把身上的冰殼敲乾淨，不一會兒，又是薄薄一層。耳朵還好一點，基本都藏在頭盔裏。倒是手上的問題更嚴重，雖然是防水面料，兩天下來戰術手套也全濕透了，從裏到外結著細細的冰渣，戴了比不戴還冷，可萬一不戴，凍雨直接滴上去，幾乎可以在手指頭上結出冰殼來，到底百密一疏，沒想到要多帶一副手套。

物質條件很惡劣，於是更要發揮主觀能動性，各組的推進速度驚人，已經有一半的小組完全了既定任務，現在正趕回受災最嚴重的村落幫忙搶險救災。陸臻原本以為他跟阿泰兩個算是搏命了，想不到夏明朗的消息回饋回來，他已經徹底收工了，甚至在回程的時候還幫著他們掃了一段路。

陸臻看著夏明朗傳回來的宿營地座標點，萬般無奈，有時候夏明朗的效率高得讓人崩潰，感覺跟著他一組絕不是去幫忙的，就是個累贅。這人好像上半輩子就是在懸崖峭壁上長大的，當兵之前跟猴子換過魂。

「還有點力氣嗎？衝鋒吧……就算是已經被人看扁了，也不能扁成張相片啊！」陸臻把座標點向阿泰亮一下，果不其然看到那小子眼睛裏騰起熊熊的火光。

座標標注的位置已經不太遠，陸臻和阿泰兩個背著重型裝備一路狂奔，不多久就在一片冰天雪地中看到了一小束暖黃的火光。

天哪……

阿泰跑得上氣不接下氣：「我現在知道了，隊長就是隊長。」

陸臻的臉已經被凍得麻木，嘴角都幾乎含著冰渣，一時說不出話來，只能艱難地點頭。

就衝他這門手藝，在任何地方都能找到安生的地方，生出火，要是這一回火上還有隻兔子，那他就不是隊長，連陸臻都想叫他神。

這兩人受到火光的鼓舞，拿出最後的體力直衝進山洞裏，阿泰第一眼沒瞅到火堆上烤著活物，用失望的第二眼橫掃到火堆邊，馬上就愣住了。

夏明朗抱著槍，背貼石壁坐在火堆邊，頭擱在膝蓋上，一動不動。全身上下都覆著一層冰，晶瑩剔透，明黃色的火焰映在冰面上跳躍，光彩煥然，融化的冰水在他身邊積起小小的一灘，向地勢較低的地方流下去。

陸臻和阿泰驚恐地對視一眼，不期然眼前閃過那隻被冰封的小鳥。

「夏明朗！」

「隊長！」

兩道身影飛一般地猛撲過去……

「嚷什麼嚷，叫魂兒哪！」夏明朗略微動了動，疲憊地抬起頭。

呼……兩個可憐的又被莫名嚇到的傢伙剎住身子，長長地鬆了一口氣。

「隊長，不帶這麼嚇人的，我還以為你凍死了呢！」阿泰卸下裝備，坐到火堆邊烤火，不滿地在抱怨。

「下點雪就會死人，你當我是你啊！」夏明朗不耐煩地把頭盔除下來，濕漉漉的短髮桀驁地亂翹著，在火光裏閃閃發亮。

陸臻在他身邊坐下，給出一點支撐的力量：「我看你一直都沒睡過吧。」

從夏明朗那種可怕的推進速度就可以猜出來，大家都在睡覺那一會兒，他應該也在翻山越嶺。

「睡什麼睡啊，這種天，找個能待的地方也不容易，跑起來才不會冷。」夏明朗一見送上門來的肩膀，馬上把頭靠上去：「現在情況怎麼樣了？」

「還有最後26個組，不過，相信最慢兩個小時之內都可以完成了。」

「那就好，天氣呢？什麼時候能回去。」

「不知道！」陸臻笑道：「咱們被老天爺留在這兒了。」

「行啊，景色挺好的，這趟出來都見著水晶宮了，值了。」夏明朗倦極，閉目養神，懶得去教訓陸臻。

陸臻難得說了謊還不被整，馬上又心虛地招了：「武直的師父說後天才可以帶我們回去。」

「哦！」

「還有，兄弟們請示，反正回不去了，任務完成了這兩天能不能自主活動。」

「沒問題，只要交了差，老鄭想給人做飯都沒問題！」夏明朗略動了動，把身上一塊半融的冰片震了下來。

陸臻苦笑：「您不如先站起來抖抖吧！這麼凍著，怪嚇人的。」

「哦！」夏明朗終於把眼睛睜開，剛一起身，身上的冰就唏裏嘩啦地往下掉：「剛剛敲過一下，凍得太死，不好敲……本來想先烤一會兒的，你們兩個小兔崽子跑得倒是快。」

冰天雪地的，有火就有希望，大家就著這點火光烤了一點餅乾吃，陸臻和阿泰又開始做最後一次工作，果然，各小組都十分的爭氣，最後的26個組也都交出了自己的地圖，陸臻把整體資料匯總完，加密打包發出去，忍不住長長地舒了一口氣。

「恭喜恭喜！」夏明朗裝模作樣地在鼓掌。

「隊長……我們需要物質獎勵。」阿泰腆著臉衝夏明朗傻笑，可以想見，這時他的眼中應該閃爍著一隻金燦燦的兔子。

「喲，學會向上級領導提要求了！」夏明朗笑道，低頭想了一會兒：「行，等會兒啊！」說完，又站起身衝到雨簾裏去了。

陸臻沒來得及攔人，只能回頭罵阿泰：「隊長兩夜沒睡了，你還真好意思！」

阿泰的圓眼睛撲閃了兩下，畏縮下去。

夏明朗倒是很快就回來了，這回連陸臻的眼睛裏都閃起了光，不會吧……真是屬狼的？那兔子都哭著喊著往他大腿上撞？只見夏某人背著手，神秘兮兮地走近：「來……請接受我對功臣們的一點敬意。」

笑。

說著，夏明朗亮出手上一團水晶剔透的東西來。陸臻細看才發現竟是一枝被冰凍結了的松枝，一根根像針一般細的松針上附著手指粗的冰棍，一蓬鬆針扭結成一大朵冰花，像是上品的古法琉璃，暖黃的火焰在冰尖上跳躍，光華流轉。

「隊長……」阿泰一時摸不著頭腦。

「怎麼樣，夠分量了吧，瞧瞧，多大一朵啊，比人家新兵入伍的時候胸前別的紅花還大。」夏明朗語帶調笑。

「這是，花？」陸臻哭笑不得。

「陸臻，這就是你的不對了啊，不能因為人家是透明的，你就真的透明了它。」夏明朗義正辭嚴。

「是是是，大人教訓的是。」陸臻苦笑：「小生一定好生迎娶她做我第一百零九房小妾。」說著恭恭敬敬地接過了夏明朗手裏那枝冰花。

「哎。」夏明朗這下滿意了，隨手折了一根松針下來當冰棍嚼。這一路過來雖然背囊裏有水，但大部分時候他們都是從茅草上掰根冰凌用以補充水分，雖說這麼吃有點傷胃，但提神和恢復疲勞的效果顯著。

「隊長，您這可太不厚道了，朋友妻不可戲啊！我都收了她了，怎麼你馬上就掰了吃？」

「呃……」夏明朗看看手裏剩下的半根冰棍，馬上耍賴道：「朋友妻不可戲，你這不是才收她做小妾嗎？」

「不瞞您說，隊長，小生對此花一見鍾情，正打算要扶她做我正房大太太，您……抬手就辱了她的清白完璧之身。」陸臻一臉的正直和慘痛，聲聲血字字淚，夏明朗無奈失笑，忽然一個標準擒拿把陸臻的脖子卡住，把剩下的半根冰棍全塞他嘴裏：「你小子，還沒完了是吧！得，剩下的全歸你了，小氣！」

那冰棍冷硬濕滑，陸臻一口沒嚥下去，差點嗆死，眨巴著眼睛忽然懊惱地嘆了一聲：「哎呀，我都忘了，我的正房大太太有主了。」

夏明朗挑著眉看他。

陸臻壓低了嗓子用氣聲道：「要不然我先休了你？」

夏明朗磨牙：「小兔崽子。」

阿泰縮在旁邊大氣也不敢喘一口，早把兔子的事拋到了九霄雲外。

玩笑歸玩笑，鬧了一陣，又休息了一陣，陸臻開始計畫下兩天的安排，從地圖上顯示離這裏不遠處有一個村莊，雖然已經有別的小組經過了，但是相信再去一次也沒什麼浪費的，反正他們手上還有不少藥沒送出去，在這樣的冰凍天氣下，情況只會越來越壞。

「只是……現在出發？」陸臻有點遲疑：「隊長，您還跑得動嗎？」

夏明朗眉毛一挑，懶洋洋地一笑，完全不屑於回答這個問題，卻反問道：「現在走？」陸臻和阿泰兩隻南瓜在這種充滿了不屑的目光中，無奈地點了點頭。

夏明朗幾腳踩滅了火堆，一頭紮進了茫茫冰海中，身姿矯健而迅捷，像一隻出擊的豹。

陸臻與阿泰對視一眼，由衷感慨道：「說真的，隊長是帥！」

「哈！我就說嘛！」終於遇上同盟，阿泰欣喜異常。

兩天後，直升機支隊終於在冰雨的間隙中找到機會，將整個中隊的人員安全的帶回了基地。

據說這項任務在一中隊的隊史上記下了重重的一筆，不是因為其艱苦與慘烈，而在於它創造了無數的麒麟之最。比如說，隊員違規次數之最，據說某些同志甚至連自己的真名都告訴了人，正在考慮是不是給自己改個名字以消除影響。

哦，說到名字，當然大部分隊員都很沒創意地留下了自己的外號做本名，於是，陸臻那十分有才的「解放軍」被廣泛的傳播，大家一致認為小陸少校不愧是生在改革後長在春風裏手握紅旗永不倒的社會主義大好新青年，眾人打算把這件事編成詩歌小說廣播劇電視劇，有計畫有預案有指標地傳頌上十年。

另外還有些比較離奇的，比如說這是隊史上第一次隊員們把身上的現金都花光的任務，據說還有人問武直的兄弟們借了2000塊錢，具體人員不詳。

當然這似乎還是任務結束後，全員無傷，卻休息時間最長的任務，因為大家的鐵砂掌上都生出了嚴重的凍瘡，於是終於確定了，一山還有一山高，總有一種東西比兵蘭還厲害。

當然，不光是麒麟，這項任務在全國範圍內都產生了比較深遠的影響，災後，所有進入貴州的救災團隊都收到了一份來源不詳但內容異常詳盡的災區報告。

據說，當然只是據說，貴州省政府曾經拍著桌子對著中央有關人士質疑過這份報告的真實性：三天之內掃完半個貴州的山區，而且在滿天冰雨中……靠！這是人能做到的事嗎？

至於這份質疑是怎麼被回覆的，佛曰：不可說，不可說！

據說，曾幾何時夏明朗站在大隊長辦公室的窗口，很是虛情假意地憂慮道：「您這次又要得罪不少人了。」

嚴隊悠然地呷了一口茶：「共和國是否會虧待他的功臣，我不知道，可我嚴正不會委屈自己的兵。」

夏明朗繼續站在窗邊，竟無語而凝噎。

消息來源為嚴大人貼身機要秘書，眾人心潮澎湃不已，只有陸臻搖頭嘆息：「夏明朗啊夏明朗……」

第四章 跟我回家

當南國冰雪初融的時分，年假已經進入了倒數計時準備，夏明朗已經多年沒有回家，去年的年假讓給鄭楷結婚用了，今年要是再不回，用夏隊長自己的話來說，那就是，他就甭想再回這個家了。

所以假是一定要休的，因為爹媽是不能不要的。

至於陸臻因為去年過年之後身體不太好，抽空就回去了一趟，所以自己也盤算著今年就算了。而且全年的嘉獎統計出來，他名下一個二等功一個三等功，嚴正就開始動心思要給陸臻升升官，反正現在他的職務也有，軍銜也夠，老是這麼銜不壓職的也不是個事兒，索性一個報告打上去，打算升陸臻做副中隊長，主管偏向新裝備與新武器應用這一塊。

臨到了過年的時候各項訓練都停了，各中隊忙著做總結，基地當年規劃的時候基建工作沒做好，軍人造房子的通病，開間大，房間少，辦公樓裏已經佔滿了人，嚴正只能在夏明朗的辦公室裏劃了一角出來給陸臻，好在那兩人都並不介意。

除去值班的，士兵們大都已經在放假了，陸臻幫著夏明朗做案頭工作，頭埋在檔堆裏，只剩下一個小小的髮尖兒，夏明朗偶爾忙累了抽支菸偏頭瞧著陸臻幹活兒。看著那張一本正經的小臉就那麼鼓著，咬著嘴角，大眼睛一眨不眨地看著顯示幕，心情就好得沒話說。

夏明朗吐出個菸圈，還好，陸臻雖然偶爾會嚷嚷，但並不真的反對他抽菸，最多也只是不讓他燒房子，所以說嘛，得妻如此，夫復何求啊！夏隊長樂滋滋地看了一眼窗外，晴空如洗的冬日，天空乾淨得像玻璃一樣。

電話鈴聲驀然響起，夏明朗笑眯眯地接起來喂了一聲，臉色忽地一變，畢恭畢敬地叫了一聲媽，拎著分機走到窗邊去，陸臻從檔堆裏抬起頭看了他一眼。

這幾天夏家媽媽的電話特別多，內容從敲定日期到催促訂票到準備飲食不一而足，三年沒見到兒子的真人，當媽的激動一下也是應該的，只是如果讓她知道，她的這些囉嗦話都會讓人錄音記錄在案，不知會做何感想。陸臻正在胡思亂想，就聽著夏明朗提聲抱怨：「哎呀，媽啊，我才回去幾天啊，你至於嗎！」

陸臻抬起眼睛，看過去。

夏明朗半側著身看著窗外，嘴角帶笑，整張臉都沐在暖陽的金光裏，輪廓模糊。

「對對對，我知道我知道，這事兒是應該辦起來了，對對，我知道，我也不小了，我知道，」夏明朗笑嘻嘻的：「可這事兒吧，也不是你想辦就能辦成的啊。」

夏明朗頓了一會兒，忽然急道：「媽，你這麼說可就不對了啊，我很有誠意啊，非常有誠意，那我這不是忙嘛。對對，可你也不能一下子上啊，哎你想吧，我回去也就那麼幾天，各家拜年總得走走，同學也要聚，剩下還有多少日子了？你給我整那麼多姑娘我看得過來嘛？哎呀，媽，我還不瞭解你嘛，手上攢的照片能打撲克了吧！嘿，你說現在怎麼辦吧？我還趕場子是吧！哎喲，媽，你太有才了，真的，電視臺不找你當主持人真是可惜了。得得得，那這樣吧！你先給我過一遍，不漂亮的我就不看了。」

陸臻一愣，把手裏的東西都停了下來。

「對啊，就是要漂亮的，幹嘛啊，我找老婆還不興找個好看點兒的啊！哎對，我現在就長這毛病了，嗯嗯，對，要漂亮。個要高，腿要長，眼睛要大，嗯，還有什麼，哦，腰要細！對，就這樣！哎，您要是手上沒這號的啊，我還就不看了，怎麼了？少埋汰你兒子，誰說我就娶不上這樣的媳婦了？啊對了，那什麼還有一條，人要聰明，學歷要好，最好是碩士，沒個211本科畢業的您就甭往我跟前拎了，我現在瞧不上。」

夏明朗轉過身衝著陸臻眨眼，那笑容融合在陽光裏，明亮動人：「對啊，誰讓我現在升官兒了呢，你兒子現在眼界兒可高了，您要找不著這號的咱還不娶了，這叫寧缺勿濫。」

夏明朗說完，乾脆俐落地把電話一關，得意洋洋地擰在指尖上旋了一圈。

陸臻一陣沉默，抬手把電腦的顯示幕關了站起來，神色平和地說道：「夏明朗，我們需要談一下。」

夏明朗眼珠一轉，急道：「哎，我說，你別往心裏去，我這是唬我媽呢，我總不能現在就告訴她我不結婚了，我想跟一個男人過日子……」

「我知道，我能理解。」陸臻手指垂到桌邊輕輕敲了兩下，深吸了一口氣，抬頭看著夏明朗的眼睛：「不過，你將來，還是會結婚的吧？」

夏明朗頓時變了臉色，陽光好像在一瞬間失去了它的力度，他的瞳色發暗，深到底，漆黑冰冷。

「你什麼意思？你他媽……」夏明朗問道。

「你聽我說完。」陸臻急著打斷他。

「你過來，把門鎖上，過來。」夏明朗往後退開了一步，整個人退到陽光無法觸及的陰影裏。

陸臻走到他近前，靠在牆角的另一面牆上，背著手，手指無意識地摳著牆面，指甲裏填滿了白色的石灰粉。

「說啊！」夏明朗眼神微挑，視線像子彈一樣銳利而不可阻擋。

陸臻清了清嗓子：「我其實沒什麼別的意思，我只是想說，如果你將來，我是說如果，你覺得一個正常的家庭，有孩子，能見得光的，這對於你來說更重要的話，我是可以理解的。我只希望你到時候不要騙我，你有什麼想法，你要結婚，你想找個女人在一起，沒關係真的，但是你不要騙我。」

「我結婚沒關係，連我結婚都沒關係。」夏明朗微微一笑。

「每個人都有權利選擇自己想要的生活，而我的要求是請給我一個真實的現實做判斷的依據，無論你想要過怎樣的生活我都會支持你，但是請不要欺騙我。」陸臻低下頭。

「你會怎麼支持我？嗯，讓我一邊結婚生小孩，然後找你偷情？」夏明朗眼中有譏諷，故意把話說得很難聽。

「我……」陸臻臉上一下漲得通紅，忽然又頹然道：「我並不知道將來會怎麼樣，但你說得這種情況應該……不會發生，只是我的意思是你可以不愛我，但是你不能……」

「連我不愛你都沒關係？」夏明朗忽然上前一步揪住了陸臻的衣領，將他按到牆上。

陸臻一時驚慌，在極近的距離凝視那雙眼睛，黑色的，卻有奇異的光彩，像來自異境的火，他咬了咬牙，說道：「是的。」

你可以不愛我，但是你不能放縱自己，你是夏明朗，只要你還是夏明朗我就可以愛你，你可以不再愛我，結婚生子，但是你不能毀掉我深愛的那個人，你不能什麼都不給我留下。

「那他媽的還有什麼是有關係的？」夏明朗咬著牙，一字一頓：「陸臻，那天，那天你對我說，要跟我談一輩子戀愛，我以為這就是你想要的。」

「我當時很激動，你也知道人們在高興的時候就會期待永遠。」

「所以你現在不激動，你很冷靜……你的意思是說，你只有在跟我搞過之後才想著跟我過一輩子？」夏明朗又逼近了一些，已經太久不曾出現過的銳利冰冷的氣息像風暴一樣灌過去，陸臻恍然覺得這屋子裏的暖氣大概是壞了，氣溫一下子降了十幾度，冷得直透心肺。

「夏明朗，生命是一個旅程……」陸臻鼓起勇氣開口。

「對，生命是一個旅程，我以為你是要我陪你走下半程……」

「生命是一個旅程，有人同行有人離開，而只要能相伴走一程，就已經是……」

夏明朗憤怒地皺起眉頭，沒耐性聽陸臻說完便直接咬下去，野獸似的狂暴的吻，好像要把人吞掉的力度，右手熟練地挑開了皮帶的扣子，探進去。陸臻的身體猛地一彈，開始反抗，可是所有的掙扎都被強行地壓制在牆角，退無可退，躲無可躲。

這些日子以來他們的靈魂彼此坦白，而身體更加熟悉，於是夏明朗明白那具年輕的身體上的每一個密碼，如何讓他更快樂，或者更痛苦。

嘴脣分開一點點，陸臻像窒息似的喘著氣：「放開我。」

「現在呢？」夏明朗誘哄似的舔著他的嘴角：「現在你又不冷靜了，是不是就離不開我了？」

「夏明朗，這裏是辦公室！！」陸臻用盡全身的力氣推他。

夏明朗退開了一些忽然笑道：「對啊，你也知道這裏是辦公室啊，我還是你的隊長呢，你逼著我承認喜歡你的時候怎麼沒想過這個，現在才擔心，太晚了。」他抽出陸臻的皮帶乾淨俐落地纏捆了幾道，把人推到牆上。

「你想幹什麼？」陸臻急得大喊。

「我想幹什麼，那不是明擺著的事兒嗎？別叫這麼大聲，這屋子的隔音不一定好。」夏明朗強行把陸臻的臉扳過來，狠狠地咬上他的唇，把所有的驚叫和喘息都堵回去。

瘋了！

陸臻的腦子裏一團混亂，疼痛和激情的快感同時在他體內肆虐衝撞，把神志剪成一堆碎片，他模模糊糊地想著：我應該憤怒嗎？或者應該拚命反抗？可是……

「隊長？」陸臻模糊地叫喊著，在這樣混亂的局面下他仍然試圖理清頭緒。

可是，夏明朗忽然拉開窗把他推了出去，冬日冰寒的空氣撲面而來，陽光像火一樣，穿透人的身體，陸臻嚇得想尖叫，卻發不出任何聲音。

「你瘋了？」陸臻轉過頭怒罵，手指絞在一起好像會拗斷，樓下是往來的行人，而遠處操場上還有人聲喧雜，而他們，居然就這樣……

夏明朗猛然撞向他，身體契合到最深處。

陸臻明知道此刻就算是樓下有人抬頭，也不過是看到他們彎腰往下看，可是前所未有的驚恐幾乎擊碎了他，冷汗從每一個毛孔裏爭先恐後地流出來，身體像是在冰和火的地獄裏煎熬。

「你怕了？」夏明朗的語調低柔沉黯，風月無邊的勾纏，氣息貼在他耳邊：「你不覺得這跟我們的未來很像嗎？在別人看得到的地方道貌岸然的揮手，好像我倆什麼關係都沒有，可是，他們看不到的地方，是連在一起的。你連這點膽子都沒有，居然也敢跟我說開始？」

陸臻茫然回頭，眼神迷亂得抓不住任何東西，無數的句子都碎成了片段哽在喉嚨口，而眼前全是破碎的金光，那是被打碎的太陽，支離破碎，夏明朗的臉失陷在這金光裏，眼中燒著靜怒的火，閃閃發亮。陸臻的身體足夠強悍到對抗種種合理或不合理的衝撞，於是首先崩潰的是意識，直到夏明朗退出去，幫他把衣服整理好，陸臻仍然找不到任何力量支撐自己，疲軟地靠在夏明朗胸口。

「為什麼這麼做？」陸臻喘著氣低聲問。

「因為你讓我很失望。」夏明朗將他抱得很緊，幾乎到了肌肉會酸痛的地步，陽光從視窗射進來與暗室有清晰的分野，金色的微塵在光線中起伏翻滾。

「我根本不是那個意思。」

「我知道你什麼意思，你在向我表明立場，告訴我你的遊戲規則，所以我應該要怎麼陪你玩兒。」

陸臻氣得直咳嗽：「誰他媽跟你玩兒，我是為你好。」

「為我好？」夏明朗捏著陸臻的下巴，把他的臉強行扳過來：「所以你這算什麼，給我留條後路？說沒事兒，咱倆就這麼混著，沒責任沒負擔，什麼時候我想結婚了，就回去結婚，你他媽不在乎？所以呢，我是不是也得給你留這麼條後路，我是不是也得跟你說，陸臻啊，你將來要是看到什麼合心的，儘管把我甩了沒關係？」

陸臻徹底愣住，說不出話來。

夏明朗咬牙，腮邊的肌肉繃起來，黑色瞳仁裏閃著烈焰的光：「你他媽根本就不相信我。」

「我沒有！」陸臻急道。

「得了吧，我知道你那種相信是什麼樣子的，你信我？不過是因為你自己想過了，覺得我說得沒錯，你就相信了，說到底你就只信你自己。」

「難道，我應該要無條件的相信你嗎？」

夏明朗挑眉：「不應該嗎？」

「這不可能，」陸臻強行從夏明朗的鉗制之下掙脫出來：「這永遠不可能，放棄自己的思考，放棄判斷，然後我就像個傻瓜一樣照你說的去辦嗎？」

夏明朗瞪著他，半晌嘆息一聲：「我們兩個好像又說岔了。我是說，相信我，在你還沒發現有什麼問題之前相信我，還有，我們的未來。」

「可是，未來，誰知道未來是什麼樣子的？」

「夠了！」夏明朗忽然低吼，牢牢盯住陸臻的眼睛：「知道我是怎麼想的嗎？要嘛你就拎著你那個什麼相伴走一程的想法給我滾出去，從現在起我們兩個各歸各路，我保證再也不碰你一個指頭。要嘛你就陪我全心全意的一起走這下半輩子。對，我是不知道未來會怎麼樣，可能明天我就死了，後天你也不在了，要不然有哪天你煩我煩得多看一眼都噁心，我不知道！但是，在這之前，我不會去想像沒有你的未來。」

陸臻愣了很久，千言萬語都堵在喉頭，像是有一塊尖銳的骨頭在劃著喉管，鮮血淋漓，漲得發痛，終於艱難地擠出幾個字：「可是這樣很難。」

「你讓我相信你，你說你有能力控制自己的人生，你可以為你的未來做決定，然後我相信了你。」夏明朗變得安靜下來，所有狂暴的氣息像煙雲散去，手指溫柔地拂過陸臻的臉頰和脖頸：「所以，現在你知道我是什麼樣的人了，我可以讓你再選一次，我不會跟你乾乾淨淨點到即止地在一起，如果哪天你要走，我就打斷你的腿。我知道你忌諱這個，但我就是這麼想的我也不怕告訴你，我就是拿你當老婆看的，我娶你就是想跟你過一輩子，沒人剛結婚就想著怎麼離婚，我覺得我沒什麼不正常。」

「可是我們畢竟不是……」

「不是合法的？」夏明朗眉梢一挑：「什麼叫合法，我站起來就是法，我說是就是，我們是合法夫妻，明白嗎？」

「可是……」陸臻覺得自己完全混亂了。

「沒什麼好可是的，大不了我是你老婆，這個不重要，無所謂。」夏明朗攬住陸臻，下巴擱到他的肩膀上，面頰相貼。

陸臻用力眨著眼睛，可是眼前的景物模糊一片，蒙著細碎的光波，絢麗到不真實。

「你信上帝嗎？」夏明朗問道。

「啊，不。」陸臻茫然。

「菩薩，如來，有沒有信的？」

「我沒有宗教信仰。」

「那麼，很好，從現在開始，就信我吧！你讓我忽然想起來我們還有件事沒辦。」夏明朗退開一步專注地盯著陸臻的眼睛，極黑的眸，吞噬一切不安與浮動，他握住陸臻的手，聲音因為緩慢而莊重。

「嫁給我，或者娶我，反正你願意嗎？」

陸臻張口結舌，眼睛睜得很大，但是眼淚不停地流下來，沖花眼前的一切。

「你不說話我就當你答應了。」夏明朗偏過頭靠近，帶著鹹味的吻細膩地抿過。

「別哭了，」夏明朗抹乾陸臻臉上的眼淚：「哭哭啼啼的像什麼樣子，應該要高興才對，所以從現在開始你可以對我有更多的期待，因為我也會對你有更多的要求，明白嗎？」

陸臻想哭又想笑，整張臉皺在一起，口齒含混地問道：「戒指呢？」

「啊？」夏明朗沒聽清。

「你求婚連戒指都沒有嗎？」

「哦！」夏明朗略做遲疑，拉起陸臻的手來吻上指根：「先欠著，回家買。」

怎麼會有這種亂七八糟的事？陸臻仍然覺得回不過神，神志在飄移，彷彿身在幻境，最初的時候他們是為了什麼而爭吵？可是為什麼現在會走向這種結局？

於是，他們到底在吵什麼？

彷彿什麼都沒有解決，又好像什麼都被解決了，所以未來？

對，生命是一個旅程，它只有起點，終點，卻沒有歸宿，人們在大路上漂泊跋涉，是的，應該是如此，可是為什麼，他居然開始相信，相信身邊的這個人會陪著他一直走到底。

相信這樣渺茫的未來是危險的不是嗎？

然而，卻是真的，相信會比較幸福。

至少現在是如此。

溫暖的懷抱、棲在懷中的柔軟的身體，夏明朗安靜地看著窗外，陽光明亮，與剛才一般無二，誰都不知道在這裏剛剛發生了一場戰爭，沒有火藥卻硝煙瀰漫。

相愛容易，相處太難，原來這樣相愛的兩個人也可以這樣爭吵，原來像陸臻這麼驕傲的一個人偶爾也會不自信，原來，有這麼多原來，兩個人的相處，永遠像走在鋼絲線上。

平衡，怎樣把握？

不知道！

夏明朗想，他沒有可能永遠照顧著陸臻的情緒，就像陸臻也沒可能永遠遷就他，於是，他們之間的愛情，應該要自己就很強壯才可以。

「有什麼問題，我們都可以談，明白嗎？」夏明朗抱著陸臻，在他耳邊輕聲低語：「有什麼想法，我們可以好好討論。我們兩個，在一起也沒多久，基礎不牢靠就像個小孩似的，站都站不穩。我知道我這人很多毛病，跟我在一塊兒吧，也不會事事都順心。出了事，我們一起解決它，就像小孩哪有不生病的，可是，別讓他死，也別咒他，要對他有信心。我知道是人就會死，這小孩總有一天也會死，但是你別老惦記這個，他在要死之前還能活好一陣呢！他會先長大，比你還高，比我還壯，總有一天，他會保護我們。」

「我知道。」陸臻道。

「相信我，我會對你負責的。」

如果連法律都不能規範我們之間的關係，而我卻願意用盡自己全部的力量來保護它，這樣，是不是就能足夠呢？

陸臻低聲笑：「說得我好像是被拐帶的良家婦女。」

「是啊。」夏明朗笑道：「明明是我被你拐了才對，你們這種書生啊，永遠只有嘴上說得好聽。」

「夏小姐，小生這廂有禮了。」

夏明朗聽得一愣，張口咬在陸臻的嘴唇上：「渾小子。」

一直緊縮的心臟終於放開了，而一個念頭隨之升騰起來，不可抑制。

2.

年關將近，各中隊還有假在手的與想著放假的隊員，都在蠢蠢欲動著。一中隊也像往年一樣，由隊員提出申請，鄭楷整理成文交給夏明朗，夏大人再調整一下，送去給嚴大隊長簽字。

這本來是件小事兒，小到非常小的，會讓嚴大隊長在三分鐘之內看完，一分鐘之內簽好名，然後在十分鐘之內就拋到腦後的小事情，可是這一次，夏明朗捏著那薄薄的兩頁紙，站在大隊長辦公室的門口，整整站了五分鐘。

最後抽了一口菸，夏明朗明亮的黑眼睛用力閉了一下，又用力地睜開，然後伸手推門進去。

「看來今年想要休假的人還不少啊。」嚴正一手翻著紙頁，一手把鋼筆拿過來準備要簽字。

夏明朗就站在他的辦公桌前，雙手背負，跨立，腰挺得筆直，目光落在嚴正背後的電視幕牆上。

「哦？怎麼今年連你也要回家？」嚴正有點意外。

「嗯，今年剛好出了點兒事，而且已經三年沒休過假了，想回家看看。」

「應該的，尤其……」嚴正的聲音頓了頓，有些言下之意實在不必說明，尤其什麼呢？尤其是像我們這種人，這次回去的還是大活人，會跑會跳，下一次，就不知道是什麼了。再一想到上半年那場驚動全基地的失蹤事件，嚴正更加心疼了幾分：「可惜啊，我也不能給你加幾天假……辛苦你了！」

「應該的！」夏明朗聲音很平靜，一雙手放在背後，左手，握著右手的手腕，握得很緊。

嚴正滿意地看了愛將一眼，翻過一頁紙去，卻一下子定住了，低低地「噫？」了一聲，又把紙頁往前翻，來回看了兩次，有些詫異地抬起了頭：「夏明朗，你排錯日子了吧，陸臻的假怎麼會剛好和你重疊在一起呢？」

「這樣不可以嗎？」

「夏明朗，你軍齡也不短了吧！陸臻現在兼著副中隊長的職務，任命書馬上就要下來了，怎麼可能一個中隊的正副隊長同時不在呢？嗯？你覺得這樣可以嗎？」嚴正看著夏明朗的眼睛說話，卻被那雙黑眼睛裏跳動的光閃得一頭霧水：這個夏明朗，今天怎麼了？

「任命書，開過年，就要下來了！」夏明朗字斟句酌，嚴正被他的反常態度搞得摸不著頭腦，莫名地緊張起來。

「等到正式的委任了，他就是副中隊長，那樣我們兩個，就真的沒有可能一起休假了。」夏明朗往前跨了一步，雙手撐在嚴正桌子上。

嚴正一愣，眼睛驀然地睜大了，臉色發沉，夏明朗目光凝定，不避不讓地與他對視。

「夏明朗，你知道你在做什麼嗎？」

「我知道！」

「你確定？」

「我確定！」

嚴正深吸了一口氣，卻硬壓下去沒有發作，目光閃了閃：「陸臻，他也打算這樣放假嗎？」

「他不反對。」

「我明白了！」嚴正有些煩躁地低下頭去，手中的鋼筆在指尖上翻來覆去地轉，偶爾落到桌面上，碰出清脆的一聲響，打破這房間裏像已經凝固了一般的空氣。

夏明朗的動作沒有變過，手掌撐在桌沿上，骨節發白。

終於，嚴正把鋼筆在桌上重重一頓，抬起頭來，目光如電：「如果我不批呢？」

夏明朗的表情在那一瞬間沒有任何變化，可是如果仔細地看，卻會發現那雙眼睛在霎時間變深了，暗如子夜，幽深不見底。嚴正看得很仔細，所以他全看到了，眉頭略略地皺起來，有些心疼的：這是他最好的部下，最好的那個。

「曾經，你是我最好的部下！」可能是心有點太疼了，竟忍不住把這話說出來了。

「只要您不嫌棄，我以後也會是……」夏明朗的聲音終於有了一絲波動：「其實，這和放假的事沒關係。」

「是沒關係！可是……」嚴正異常惱火的說：「你小子，反正我也管不住你，你夏明朗認定了的事，是不會變的對嗎？你就不能給我省心點？成天幫你背黑鍋！」

「大隊長……」

「好了，好了，你給我閉嘴！」嚴正煩躁地一甩手：「我看你也別挑日子了，這假我來幫你排，我知道你家遠，十天假，臘月27一直到大年初6！」

「那，陸臻呢？」

「陸臻，新同志嘛，我們照顧一下，就從臘月二十八開始放假吧，放滿二十天，跟他說在家裏休滿了再回來，明年混成老兵就沒這麼好的待遇了。」短短幾句平常的話，硬生生讓嚴正說得火星四濺。

夏明朗差一點就喜形於色，「啪」得一個立正敬禮：「是，大隊長！」

「給我滾！」

「是！」夏明朗乾脆俐落地回答，臨走時甚至沒忘記好好關上門，嚴正氣得盯著那門盯了十分鐘，只差沒把筆筒砸上去。

不能反對，那小子沒給他反對的餘地，因為那是夏明朗！

他沒法對著夏明朗說：你再想想！你給我考慮清楚！你小子不要頭腦發熱！等等等……

因為夏明朗不會考慮不清楚，也不會頭腦發熱！所以，他只有接受這個事實，於是更加的惱火。一個是他最好的部下，另一個將來也會成為他最好的部下之一，曾經有那麼一個瞬間，他有種衝動想說：不，我不同意！

然後想辦法找個機會，先把夏明朗借到兄弟部隊指導訓練；至於陸臻，只要他肯放人，無論是海軍陸戰隊還是軍研究院都會搶著要。軍人沒什麼機會自己走動，一旦拆散了，就是拆散了，一年兩年斷不了，五年六年總差不多了。

而且他知道，如果他這麼幹了，夏明朗除了失望，什麼報復行為都不會做，什麼是公什麼是私，那傢伙心底分得比誰都清楚。

除了失望！

就是那該死的失望，令嚴正動搖了！

他可以是個嚴格的長官，他可以下達一個又一個幾乎不可能完成的任務。但是他不能讓夏明朗失望，一個讓部下失望的長官，沒有存在的價值。

那一瞬間，他看到夏明朗眼底的光沉下去，那眼神裏沒有憤怒，甚至沒有一點點激烈的因子，滿滿的全是失望，失望到絕望的失望，好像被最信任的人背叛，被最親近的人疏遠。

嚴正想：我不能，不能讓我的部下帶上這樣的情緒，一個對長官不再信賴的部下，會失去他的價值。

夏明朗一路往回走，身上像是卸下了千斤的重擔，輕鬆愉悅，邁步如飛，推門走進自己辦公室裏，正埋頭在電腦上忙碌的陸臻，抬頭看他一眼，詫異道：「怎麼了？」

「有什麼不對嗎？」夏明朗摸摸自己的臉。

「什麼好事？高興成這樣？」陸臻十分警惕，一般來說，假如這個混蛋很開心，那就代表著有人已經或者即將被騙得很慘，而且他最近剛剛被夏明朗暴風驟雨一般的一頓調教，心中戚戚然，對他很謹慎。

「是啊！有好事！」夏明朗把嚴正親筆修改過的探親假調假單遞給陸臻：「假調好了，看看吧！」

「唔！」

「夏明朗！」陸臻忽然驚得跳起來。

「怎麼了？」夏明朗一邊給自己開電腦，十分氣定神閒地轉頭。

「這假……」

「這假放得有什麼問題嗎？」夏明朗微笑。

「我們兩個怎麼可能一起放假？」陸臻軍齡不長，但也足以讓他明白一些部隊裏約定俗成的規則。

「對啊，我們兩個怎麼可能一起放假！」夏明朗點頭，「但是，你看啊，這假是嚴隊親自批的。」

「這怎麼可能？」陸臻百思不解。

「是啊，這明明不可能的事，為什麼就發生了呢？你說大隊長他，有什麼理由……」夏明朗雙肘支在桌子上，一副認真思考的樣子。

「他知道了！」陸臻臉色一白。

夏明朗再微笑，讚許地點一下頭。

陸臻這一驚非同小可，腳上一軟坐回到椅子裏：「那怎麼辦？」

「按照大隊長的指示辦。」

「啊？」陸小臻這一次徹底地霧水滿頭。

「過來！」夏明朗勾一勾手指，陸臻雖然心有不忿，可是自問對麒麟基地頭號妖人嚴正大人的心理，無論如何都捕捉得不如夏明朗那樣精確，再不忿也只能乖乖地靠過去。

「你看啊！」夏明朗把那幾頁紙攤開，指著墨蹟解釋道：「我27號放假初6回來，你28號放假能過了元宵，不過中間有九天重合。嚴隊讓我帶句話給你，讓你在家待滿了日子再回來，也就是說不許你提前歸隊。」

夏明朗頓一頓，看著陸臻一臉的若有所思，又笑：「大部分的假期重合，也就是說，他不攔著我們在一起；但是日期上錯開，意思是讓我們小心一點，必要的掩人耳目的工作還是要做。真出了事，他不會幫我們兜著。」

陸臻愣了一會兒，總算鬆下一口氣，隨手又把那幾頁紙拎了回去，想再瞻仰一下嚴隊那隱晦如密碼一般的最高指示。可細看之下卻讓他看清了被鋼筆重重劃掉的原文，陸臻頓時臉色一變：「夏明朗，我什麼時候申請今年要休假的？」

「我幫你申請的！」

「你搞什麼鬼？」陸臻氣結，就說嚴隊怎麼會莫名其妙開了天眼通做出這種奇聞異想來，搞半天罪魁禍首還是這位爛人！

「我想帶你回家看看。」夏明朗忽然斂盡了笑意，漆黑的瞳仁閃著微微柔光。

「呃……」陸臻一愣：「什麼？」

「結婚了就得有個結了婚的樣子，先去認認人，將來我要是有什麼意外，你得幫我照顧著點兒。還有你爹媽那邊，萬一你要是出了什麼事，我會替你養他們。」

陸臻這下是徹底地懵了，目瞪口呆地盯著夏明朗，一個字也說不出來。夏明朗就這麼讓他看著，臉上慢慢地浮出了一絲笑。

「切……誰要你養？我老爸退休金搞不好都比你工資高。」陸臻眨一眨眼睛，把臉別向窗外。

「真的啊，那太好了，我賺了！」

「你少做夢了，我這人記性最不好，要照顧自己照顧，我記不得。」

「哎？」夏明朗悄悄湊過去，貼在陸臻耳朵邊說話：「感動了？」

「你……」陸臻本想轉頭怒視，卻驀然看到夏明朗眼底有一點紅，頓時心就軟下來，豎起耳朵聽聽，確定走廊上沒人，便輕輕往前一探，在夏明朗的唇上碰了一下，才老實答道：「嗯，有點。」

夏明朗沒料到還有這一手，難得的老臉一紅，呆掉一拍，居然有點不好意思。

時下已經是臘月底，兩個人把必要的工作處理一番。剛好夏明朗提前一天走，去省城採購點探親時必要的行頭，大家在省城會合。陸臻看夏明朗打點行裝，這才想起一個重要問題：「坐火車去還是坐飛機啊？」

夏明朗無奈地一笑：「嗯，十天假，火車應該剛好夠打個來回了！」

「啊，這麼遠？」

「陸臻同志，看來你的背景資料收集得太不全了，本人老家新疆，你不會到現在才知道吧？」

「你又沒說，我怎麼知道？」

「你也沒說，可我就知道你是上海人。」

陸小臻咬牙：「那是因為你偷看我檔案。」

「你這話就不對了啊，我看你檔案一向都是光明正大的，用不著偷看。」

「也對，說起來我何必知道你家住哪裏？」陸臻換了臉色：「隊長，勞您大駕，記得買票的時候也幫我訂張飛上海的機票！說起來，好久沒有看到家鄉的爺娘了啊，真想快點見到他們啊！」

「不行，先跟我回家！」夏大人口氣斷然。

「憑什麼？」小陸少校表情傲然。

「都是我的人了，怎麼可以不跟我回家見見爸媽？」夏明朗理直氣壯。

「誰是你的人啊！」

夏明朗的眼睛一眨，似笑非笑：「我都是你的人了，你怎麼可以不跟我回家見見我爸媽？」

「呃！」陸臻再一次被哽住，一個字也說不上來。

反正是在宿舍裏，夏明朗放心大膽地上去拍拍陸臻的臉：「怎麼樣，滿意了吧？你呀！就愛逞口舌之利，爭來辯去的，幼稚！」

陸臻無言，目光悲憤。這個妖怪，為什麼每次煽情的時候都不先通知，偏偏在最猝不及防的時候，擺出張一本正經的臉說酸死人的話。

當然更要命的是，他真的會信！深信不疑！於是一次又一次地，他被轟至成渣。

臘月二十八號一大早，陸臻同志乖乖趕最早班的車到省城機場去與夏明朗會合，雖然早有心理準備，但真實地看到了夏明朗腳邊那只碩大的步兵標準越野背包時，還是忍不住嚇了一大跳。

「至於嗎？」

「很至於！」夏明朗沉痛地點了點頭，一腳踢了踢背包，指著自己身上那件挺拔的陸軍常服道：「來，戰友，幫忙背一下，我穿這身不大方便。」

陸臻背起來試了試分量，還好，應該也就30多公斤，不算重。只是邁著步子跟在夏明朗背後進機場時，陸臻忽然明白了，為什麼夏明朗昨天晚上會專門打個電話回來讓他記得出門要穿作訓服……

陸臻心中默念：沒事兒，老子不跟他計較，千山萬水都背過了，還怕這幾小步？

夏明朗同志辦事能力出眾，領著小陸同志一路檢票登機，然後看著高高瘦瘦的小陸同志在全機人驚嘆的目光中，一隻手把那只大得可怕的包扔進了行李箱。

「辛苦辛苦！」夏明朗笑容可掬。

「不敢不敢！」陸臻眼藏殺機。

「等下就要見到我爸媽了，緊不緊張？」夏明朗忽然壓低聲音湊近了說道。

陸臻一愣，無奈苦笑，果然，被他這麼一說，馬上就緊張起來了。

「不要慌，下了飛機還得轉機，能趕上吃晚飯就不錯了，你還有一天時間好緊張。」夏明朗安慰道。

「你家裏人會不會看出什麼破綻來？」

「一般來說，只要你能夠克制一下自己的哦……啊，他們應該是看不出來的。」

夏明朗這話說得曖昧，但是此時陸臻的心思不在辯論上，仍然憂心忡忡：「我們應該把小花帶上的，這樣就沒嫌疑了。」

夏明朗無語，低頭望了一下青天：「當然，這是個好辦法，不過我想徐知著應該會更喜歡回家見他的爹娘吧！」

「也對啊！」陸臻有點犯愁。

「你不會現在想退縮吧！」

「那倒不會！」陸臻用力深呼吸一記，既然是註定要面對的事，他就不會退縮。

新疆VS上海，從行政級別上來說，兩者齊平，但是……但是……

就轄區範圍來說……實在是差了太多。

等到下了飛機，陸臻才發現，這只是萬里長征的第一步。下了飛機還要再轉飛機，到了伊犁還得再坐汽車，夏明朗熟門熟路的，當然是他去買票，一路閘機驗票，起飛，再降落，再起飛……好吧，這樣奔波的途程對於陸臻來說當然不算什麼，30多公斤的一個包也不算什麼，可若是同時再加上心裏那越來越重的忐忑呢？

「哎，你以前有沒有帶戰友回家過？」坐在最後那班汽車上，陸臻終於忍不住開口問。

「沒有！」夏明朗很老實地回答，軍人的探親假得來不易，很少有人會拿來亂跑，尤其是跑到新疆這麼偏門的地方來。

「我還是覺得挺危險。」

「怎麼你好像就一點不擔心你媽那邊呢？」夏明朗雖然一開始是成心要嚇著陸臻好玩，可是嚇到這麼焦慮倒又不是他的本意了。

「我媽不會看出來的！」知母莫若子，陸臻斷然否認。

「那我媽就更沒機會看出來了！」夏明朗心道，估計家中二老連同志一詞的引申義都不會知道。

「還是要小心！」陸臻鄭重其事地看著夏明朗，卻見這傢伙忽然站起身來，頓時奇了：「怎麼了？」

「到站了！」

「啊！」陸臻慘叫。

可是還沒進門，陸臻立刻發現原來他這一路上的焦慮完全是不必要的，只見夏明朗站在大院裏大吼一聲：「媽！我回來了。」

前面那棟樓房的陽臺上馬上探出了一隻又一隻的人頭，其中五樓的某一隻，驚喜地叫了一聲：「兒子，這麼快就到了！媽給你去開門啊！」

等進了樓道，一樓二樓……所有樓層的門全開了，一張張笑臉靠上來。

「夏明朗回來啦！」

「喲，小明啊，又升了啊！」

「真的啊，都兩毛二了！」

「中校是什麼級別，啊？」

「營長！營長了！」

「什麼呀，副團！」

……

夏明朗大人滿面春風，表情驕傲又謙虛，活像個軍區首長一樣，一路對夾道歡迎的廣大人民群眾親切微笑，問寒問暖，陸臻跟在後面，背著如此碩大一包，竟被全體勞動人民所無視，沒辦法，背包帶子壓著肩章了。

臨到進門時，陸臻才聽到一句有關自己的評價：「哎呀，你看看，都有勤務兵了！」登時眼前一黑。

但是某位親切的大嬸馬上從屋裏關切地湊了過來：「你看把這孩子給累的，夏明朗！你小子也太過分了，這麼大的包，就讓這孩子一個人扛著！」

夏大人滿不在乎地脫鞋：「沒事兒，他扛得動！」

大嬸隨手給夏大人頭上來了一下：「你小子，就知道給我欺負人！」

夏明朗抱頭，苦了臉：「媽！」

陸臻站在一旁，此情此景令他在瞬間對大快人心這個成語有了更為深刻的認識。

「還杵那兒幹嘛？還不快去幫人家扛！」夏大媽怒目一瞪。

夏明朗頗委屈地過去幫陸臻把東西卸了，先搬屋裏去，只是轉身前衝陸臻眨眨眼，陸臻頓時有點恍悟，難道……竟是個苦肉計？

陸臻還在疑惑，另一邊夏媽媽已經給他張羅開了，又是讓坐著休息又是倒茶遞水，陸臻是真的渴了，正在大口喝水，就聽著夏媽媽在唸叨：「小同志，你別生氣啊，這孩子從小就這樣，淨愛欺負人！等下大媽幫你教訓他，越大越不懂事了，遠來是客，這麼點道理都不懂！噫？明明！你在裏屋磨蹭什麼呢？出來陪你戰友說說話啊！」

陸臻一開始以為自己幻聽了，等回過味來確定不是自己耳朵出問題之後，頓時撐不住，一口水全噴出來，嗆了個昏天黑地。

夏大媽嚇一跳：「怎麼了，怎麼了？」

「沒事，嗆著了，沒事！」陸臻悶了一肚子的笑，勉強安慰著，一抬頭，剛好看到夏明朗臉色發黑地站在房間門口。

「陸臻！」

「到！」陸臻條件反射地立正。

「進來！」夏明朗下命令時的口吻短促而嚴正，連夏媽媽都被唬著了。

等陸臻進屋，夏明朗把門一關，無奈地一抬下巴：「笑吧！」

陸臻再也忍不住，爆笑，從牆捶到地板，笑了半天終於平下氣來，輕輕地、濃情似水地，百轉千迴地尾音上挑地喊了一聲——「明～明～！」

夏明朗頭皮一炸，終於惡寒地腳軟了！

「我警告你！以後不許叫我明明！」夏明朗大怒。

「憑什麼啊？」陸臻大笑。

夏大人忍了一下沒忍住，撲上去掐陸臻脖子，陸臻習慣性地喊救命，卻不想這次是真的有人來救命……

「夏明朗！你這孩子，又幹什麼呢！」

九天中一聲暴喝，如雷霆般降下來，陸臻被震得耳朵根子都發麻，轉頭一看，頓時就愣了！

夏明朗嚇得趕緊鬆手。

「沒事吧？」夏大媽趕緊過去驗傷。

「沒事，沒事，隊長和我鬧著玩呢！」因為心懷鬼胎的緣故，陸臻的臉色發紅，夏媽媽只當他是被掐的，隨手又在夏明朗頭上拍一下：「你這孩子，怎麼越大越沒個正形呢，下手沒輕沒重的！」

「沒事沒事，真沒事！我們訓練的時候出手比這狠多了！」陸臻冷不丁看到夏明朗眉頭一皺遞了個眼色給他，一時有點疑惑，卻停住了沒再往下說。

老人家畢竟好哄，三言兩語地一打岔，注意力就轉到別的地方去了。

夏明朗尋隙衝陸臻道：「記得別和我媽說訓練的事。」

「怎麼？」

「要不要我去跟你媽談談實彈對抗是什麼意思？」

陸臻馬上明白了。

飯點兒還沒到，陸臻閒坐無事便陪著夏明朗開包驗貨。

話說那包，陸臻一直背著，卻是到此時才看到了包裏的內容：各式補品，從骨髓壯骨粉到腦白金、黃金搭檔，兩個MP3，兩個電子辭典，還有一大堆各式各樣的特產、小禮品，最離奇的是裏面還有兩套小號作訓服，以及一大包子彈殼。

陸臻忽然想起夏明朗臨走的時候強徵了隊裏小個子隊員的兩套全新的作訓服，頓時有點莫名其妙：「這是幹嘛的？」

夏明朗指指MP3和電子辭典，還有那兩套作訓服，捏了嗓子學童聲：「舅舅那件圓帽子的迷彩服最帥了，我們也要！」

「你貪污軍隊財產！」陸臻差點笑抽過去。

「哪有這麼嚴重，最多就是個濫用職權！」夏明朗滿不在乎，把那一只只禮品紙盒子在床邊擺好。

陸臻看那堆紅紅綠綠惡俗到死的盒子，更加笑得透不過氣：「這玩意兒誰讓你買的？」

「我自己買的啊！」

「真沒品！忒俗！」

「俗好，俗代表大眾，明白嗎？學著點！」

陸臻不屑地踢踢盒子：「跟你學，最俗的都讓你挑上了，虧你怎麼想到的！」

「這個簡單啊，去超市隨便找個營業員問一聲，賣得最好的是什麼，每樣拿兩包，走人！」夏明朗笑得挺得意。

「你……給你爸媽買東西這麼不上心！」

「我有空做點什麼不好，費那工夫！你還別不信，我媽就吃這一套，電視裏廣告做得越多的她越信，送禮這種事要講究投其所好！明白麼？」夏明朗一伸手，食指輕佻地貼在陸臻的臉頰上劃下……

陸臻隨之陷入了沉思，半晌：「那，這麼說我應該給你媽買點什麼禮物啊？」

「這……用不著吧！你也就是跟我回來……玩兒兩天。」夏明朗忽然嚴肅起來：「你軍校的時候有沒有去同學家裏待過？」

「有！不過當時整個寢室行動。」

「買了什麼？」

「大家湊錢在門口買點水果吧，不大記得了！」

「那就對了嘛！」夏明朗仔細想了想：「你要這麼想，你也就是我一戰友對吧，覺得新疆好玩，順便就跟著我回來玩兒兩天。」

「有道理！」陸臻鬆一口氣：「我是應該放鬆點，不能搞得像見丈母娘似的！」

夏明朗臉上一呆，嗯，這事整的，帶媳婦回家見丈母娘，好在他皮厚，倒也看不出來。

新疆的太陽下山晚，已經快8點了飯點兒還沒到，夏媽媽怕把人給餓著，先炒了點飯出來讓那兩人墊著。陸臻和夏明朗兩個都不是挑食的人，也是真的餓了，吃起來狼吞虎嚥的。夏大媽一看急了：「慢點，少吃點，你爹等會兒下了班帶烤羊肉回來，東大街那家的，你小時候最愛吃！」

夏明朗嘴裏咬著飯粒：「你放心，有我們倆在整隻羊都能給你啃下去，是吧陸臻！」

「那是！我一個人能啃一條腿，都不帶喝口水的。」陸臻配合著一起吹。

「真的啊！」夏媽聞言大驚：「那得給你爸打個電話，讓他多買點，哎呀，也不知道老頭子身上錢夠不夠，明明……那個咱今天先買隻小點的成嗎？」

夏陸二人齊齊一愣，尷尬地對視一眼，夏明朗清一清嗓子：「其實吧，我覺得咱買一隻腿回來就足夠了！」

「這怎麼行呢，你戰友不是說他一個人就能吃了，人孩子大老遠地跑過來，哪能不讓他吃過癮了呢！」

陸臻慚愧地紅了臉，夏明朗隨手拍他腦袋：「你聽他亂吹，他就一張嘴厲害！」

「對啊，阿姨，我真的是隨便說說，我保證以後再也不吹牛了。」陸臻承認錯誤的態度非常誠懇，一隻腳在桌子底下狠狠地踹過去，腹誹：這牛是誰先給吹出來的！

兩個人好說歹說總算是把夏媽給攔下了，不一會兒，門一開，一個膚色黝黑神情嚴肅的男人拎了一隻超大的袋子進來。夏明朗的神色頓時鄭重了幾分，恭恭敬敬的叫了一聲：「爸！」

陸臻一時間被那氣場所感染，不由自主地隨著夏明朗叫，張口就是：「ba～～o～伯伯好！」好在改口快，兩位老人誰也沒注意到。

夏明朗悶笑，笑得黑色的瞳仁裏一層一層地閃著微光。

陸臻很快就看出來了，夏爸夏向東和夏媽媽沈玉琴是兩個截然相反的極端。夏媽的話多，說話也快，六十多歲的人了，精神頭仍然十足；而夏爸爸卻是自打進門起就沒說上過十個字，黝黑的臉上有刀割似的皺紋，而表情永遠是嚴肅的，只是偶爾聽著老伴兒衝他又快又急地嚷嚷時，眼底會流出幾分笑意。

至於那頓晚飯，陸臻吃得幾近慘烈，夏向東老同志買了整整一隻腿，差不多五公斤烤羊肉，外帶十五個饢餅（送的），夏媽媽又再炒了幾個小菜，一家人開了伊力特，吃吃喝喝。陸臻一邊埋頭猛吃他碗裏堆積如山的肉，一邊憋了笑，聽著夏明朗把麒麟基地吹成個溫柔而甜蜜的夢鄉，然後時不時地附和幾聲：是啊！那是！真的！就這麼好！

陸臻的酒量過人，自稱千杯不倒，但世事就是這點弄人，一般沒酒量的都會把自己保護得很好，比如說夏明朗，倒是那會水的常常淹死在水裏。

偏偏新疆這地處祖國西部邊陲，民風剽悍，酒烈，入口如刀。小陸少校一心求表現，夏老爹一舉杯，他便酒到杯乾，再舉杯，再杯乾，一來二去，兩個人便拼上了酒，夏明朗不敢斷了他爹的興頭，只能眼睜睜看著這兩人對拼。這喝酒爽快的主，到哪裏都招人待見，再加上陸臻嘴巴甜，等酒勁兒上來，文思更是泉湧，連吹捧都是帶著文采的，把個夏家老爹哄得滿面紅光。

只是伊力特這種酒，入口就辣，後勁更衝，等陸臻回過味來發現不對勁，腦子裏已經暈乎乎地成了一鍋粥，真幸虧他也算是練過的，自控能力畢竟要比一般人強，強睜著一雙眼睛迷瞪迷瞪地傻笑，倒也沒說錯什麼話。

酒酣飯足，陸臻和夏家老爹都有點喝過了，夏大媽一邊嘮叨著一邊切水果給大家醒酒，夏明朗只能委屈地幫著收拾桌子。夏老爹喝多了，話也終於多起來，到最後大力拍拍陸臻肩膀：「好，好小子，不錯，我喜歡！」

陸臻還帶著酒勁呢，聽得分外感動，心下一鬆，差點沒紅了眼眶。倒是夏明朗和他媽兩個對視一眼，頗為無奈地笑了。

夏大媽苦笑著：「老頭子，醉了，還是去屋裏歇著吧！」

這但凡是醉了的人沒幾個肯承認自己是醉的，不過好在夏老爹雖然看著硬氣，老伴兒的話還是言聽計從的，讓趴著就去趴了，這一趴當然是再起不來了。

陸臻雖然沒比老爺子好多少，只是他生怕酒後失言，心裏強繃著一根弦還在硬挺。夏媽媽照顧完老伴兒，就忙著給兩個小的找毛巾什麼的洗漱用品，這兩人趕路趕了一天，到這當口其實也真的都睏了。

夏明朗看著另外兩個屋，房門都關得好好的，忽然心裏一動，問道：「媽，陸臻晚上睡哪兒？」

「怎麼？他不跟你一塊兒睡嗎？你屋那床這麼大，兩人一起擠擠算了！」夏媽有點意外似的。

夏明朗臉上一僵。

「咋的？哦……我倒忘了，人大城市裏來的孩子，規矩多！」夏媽媽犯起了愁：「那怎麼辦啊，我就曬了一床被子，這大冷的天，被子沒曬過可怎麼蓋啊！」

「一床被子？」這下子夏明朗的臉是真的黑了。

「是啊！你姐下半年剛剛給做的，全是新棉花，特意做了床大的，就是給你回來用的，本以為……」夏媽媽一看兒子的臉色黑得徹底，還以為嫌她老調重彈太嘮叨了，頓時有點不高興：「你呀！也老大不小了，你看看你，你姐像你這麼大的時候，我那外孫都會叫外婆了……現在連你妹都生了，你說你還要拖到什麼時候去？」

「媽，先別討論這個問題了，這一床被子你讓我們兩個今天晚上怎麼睡啊！」夏明朗瞟一眼坐在一邊臉紅暈乎乎的陸臻，簡直欲哭無淚。

這種事不提還好，一點一肚子火，夏老媽頓時放下臉來：「在部隊，在部隊不讓提，在家，在家還不讓說！兩男的有什麼不好睡，隨便湊合湊合過去算了，明兒自己曬被子去。」

夏明朗碰一鼻子灰，不敢再去揭他老媽最逆的那枚龍鱗。

「明明，不是媽要說你……你看我跟你爸年歲也不小了，你工作忙，媽知道，可是……」

夏明朗聽得心裏發麻，一轉頭看到陸臻喝高了原本就帶著點水光的眼睛越發亮得過分，知道他聽見了，便有些著急，無奈道：「媽！這事兒明天再說吧，你看陸臻，都這樣了，讓他早點休息吧！」

畢竟是有客在旁，夏媽心裏有氣也不好發作，只能氣哼哼地瞪了自己兒子一眼。

這兩位都是訓練有素的人，打了點熱水很快就把自己收拾好了，夏明朗站在床邊看著那一床大被犯起了愁，倒是陸臻想得開，三下五除二，脫了外套鑽進了被子裏：「就這麼睡吧，你就別磨蹭了，當心此地無銀三百兩！」

夏明朗想想也有理，只能苦笑著脫了衣服上床。

陸臻喝了太多烈酒，全身體溫都偏高，剛剛是用意志力強撐，現在躺在床上放鬆下來，酒勁上頭腦子更暈得厲害，忽然啞著嗓子說道：「這，可是你的床啊！」

「嗯！」夏明朗知道他在指什麼，聲音也跟著軟了幾分，左手在被子下面摸索，找到陸臻的手，握緊。

夏明朗忽然說：「要是我真去結婚了，你怎麼辦？」

陸臻側身看著他，笑容很慢地收起：「我能怎麼辦呢？你要結婚，我也就只能看著。要不然我揍你一頓？這樣你就爽了。你想得美，我又不能打死你，有什麼意思。」

他忽然笑了笑說：「我是不會去參加你的婚禮的。」

「然後呢？」

「什麼然後？」

「我結婚以後，你怎麼辦？」夏明朗聲音發黯，但是問得很認真：「你會……」

「偷情嗎？你想問這個？還是說，我是不是還會愛你？沒用的，最多也就是個不上床，你以為愛是什麼？水龍頭，說開就開說關就能關？」陸臻笑得很溫柔：「其實，我沒你想的那麼狠，再說我也狠不起來呀，不過，要是真結婚了就別來招我，你知道我受不了你。」

夏明朗翻身抱住他，貼在他耳邊叫他名字，夏明朗說：「我不可能這麼對你的。」

「不是對我，其實你都結婚了，對我怎麼樣還有個什麼關係。反正別招我，我管不住自己的，你一招手我可能就蹦過去了，別讓我覺得自己這麼賤，這樣就沒有餘地了。」

夏明朗摸到手上有溫熱潮濕的東西，心裏堵得發慌，他吻著陸臻的嘴角和耳朵，低聲安撫著：「別想了，這種事不可能會發生的，要是真有那麼一天，你立馬就得把我甩了。」夏明朗很懊悔，幹嘛非得這麼逼他，這簡直像是一種小心眼。

可是每一次看著陸臻安定從容的微笑，聽他把一切最壞的可能安穩地敘述，從容不迫，條理分明，心中有詭異的痛，對他的，對自己的。他說得那樣清晰明白，證明他真的想過，認真思考，在幻想中把自己撕裂過，又生硬地拼起。而他說得這樣條理分明，證明他真的能接受，陸臻有時候真的太像竹，隨風而動，低到最低，卻永遠不折。

假如真有那麼一天，夏明朗閉上眼睛，他可以想像陸臻憐憫的眼神，嘲笑他的無力與懦弱，有些人天生不敗，即使退到最後一步，他仍然手握自己的命運，不得已鬆手放棄，也像是在惋惜你的損失。

「不會的，我應該會等你。」

夏明朗嚇一跳：「你胡說八道什麼？」

「我不會故意等你……」陸臻費勁地解釋：「但是，我也不會故意不等你，反正，我大概還是會等你。」

「你等我什麼？」夏明朗感覺心驚肉跳。

「等你離婚。」

「要是我一輩子不離婚呢？」

「那我就等一輩子。」陸臻緩慢地眨著眼：「沒關係的其實，我喜歡你，我看不到更好的，我就等著唄，也不算是為了你。只不過，我也不可能為了讓你心安就隨便去找個人怎麼樣了，反正你也知道我不幹那種事。所以，真要有那麼一天就別管我，到那時候你要做什麼都別管我，管好你自己，你要是想可憐我，就做個好人。」

只要你還是個好人，我就能愛你，別讓我一無所有。

夏明朗用力地抱住陸臻的肩膀說：「不會的，這種事永遠永遠都不可能會發生。」

是的，永遠永遠不可能會發生，他還沒傻，他還有腦子。結婚嗎？找個女人，做給爹媽看？這太可笑了，當自己是誰呢？這世上難道還有哪個姑娘等著自己拯救，非他不可？還有陸臻，如何在陸臻期待的目光中活下去？做他眼中的好人。

這種好人不會長命，早晚內傷吐血而死。

夏明朗認真感受陸臻的心跳，他的未來明明可以坦蕩無畏，即使慘敗也會有人不離不棄，實在不必作繭自縛。人生不過百年，如果前路註定坎坷，那麼還不如向著希望奔跑，就算跌倒也會有豪邁的姿勢，至少問心無愧。

4.

伊寧地處邊陲，天上的星都要比內地亮幾分，照得房間裏四下閃著微光。

陸臻側身轉過來，眼睛裏落了滿天的星子，笑著聲音壓得極低：「我們再說會兒話吧，就這麼睡過去了，多浪費啊！」

夏明朗卻沒開口，輕輕往前蹭了蹭，就碰到了陸臻的嘴唇。

這地方實在太特別，不接吻還好，一接吻，只覺得魂魄都去得差不多了，腦子裏瞬間就成了一片空白。夏明朗的動作極輕，像夜風拂過，溫柔纏綿。這是一個醉人的夜，足以令人沉醉，可是當陸臻把自己貼身的迷彩T恤從頭頂上脫下來時，還是想起了一件事：「你家裏房間隔音怎麼樣？」

夏明朗怔了怔，悶笑：「好像很差！」

「那怎麼辦？」

「算了……睡覺吧。」夏明朗無奈地拍一拍陸臻的臉，翻過身去，深呼吸讓紊亂的氣息平靜下來。

「可是……」陸臻的聲音壓得很低：「我想做！」

「哦？」夏明朗有些愣了，意外地回身看著陸臻的眼睛，那裏面有一種渴望的光，極強烈的慾望，但與性慾無關。

「這是你家，你的床，你家裏人專門給你……做的……」

夏明朗靜靜地看著他，可眼神已經亂了。

這裏是家，不是宿舍，雖然他們早已經習慣把軍營當成家，可一旦回到了真正的家裏，那畢竟還是不一樣。這是一張陳舊的大床，父母就睡在隔壁，床邊的書桌是從舊屋裏搬過來的，上面還留著小時候鉛筆劃下的痕跡。

這可能是一生只有一次的機會，甚至可以不要那麼計較，忘記父母的禁忌，假裝已經得到了許可。

夏明朗覺得全身的血液都在急速地流轉，胸口熱得發燙。

「別出聲，忍著點！」夏明朗的聲音啞得自己都有點聽不清，手指上帶著火，撫過另一具火熱的軀體。

「嗯！」陸臻只是笑，眼睛閃閃發亮，瞳孔中有點點亮光，映著窗外的繁星。

四野寂靜，任何一點點細微的聲響在這樣的午夜聽來都顯得如此鮮明，四唇膠合在一起，只聽到低低的喘息聲。

夏明朗順著陸臻光滑的脊背往下摸索，手指挑到內褲的邊沿，陸臻會意，蜷起膝蓋讓他把內褲褪下去，兩隻腳蹬踹了幾下，把衣物踢到床角。赤裸的身體貼得更近，緩慢地摩擦，感受彼此的熱度。

陸臻略微撐起身，抬起一條腿跨到夏明朗的腰際，蓋在兩個人身上的被子緩緩抬起一角，像一池靜水，緩慢地揚波，產生無數細微的肉眼幾乎難以分辨的波紋，在朗月星光下曖昧地浮動。

口舌之間的糾纏越發緊密，陸臻用熱烈的深吻來轉移擴張時的異樣感覺，夏明朗捲起陸臻的舌頭重重地吮吸，陸臻受不住掙扎，床架一搖，發出清脆的爆響，把兩個人都嚇得動作一滯。

陸臻低頭看下去，目光糾纏在一起，像是可以從對方的眼中找到生命的一切。夏明朗的嘴角揚起來，溫柔卻極具脅迫力地微笑，他掐住陸臻勁瘦的腰用力往下壓，緩慢而堅定地楔了進去，這是最不激烈的方式，一切交合的動作都隱匿在無盡濃黑之中，一寸一分地廝磨，小心翼翼，悄無聲息，然而深入而持久。

陸臻仰起頭，用力咬住下脣，把所有的喘息聲都悶到喉嚨口，夏明朗把自己的手臂伸過去，貼著他耳根壓低了聲音說道：「咬吧……」

陸臻張口就咬上去，狠狠地咬緊，鹹腥的味道充滿了口腔，被嚥下喉嚨，於是感官越發敏銳起來，意識卻朦朧，不知身在何方，模糊中聽見有人在叫：「陸臻……」

「嗯？」陸臻勉強應聲，把視線移過去。

極輕的聲音含混不清，從夏明朗喉嚨深處出來，帶著潮濕熾熱的氣息。黑暗中只看得見一雙火熱的黑色眼睛，半瞇著，像野獸般熱烈的眼神。

陸臻忽然明白過來，其實他沒想說什麼，只是在叫他而已，他於是低頭抱住了夏明朗的脖子，嘴脣嚴絲合縫地貼上去。

舌尖激烈地翻攪，夏明朗不知饜足地舔舐，探索在陸臻口腔中可能達到的極限，卻不漏出一絲聲響。他的手粗糙而有力，牢牢地禁錮著陸臻細窄的腰，緩緩收緊，越來越用力地揉捏了起來。極緩的手法，細緻得幾乎漫長，彷彿是溫柔的，可是力道卻大得出奇，陸臻完全被固定住，不得逃脫，身體細微地抽搐著，全身的肌肉都繃到了極限，收縮擠壓，產生吞咬的力量，呼吸收緊，連空氣都一起停滯。

沒有任何動作，兩個人的身體緊緊地貼在一起，幾乎是靜止的撕扯，結合處絞扭擰壓地廝磨，時間凝固了，只剩下快感一格一格地往上積累。

極靜，極靜。

驀的，陸臻感覺到夏明朗的手臂驟然收緊，熱辣的洪流帶著新鮮的慾望放肆無忌地直闖進他的身體裏，陸臻止不住地發抖，肌肉一點一點地放鬆下來，跌落到夏明朗的胸口。

陸臻全身都出透了汗像是從水裏撈出來似的，四肢綿軟無力，夏明朗細緻地舔著他的耳垂低聲問道：「沒事吧？」

陸臻搖了搖頭，合上眼緩慢而深長地呼吸。

夏明朗的父母起床都很早，大清早天還沒亮，就聽到房外有動靜。房間裏床上躺著的那兩位，腦子裏都懸著一根名叫二級戰備的弦，一點點風吹草動便驚醒，睜開眼對上近在咫尺的臉，匆匆掃過一眼，不約而同地往床的兩邊滾。

房外的動靜一直很輕，過了一陣，只聽到大門一關，屋子裏又安靜了下來。

「這麼早，他們幹嘛去啊？」陸臻有點困惑。

「是啊！」夏明朗把手錶摸出來看了一下：「才8點多。」

「哦？」陸臻一愣，一時有點無法把8點多與天還早聯繫到一起去。

「去晨練吧……大概……打拳？」既然確定了屋裏沒人，夏明朗的神經也放鬆下來。

「天還沒亮呢！」陸臻看著窗外，正是黎明前最黑暗的時分，天空像潑了墨一樣的濃黑：「昨天，你媽跟你說什麼了吧。」

「是啊，還不就是那點事嘛，你也別幸災樂禍，再過幾年你也一樣。」夏明朗老實直說，他當然不會幻想陸臻會醉到人事不省什麼都沒聽見的地步。

「我們，就這麼一直瞞下去嗎？」

「一年才二十天假，再被嚴隊剋扣一下，能在家裏待幾天都不一定，一混就過去了，何必呢？」

「是啊！何必呢。」陸臻也是這麼想，可是心底裏總有著極深的愧疚：「以後得對他們更好一點，畢竟你爹媽這輩子就沒有機會抱孫子了，我爸媽也沒機會了。」

這話題有些太沉重了，兩個人都沉默了良久，夏明朗伸出手，揉一揉陸臻的頭髮，黑亮的眼睛裏，帶著溫柔憐惜。

「哦……天要亮了！」陸臻十分驚喜，撐起上半身，從夏明朗身上爬過去，睡到床的另一邊，更靠近窗的那邊。

清晨時分，天空帶著青冥色的灰影，東邊最遠處靠近地平線的地方，漸漸地泛出一點點魚肚白。

「太陽快要出來了！」陸臻側身看著窗外，很興奮似的。

「沒見過太陽啊！這麼開心。」

「沒在這裏見過。」陸臻的左手在背後摸索一陣，找到夏明朗的手，固執地握住，拉到胸前：「別說話，陪我看。」

天，在一開始的時候總是亮得很慢，黑暗一點一點地退去，慢到肉眼所不能察覺的地步，可又總是在人們失去耐心，幾乎要放棄的瞬間，好像一下子，天就亮了。

地平線上暈起了紅霞，暖暖的，金色交織著紅色的光，那輪圓日便像一個新鮮的蛋黃那樣，圓圓的，潤潤的，一點點地露出來。於是遠近的建築物上都蒙了層霞光，將青灰色水泥的色澤染得分外美麗。

「知道嗎？每次，第二天早上醒過來，我一個人睡在床上看著窗外的天一點點地亮起來，就會覺得特別不真實，好像昨天夜裏的一切都是做夢，你的樣子，你說的話都是在夢裏。有時候，晨練的時候第一眼看到你，都不敢看你的眼睛，覺得假。」陸臻說話的聲音很輕，夏明朗的手不自覺收緊，把人攬到懷裏，於是心臟靠在同一個高度上跳動。

「有時候我會想，要是可以一起睡到天亮就好了，在一起，看著太陽升起來，多真實的感覺，然後確定一切都不是個幻境……我本來以為這種事是不可能會發生的，想不到這麼快就成真了。」陸臻的聲音很沉，有太多感慨：「有時候想想，老天真的待我不薄！原本永遠不會實現的夢，幫我圓了一個又一個，不應該再有什麼不滿足。」

夏明朗一直都沒有出聲，窗外，那輪紅日已經完全地脫離了地平線，放出更多的熱量。他覺得自己應該是平靜的，心臟在平緩地跳動著，可是右眼卻驀的一涼，像是有一滴水濺到了自己眼睛裏，然後，又多帶了一滴滾出來，消失在枕巾上。

直到過了很久，夏明朗才想明白，那其實是他左眼裏流下的淚，越過鼻梁，落到另一隻眼睛裏。

想要一起看到日出。

夏明朗覺得心疼，多麼卑微的願望，在平常人看來幾乎是不值一提的願望，而在他們，卻成了一道連想都覺得最好不要去想的障礙。然而卻意外地實現了，於是如此輕易地就滿足了，真心實意地滿足了，因為從來沒有渴望過可以得到更多。

「陸臻！」夏明朗的嘴唇貼著陸臻後頸的皮膚：「你會不會……」

「後悔？」陸臻截了他的話：「你會麼？」

「我當然不會！」

「嘿嘿，我記得某人在半個月前才剛剛向我求婚來著。」陸臻翻過身來，清亮的眸子一眨不眨地盯牢那雙黑眼睛：「怎麼？當時把我訓得跟孫子似的，現在又來假惺惺做好人了？」

於是夏明朗也笑了，輕聲道：「你怎麼知道我會做好人？」

陸臻誇張地挑著眉。

夏明朗把手臂收緊：「其實我是想說，現在後悔也沒用了，晚了！」

陸臻笑得眼睛都彎起來：「沒見過你這麼不講理的人，求個婚還那麼兇，我居然也會答應。」

「我就是理，還講什麼講？你敢不答應？」夏明朗舔著牙尖，露出像荒原上的狼那樣的笑容。

陸臻笑眯眯的，說道：「我不敢。」

我捨不得。

伊寧雖然是西北重鎮，可是相比較東南沿海的那些大城市，仍然簡陋得像一個縣級市一樣，吃過了早飯，夏明朗佯裝要幫夏大媽洗碗，陸臻坐在堂屋裏聽著夏明朗添油加醋地誇自己，什麼出生入死啦，單騎救主啦，文武雙全啦，色藝雙絕啦，整個一隋唐英雄傳，十八棍僧救唐王。陸臻聽到後來自己都奇了，呵，這麼好一個人天上地下哪裏找？

不一會兒，夏大媽出來看陸臻那眼神都不一樣了。當媽的都疼兒子，自己兒子的救命恩人哪裏還有不敬的，眼瞅著陸臻幾乎有點不知道要拿他怎麼辦才好的意思。

陸臻被唬得一愣，連忙湊過去親親熱熱地叫阿姨，說，別聽隊長瞎說，咱們一個隊的，出任務本來就是要彼此多照應。

夏大媽一陣感慨，越發覺得這小孩又懂事又乖巧，又甜又可心。

大白天待在家裏也沒事，夏大媽就直催著讓夏明朗帶陸臻出去玩，夏明朗挺無奈地看了自個兒老媽一眼，心道，咱們這裏的市中心，搞不好還不如人家社區旁邊的一個十字街口。

陸臻倒是興致十足的樣子，迫不及待地拉著夏明朗上街去。

伊寧是兵團師部駐地，雖說建設兵團不同於普通的野戰部隊，但這城市的軍味兒就是比別的地方來得濃，在這個城市裏的絕大多數人也都對部隊十分地瞭解。

商業區是實在沒什麼可逛的，夏明朗索性領著陸臻把他小時候上學的學校全走了一圈，小學和初中都在，倒是高中全翻新了。夏明朗站在新嶄嶄的教學樓前，很是有點唏噓。唏噓之餘自然也忘不了吹噓了一番自己當年的光輝史：什麼萬米長跑冠軍啦，什麼校升旗手啦，總而言之就是風雲人物，三個年級的小姑娘都眼巴巴望著的主，據說當年去上課，書包都塞不進抽屜去，那裏面全是小姑娘們送的小玩意。

陸臻笑得喘不過氣，看著夏隊長站在操場上指點江山。北國邊疆，冬天特別的冷，大團大團的白霧從嘴裏噴出來，臉凍得紅通通的，像某種水分充足的水果。

夏明朗盯著陸臻看了一會兒，雙手捧起他的臉，頗為糾結地擰著眉：「你說說，老子英雄一世，怎麼就栽你手上了呢？」

陸臻本想說這做人自戀也要有個限度，可沒想到有些人不要臉起來那叫一個沒皮沒臉，頓時華麗麗地囧了，愣頭愣腦地瞧著他，眼神呆滯，夏明朗於是心滿意足地笑了。

一路溜達著，到最後逛得有些累了，兩個人買了點羊肉串、幾張餅，逛到城郊隨便找了個小坡地坐了下來，吃吃喝喝的，也別有一番風味。

「時間不夠啊！」夏明朗挺遺憾似的：「要不然，可以帶你到北疆裏面去玩，可好玩了！有戈壁石子灘，還有草場，還可以去我大姐那兒看看，阿拉爾，產棉花的地方，看不到邊的棉花田，保證你這輩子都沒見過。」

「我覺得還是在家裏陪陪老人來得好，下次再見面都不知道什麼時候了。」

「是啊！」夏明朗笑得意味深長：「陪酒的任務就交給你了！」

「靠，你還有沒人性啊？我昨天喝得差點就掛了。」

「應該的，陸臻同志！就當哄你老丈人開心了。」夏明朗挑眉，用手肘碰他一下。

陸臻埋頭算了算，嗯，好像這麼叫，他不吃虧，夏明朗那邊已經回過味來：「噫？你應該叫我爹什麼好？」

「叫爹！」陸臻迅速地接話，一臉正直。

夏明朗想想，嗯，還是這樣最好，大家都不吃虧。

6.

中午那頓這兩人在外面對付了一下，到了晚上就又是大餐，夏明朗的高中同學當年的兄弟哥們兒在小年夜裏搞聚會，夏明朗既然回家了怎麼可能不去插一腳，更何況，他這回是專門復仇來了。夏大人一世英明，只有一件事是他心頭隱痛，那就是酒量。再沒有什麼比身為一個新疆人卻不會喝酒更讓人傷心的事了，回回聚餐回回喝醉，每一次都是讓人給抬回去的。

第二天頭痛欲裂地找人對峙：幹嘛又灌我？

大夥挺不屑地瞅他一眼：誰灌你了啊，兄弟們一人碰了一杯，你就掛了，你好意思？夏大人囧然，是不好意思，可是他那不也是沒辦法嘛？他三兩必醉的酒量跟人家一斤的混，豁出命去也不當個事啊！

於是，這一次，還不等人來拖，他自己就先殺氣騰騰地衝到了飯店裏，夏隊長華麗回歸，他帶著幫手來了。

一路上夏明朗就先添油加醋地把自己當年怎麼怎麼被欺負的事蹟抖落了一番，陸臻一陣豪情萬丈，心想：反了天了，連他男人也敢下手黑，灌不死丫的。

夏明朗看著陸小臻滿臉燃燒著鬥志，一副為夫報仇的小樣兒，心中開滿了名為無恥下流的小花朵。

夏明朗三年沒回家了，一露面就說要帶個人來，眾家兄弟都叫囂著帶家屬，夏隊長陰陰一笑不答，於是一幫兄弟還真以為個人問題解決了，伸長了脖頸要看嫂子，結果陸臻一露面，滿桌都是失望透頂的哄笑，差點把陸臻給嚇著。

夏隊長是什麼人，三十六計用在心裏的主，深知遇敵之戰的種種戰略戰術，當下只是簡單地介紹了幾句，便賓主落座。陸臻生得一張書生氣十足的小白臉，一報籍貫又是上海，在席面上大家就基本已經不怎麼拿他當個人看了，只是嘲笑夏明朗說這次學乖了，還知道帶個跟班來扛他回去。

可是沒想到酒過三巡，陸臻不動聲色地發了威，所有敬到夏明朗跟前的酒都被他一併擋下，陸臻喝酒乾脆，甭管多大的杯子，只要你說聲乾，他一口就能悶，而且最絕的是他喝酒不上臉，清清白白的面色，一點血氣都沒有，首先從氣勢上就具有華麗的壓倒性的優勢。

等眾家兄弟醒過神來夏明朗這小子他是報仇雪恨來了，滿桌人多半已經被陸臻騙下去不少酒，再加上之前沒有憂患意識，大家自己的內鬥也消耗了不少戰鬥力，眼下收拾心神回頭再戰，卻是已經折損了第一城。

陸臻喝酒跟別人不同，他自控力強又不上臉所以沒人看得出來他已經到了什麼程度，很可能他還有一口就得平躺，可是沒灌下去之前，搞不好大家還以為他能再喝三斤，於是就創造出了一種彷彿無底洞一般的恐怖酒量。再加上夏明朗不停地在旁邊造勢，插科打諢地拿話擠兌人，私底下則偷偷摸摸地把自己杯子裏的白開水往陸臻那邊倒，小陸少校徹底發威，以一敵十，放倒了四名邊塞酒徒，為上海男人著實長了一份臉，當然，更是把夏明朗樂得眉飛色舞。

酒終人散，平生第一次夏明朗站直了看別人橫著走，那感覺要多爽有多爽。

陸臻喝多了，臉上的血色褪得一乾二淨，立在清寒的午夜星光下，帶著冰雪一般凜然不可侵犯的禁慾味道，夏明朗偷偷看他的臉，只覺得著迷，好像十七、八歲的少年看到心中女神，心裏又愛又怕，正面多看一眼都不敢，可是轉過身眼角的餘光卻一直瞄過去。

西邊的天光落得晚，他們那一群人又愛鬧，吃過晚飯就已經是午夜時分，走過主街轉到小路上，四周一下子就靜了下來，明晃晃的星光鋪到地上，照得灰白的水泥路面像是有水波在流淌。

陸臻走過兩步，忽地腳下一軟，靠到夏明朗肩上。

「怎麼了？還是醉了？」夏明朗連忙攬住他的腰。

陸臻不說話，只是仰著臉笑，笑得眉毛和眼睛都彎下去，笑意像星子的光，閃閃發亮。

「看樣子是真醉了。」夏明朗咕噥著，手指不自覺地摩挲陸臻的嘴角，薄唇被酒精燒紅，有鮮豔的血色。

陸臻探出舌尖繞著夏明朗的手指緩緩抿了圈，一點灼熱的火在手尖上燒起來，摧枯拉朽似的沿著血管衝進心臟裏，夏明朗喉頭一乾：「別鬧了。」

陸臻一聲不吭地卻只是瞧著他笑，眼睛睜得很圓，漆黑明亮，剔透如水晶，帶著孩童的幼稚，幾乎有點冒傻氣。

夏明朗忍無可忍，咬牙切齒地扶著他站穩，有些急躁地嚷著：「自己還能走嗎？」

陸臻笑嘻嘻地點了點頭，自己穩穩地先走了一步，扭過頭又看著夏明朗傻笑。

夏明朗只覺得整顆心都化了，連忙上前一步握住陸臻的手指塞進大衣口袋裏拖著走，陸臻低頭跟在他身後，腳步倒是沒亂，慢慢地卻笑出聲來，極輕的聲音，像五月清風一般，夏明朗忽然站定，陸臻一時收不及直撞到他身上。

「幹嘛這麼開心啊？」夏明朗拖長了音調，無可奈何地。

陸臻明亮的笑容停在臉上，無聲而燦爛，他歪起頭努力想了一會兒，說道：「你，你喜歡我。」

夏明朗止不住地嘴角揚起來：「我喜歡你就這麼高興？」

陸臻一本正經地點頭。

「傻乎乎的。」夏明朗抬手去捏他的臉。

「我，我，多神奇啊，你喜歡我。」陸臻咬著舌尖，聲調含混得好似幼童。

「有什麼好神奇的。」夏明朗失笑。

「很神奇。」陸臻固執地更正：「很神奇，我們居然會在一起，我我，我那麼喜歡你，你也會喜歡我，我很高興。」

「你覺得高興就好。」夏明朗聽到自己的心臟在狂跳。

「那，你高興嗎？」陸臻固執地盯著他，目光閃亮。

「我當然高興。」

「那，我可以親你嗎？」陸臻討好地笑了笑，雪白到底的臉上騰起一層薄薄的血色。

「當然，當然可以。」夏明朗豎起耳朵在聽，離開他們最近的那個人在三十米之外，另一個小巷裏。

陸臻笑得極開心，偏過頭，貼到夏明朗嘴唇上。

他緩慢地眨眼，脣角上沾著清烈的酒氣，熾熱而柔軟，安安靜靜地貼合著，夏明朗一動不動地擁住他，在極近的距離看著他的眼睛，看著那漆黑纖長的睫毛劃過午夜時分清冷的空氣，緩緩合攏。

夏明朗感覺到身上一重，連忙收緊手臂把人扶穩，卻忍不住笑出聲，在這寂靜的夜晚，這笑聲被傳得很遠。

轉過天就是大年三十，夏大媽總覺得家裏的年貨不夠，大清早的把人拖起來踢上街去買。

夏明朗有一個妹妹一個姐姐，目前全都成家了，姐姐比他大了近十歲，生了一對雙胞胎兒子，調皮得上天少架梯子入地少個洞。而妹妹是前年成的家，眼下小孩勉強咿咿呀呀地能叫聲媽，所以，要說那夏隊長的壓力也不能說是不大的。這次回來藉口日子少還帶著戰友，總算是又逃過一劫，眼下大過年的他媽心裏高興還沒事，等過完年回過味來有得囉嗦。不過，好在山高皇帝遠，夏明朗自然隨她去。

現在他老媽踢他出門，他實在是樂得，只恨不能在外面把晚飯都吃了才回去。

中國人嘛，過年的氣氛還是很重的，大年三十的滿大街的東西好像不要錢那樣地在搶，夏明朗和陸臻仗著身強體健好歹還是從超市裏殺出了一條血路。結帳的時候陸臻拼死拼活一定要刷他的卡，夏明朗攔不住，便讓他刷了，陸臻喜滋滋地提著年貨，滿臉是毛腳女婿上門的得瑟的笑。

超市的出口處照例是金鋪，玻璃櫃子裏放著金燦燦明晃晃的貴重金屬打造的小玩意，陸臻看得一愣，瞳孔上被那道金光劃了一道痕。夏明朗不動聲色地拖著他走過去，陸臻微微低了頭，臉上的笑容複雜得一言難盡，可是沒想到夏明朗還沒走到櫃檯邊，一轉身，又繞開了，陸臻一頭霧水地被他拖出門，睜著一雙無辜的大眼睛，萬分失望地瞧過去。

夏明朗極尷尬：「我操，櫃檯上那女的，是我初中同學。」

陸臻嘴巴一張，配合地做出O型。

夏明朗幫他把下巴殼子托上去，嘆道：「真他媽趕巧了。」

陸臻同情地點頭：「你班上同學還真不少。」

夏明朗老臉一紅：「不是同班的。」

唔？

小陸少校危險地瞇起眼睛：「好過？」

夏明朗左右張望了一下，拉著陸臻的胳膊過馬路，陸臻難得抓到這種八卦怎麼能放過，追在後面問，夏明朗被他逼得煩了，特別無奈地「嗯」了一聲，馬上又分辯道：「那是小時候的事兒了，大我一屆的。」

於是很快地陸臻就反應過來為什麼夏明朗的同學多了，因為他根本就不是以班級為單位在活動的，幾乎一個學校的人都認識他。昨天走在大街上還不覺得，當時夏隊長的那些同學們多半還在上班，可是今天就不得了。年三十，大部分單位都放假了，一條街走下去能有三個人衝著他打招呼，陸臻從小在上海那個人海沙漠裏長大，覺得這事簡直不可思議，忽然開始相信起前一天夏明朗得瑟的那些光輝往事。

等他們回家的時候，夏明朗的姐姐一家已經到了，屋子裏熱鬧得像是要翻過去，大門一開就看著兩條人影呼嘯著衝過來，一邊一個，掛在夏明朗的肩膀上不撒手。

夏明朗這兩個外甥是雙胞胎，長得一模一樣，連親爹媽都分不出來，大概是小男生天生崇拜軍人喜歡槍，雖然不常見面，可是兩個半大小子就是喜歡和舅舅親近，一見面就死死纏住絕不放手。夏明朗若無其事地掛著兩個小子去找他媽，一邊交接東西一邊不著痕跡地透露出買單的人是誰，夏大媽萬般過意不去，擰著夏明朗胳膊上的肉，罵道：你小子怎麼這麼不會做人。

夏隊長嘿嘿一笑，心道我就是太會做人嘍，媽！

再過了一會兒門鈴聲又響，屋子裏沸反盈天的，夏明朗正忙著和兩個小子打仗玩兒，倒是陸臻一個外人跑去開了門，夏大媽從廚房裏追出來，又是一陣數落。可是一開門，就看到陸臻直挺挺地杵在門口，狂笑不止。

夏明朗莫名其妙地從裏間裏出來，夏家小妹已經撥開陸臻走進來，懷裏抱著個小嬰兒，夏明朗直看得眼前一黑，額頭上烏鴉鴉的全是黑線，陸臻還杵在門口笑，扶著腰連站都站不起來。

夏家小妹也是個口齒伶俐的主兒，烏溜溜的眼珠子盯著夏明朗的臉看了半天，忽然一聲長嘆：「我說這丫頭長得像誰呢！你怎麼就這麼能禍害人呢！」

夏明朗摸著臉，嘴角抽搐著：「這個，我不得不說，我有點冤。」

夏小妹嗔怒，跑過去捶打她大哥：「完了完了，小女將來要是長成你這模樣還怎麼嫁得出去啊！」

「那個……那沒什麼，別怕，我就喜歡這長相的，沒人要，我娶。」陸臻笑得上氣不接下氣。

「閉嘴，少給我添亂。」夏明朗橫眼飛過去一刀，拉著自家小妹哄：「要我說這事兒妳可不能怨我，我長得像誰啊，我長得像咱媽，這丫頭長得像她外婆，這事兒跟我沒關係啊……」

夏明朗聲音忽地一提，一聲慘叫，夏大媽踮著腳揪他耳朵，咬牙切齒地罵：「你這臭小子，寒磣我呢是吧？」

夏明朗馬上討饒不止。

小女眨著黑豆兒似的小眼睛，左看看右看看，最後停在陸臻的臉上衝他甜甜一笑，陸臻頓時心動，走過去逗她。

其實小孩子是這個世界上最勢利的小東西，他們年紀再小，心眼兒也足，他們憑藉著本能都知道誰會對他們心軟，誰會待他們如珠如寶。而同時，所有的小孩兒都喜歡好看的人。於是很快地，夏明朗發現翻版夏明朗對本尊沒有半點興趣，她喜歡陸臻，確切地說，她只喜歡陸臻。

陸臻熱愛一切單純潔白柔軟的東西，而新生命是其中最讓人心軟的存在。他幾乎是本能的喜愛著嬰兒，細緻體貼，溫柔之極，逗著逗著就把小丫頭從媽媽那裏接了過來，這一抱就壞了事，這小丫頭賴在他懷裏不肯挪窩，一隻小手軟綿綿地纏著陸臻的脖子，另一隻手堅定不移地開始摳陸臻肩上的星，陸臻拉了她幾次都沒拉開，不由得心中哀嘆：丫頭哎，妳為毛不去摳妳舅的啊，他肩上還比我多一顆星呢！

然而，這還不是最絕的，最絕的是這小傢伙不肯讓人碰陸臻，一碰她就兇。

夏明朗找陸臻說話還沒十句就讓她揮了兩次，夏隊長本能反應躲得快，小女兩下都抓了空，馬上小嘴一扁，黑亮亮的眼睛瞪了起來，陸臻連忙揪著夏明朗的衣服把人拖了過來，送上門去給小丫頭揪頭髮。

夏明朗疼得直抽，抱怨：「你就這麼慣她吧，早晚讓你給慣壞了。」

陸臻笑得見牙不見眼，捏捏小女粉嫩嫩的小臉，得意洋洋的：「我喜歡她，我樂意這麼慣著她，你管得著嗎？」

夏明朗好不容易把自己的頭髮從魔爪裏抽出來，撇著嘴頗不以為然：「我看將來你要是有小孩，非得讓你給慣壞不可。」

陸臻聽得一愣，抬起眼來看他。

夏明朗這才回過神發現自己說錯了話，陸臻卻低低一笑：「你給我生麼？」

夏明朗笑起來：「我要能生就給你生了，就怕生出個怪物。」

「你生的就算是個怪物我也喜歡。」陸臻把小姑娘舉起來，嘴裏發出嗚嗚的聲音，好像飛機那樣起伏滑行，小女咯咯地笑，笑聲像銀鈴一樣的脆。

「喜歡小孩兒嗎？」夏明朗看著陸臻抱著孩子在陽光裏飛行。

「喜歡！」陸臻轉頭笑，踏近了一步，湊到夏明朗耳邊低聲道：「可我更喜歡你。」

在所有過去與將來，所有值得懷念與值得期待的景色裏，我最喜歡你。

大年夜，夏明朗的姐夫家也在伊寧城裏，所以吃過午飯一家人轉去婆婆家，而夏家小妹則留在了家裏。夏明朗的妹夫看起來是個極為和氣的男人，看人永遠帶著三分笑意，與伶俐的夏小妹倒是相當地合襯。這三年，夏明朗一直沒回過家，於是自己妹妹從結婚到小孩滿月他統統錯過，被夏小妹揪著空子狠狠地數落了一番，夏明朗笑嘻嘻地隨便她掐來掐去，等這丫頭出完了氣方才神秘兮兮地從背包裏掏出個東西塞給她。

陸臻好奇地伸長脖子去看，打開的盒子裏，紅通通一片全是錢，只怕沒有三四萬。夏小妹嚇了一跳，驚愕地扭過頭去看自己老哥，夏明朗低聲在她耳邊說了句什麼，夏小妹激動地抱著大哥的胳膊直搖晃。

陸臻等人走了之後蹭到他身邊去表達鄙視：太他媽俗了，還有直接送錢的。

夏明朗四仰八叉地往床上一躺，很屌地抬起手來指指點點：「都跟你說了送禮要投其所好，這丫頭新買的房子欠銀行十幾萬，我送她什麼都沒有送錢實在。」

陸臻望天眨巴了一下眼睛，忽然覺得，還真他媽有理。

相逢時短，時間怎麼都不夠，臘月二十八下午到的，大年初一的下午就得走，算算時間真是短得可憐。夏明朗義正辭嚴地把陸臻當成救命恩人，於是夏大媽也由衷地感覺到她兒子必須得跟去人家家裏拜個年。可是心裏想兒子啊，那怎麼辦呢？夏媽媽也就只能變著法地做好吃的，年夜飯恨不能在桌上擺一百道菜，只恨自己兒子沒長了十張嘴。

好在到底年節還是在自己家裏過的，一大家子人湊在一起看春晚，從第一個節目開始數落起，小女睡得早，窩在陸臻懷裏早早地就睡成了一個團兒，陸臻卻是異樣地興奮，一點睡意都沒有。把小姑娘還給她媽媽，拉著夏明朗在陽臺上說小話，忽然聽到房間裏一陣喧嘩，黑漆漆的天幕上驟然炸出了一朵禮花，正正巧巧地開在夏明朗頭頂上，像一場金色的雨。

原來，已經過年了。

年三十的晚上，夜空如洗，繁星閃耀，他們在這北國冰寒的空氣裏彼此凝望，笑得沒心沒肺的像是兩個還沒長大的孩子。

那個夜晚，陸臻貼在夏明朗的懷裏，睡得極為香甜。

他在想，這是他這輩子過得最好的一個年，真的，一定。

第五章 城市森林

1.

陸臻長得乾淨帥氣，嘴巴又甜，在基地的時候就是中老年婦女（醫生）寵愛的對象，夏大媽小小堡壘一攻即下。再拿出一點點上海男生的體貼手段，吃過飯佯裝要幫著洗個碗什麼的，其實哪裏用得著他的十指沾上陽春水，早被夏媽媽一把攔下來，臉上笑成了一朵花，沒口子地誇：瞧瞧，瞧瞧，瞧人家的兒子長的，多懂事！

夏大人心裏很是鬱卒，心道，他在這裏自然當牛做馬盡量發揮，等再過兩天就是你兒子給人當孫子的時候了。

一忽兒來了，一忽兒又要走，機票訂的是初一的夜班，這兒子養得，真是像客人似的。夏媽媽堅持要幫著收拾東西，看著夏明朗在旁邊疊衣服，想了半天，還是忍不住要說：「你啊，到什麼時候才能給自己找個老婆？」

夏明朗用眼角的餘光看到陸臻的動作略僵了一下，有些不耐煩地：「媽，咱不談這事了，行嗎？」

「耶，你這孩子，哦，我不談，你能就這麼一個人過一輩子啊！」

「我一個人怎麼就不能過一輩子啊！」

「哎，你……你……」

陸臻一看苗頭不對，馬上過來勸架：「要我說，隊長這就是你的不對了，你怎麼會一個人過呢，怎麼也要找個伴兒的吧。」夏明朗看著那張正直的臉，眨了眨眼睛，想笑，又不敢。

倒是夏大媽被陸臻這一句話說得貼到心坎裏，眼眶都紅了，只拉著陸臻的衣服：「你說說，唉，兒子大了，媽的話也不聽了，你幫我勸勸他……」

陸臻一腦門的黑線，一肚子的罪惡感，只能硬著頭皮說：「好好……大媽您放心，我一定勸，怎麼也不會讓我們隊長一個人過的。」

夏明朗看得忍不住要幫他解圍：「結婚又不是我說了就算的事，也要有人肯嫁吧？再說了誰知道你要找個什麼樣的，等找回來你又看不中，還不是照樣煩我。」

「你少拿這話堵我！你媽才沒那麼挑呢！只要你看著喜歡，懂事點，媽都喜歡。」

「那陸臻這樣的呢？」夏明朗一挑眉毛。

陸臻被這話嚇一跳，回頭狠狠地瞪了一眼。

好在夏大媽一點多餘的想法都沒：「你就挑吧，像人孩子這麼好條件又懂事的姑娘能看上你？你就是存心讓我一輩子抱不上孫子。」夏大媽說完，連東西都懶得理，憤憤然地走了！

得，關鍵字，在此——姑娘！

夏明朗和陸臻兩個對視一眼，焦頭爛額地，無奈一笑。

當天晚上夏明朗坐到飛機上時，終於有些能體會陸臻的心情了，就是那種特別理虧，特別不安心，好像人為刀俎，你就得乖乖去為魚肉的緊張感。

不過陸臻十分狡猾地訂了紅眼航班，落地到虹橋機場的時候已經是午夜時分，這麼幹的好處是顯而易見的，至少這三更半夜的，總不能把客人打發到外面去住飯店，而萬一這人要是住下來了，怎麼也沒有主人家把客人打發出去的理由。小陸少校埋頭盤算，算盤珠子打得劈啪響。

一出機場大門，陸臻隨手攔了輛計程車，操一口流利的上海話同司機砍了一通價錢，夏明朗在旁邊站著，愣是一字沒聽懂。等這車一路開到陸臻家社區門外，已經接近凌晨一點多。這是一個配套設施非常齊全的社區，即使是三更半夜，鵝卵石路邊的貼地燈仍然幽幽地放著光，照得四下裏樹影重重，倒有幾分詭異的氣息。

陸臻領著夏明朗摸黑走在樓道裏，回想起幾天前夏明朗回家那夾道歡迎的盛況，不由得心中幾分唏噓。這兩人堪稱是中國最好的偵察兵，此時更是拿出摸哨的功夫，完全悄無聲息地滑進家門。

陸臻關好大門，指揮夏明朗換過拖鞋，先把大包卸了，輕手輕腳地往自己的房間裏溜，他事先有通知過，相信床褥被子應該都已經準備好，可是路過書房門口的時候，卻看到虛掩的大門裏透出一線昏黃的光束來。

陸臻一愣，輕輕把門推開：「怎麼還沒睡呢？」

陸媽媽林竹君正守著電腦上網，冷不丁聽這神兵天降的一句，著實嚇了一大跳，猛地一下子站起身，連椅子都碰倒了，驚魂不定地看著自家兒子。

「是我，我，我回來了！」陸臻連忙道。

「你，怎麼進來的？你要嚇死我啊！」

「我開門進來的啊，我以為你們都睡了嘛！怎麼這麼晚都不睡啊！」兒子見了媽，沒說的，總是要先小撒一嬌。

林竹君這寶貝兒子兩年多不見了，高興還來不及，剛才那些些小事，當然不會放在心上，只是嘴上還在嗔怪：「還不是你小子不好，買這麼晚的機票。」

「我買不到嘛！」

「讓你早點訂，早點訂，怎麼越大越回去了，我記得你小時候沒這麼糊塗啊！」

陸臻湊在老媽耳邊說：「媽，我們隊長在，給我留點面子。」

林竹君無奈地瞪他一眼，不再揭短。

陸臻笑嘻嘻地攬了自己老媽轉過身，得意洋洋地對著夏明朗介紹道：「隊長，這是我媽！」

「媽，這就是我們隊長夏明朗！」

呃……

林竹君一直聽自家兒子在電話裏吹噓麒麟的輝煌，對夏明朗這個名字並不陌生，倒是夏明朗，雖然陸臻一路上跟他說了不下十遍諸如「等下看到我媽，別的先放一邊，一定要稱讚她漂亮！」這一類的話。但是在他的概念裏，一個需要這麼誇的女人，多半不會好看到哪裏去的，他做好了全部心理準備等著看到一個又老又醜的陸媽，卻意外看到一個氣質優雅的中年美婦人笑盈盈地站在自己面前，頓時神情愣然地呆了一下：「這，這……這是你媽？」

「怎麼？沒見過美女啊！」陸臻笑得更得意，心道：果然是夏明朗，演技一流。

夏明朗笑容尷尬：「阿姨好！」

林竹君倒是一臉的溫和笑意：「夏隊長好，我們家小臻在你隊裏，讓你費心了。」

「還好，還好！」夏明朗看那笑容心裏嘀咕著：這哪裏像媽嘛，笑得像個指導員一樣。

「媽，這麼晚了，你先去睡覺吧！」

陸媽媽嘆口氣：「你也知道晚啊？先去洗個澡，洗完澡再睡。」

「明白！」陸臻啪的一個立正敬禮，夏明朗在後面腹誹，你小子衝著我的時候可沒站這麼直過。

然而，陸媽媽溫柔的眼睛轉到夏明朗身上，又有些遲疑：「不過，今天晚上你打算讓你們夏隊長睡哪裏啊？」

「就一起擠擠算了！」陸臻滿不在乎地說。

「這樣不太好吧！」

陸臻和夏明朗的臉色齊齊一僵，好在陸媽媽剛剛只開了電腦桌前一盞檯燈，室內光線昏暗，看不清這兩人神色的變化，夏明朗偷偷地瞄了陸臻一眼，拿不定主意現在自己是不是要開口。

「媽！這有什麼啊！當年我同學過來不都這麼睡的。」陸臻笑道。

「那是你同學，這位畢竟……」

「哎唷……」陸臻的聲音頓時又輕快起來：「我們部隊沒那麼多虛東西，你知道我們出任務的時候都怎麼過夜嗎？幾個人往草叢裏一鑽，就這麼睡著了。」

「你就編吧，當你媽沒見過世面呢！」陸媽被自家兒子逗笑：「我隨便你！反正怠慢了夏隊長回去挨訓的人是你，記得，洗澡小聲點，你爸已經睡著了。」

「去吧去啊！」陸臻拉著老媽的胳膊塞進主臥室裏去。

關上門，回頭只看到夏明朗一雙眼睛在黑暗中閃閃發亮，陸臻拍拍自己胸口：「杯弓蛇影！」

夏明朗輕聲道：「嚇我一跳。」

「放心吧，沒那麼邪的！我媽還不至於神成這樣。」

陸臻先去沖了澡，又從客房拎了個枕頭過去，等他把東西收拾得差不多，夏明朗也從浴室裏出來了，只穿著貼身的軍綠色汗衫，髮梢上沾了點水，順著脖子往下流，陸臻看他那樣子馬上急道：「你趕緊先上床，我們家可沒暖氣，你當心著涼。」

夏明朗失笑：「我有那麼菜嗎？」

陸臻不理他，把裏裏外外的燈都關了，也跳上床去，蹭到夏明朗身邊去咬他耳朵：「哎，你知道我爸那房間裏，什麼最好嗎？」

「哦？」

「隔音！」陸臻笑得賊兮兮的：「我老爸發燒音響，裝修的時候全貼了隔音磚，兩層！」

夏明朗眨眨眼睛：「你想幹嘛？」

「不幹嘛！」陸臻翻個身仰面躺著：「今天小爺我累了，明天再好好收拾你。」

夏明朗在黑暗中悄悄伸出手，掐陸臻的脖子！

一夜無夢安眠到天亮，陸臻房間裏的窗簾比較厚，錯過了天光，起床的時候便有些晚了。陸臻刷完牙進客廳，看到陸媽媽正坐在沙發上看報紙，一圈轉下來卻沒看到自家老爸，不由得詫異了：（註）「哎，老爸咧？」

「學堂裏去了！」

「今朝還要去學堂？」

「就是講吖，好像是要搞個啥慶典吧，伊拉大學裏的事體就是多。」難得兒子回來了，一家人還是湊不齊，陸媽媽也是很鬱悶，抬頭看到夏明朗也洗好臉出來了，便改口說了普通話，走到飯桌邊拿起一盤生煎：「你爸今天臨走的時候專門繞路去買的，就是冷掉了，我先給你們熱一下去。」

「媽，你就不怕把廚房給點了啊！」陸臻抱著胳膊站在旁邊，挺信不過的樣子。

「那你來！」陸媽媽一伸手，把生煎盤子遞到陸臻的鼻子底下。

陸臻笑得開心了：「媽，你就不怕我把廚房給炸了啊！」

「那就沒辦法了！」陸媽媽作勢看看手裏的盤子，挺無奈似地遞到夏明朗面前：「那就只能麻煩夏隊長您了。」

夏明朗愣了一下，乖乖地接了過來，走進了廚房。

陸臻和陸媽媽兩個互望一眼，都有點目瞪口呆的意思。

「媽，你搞什麼啊！」

「我開玩笑而已！」

「陸臻！」夏明朗在廚房裏叫人。

「到！」陸臻連忙趕過去。

「這東西是要怎麼熱的？」夏明朗這輩子沒吃過生煎，對原理不熟。

「你在平底鍋裏先放油，把東西碼進去，煎一下就行了！」陸臻VS「放點油，煎一下就好了！」陸媽媽。

母子倆異口同聲地說完，再次互望一眼。

夏明朗油瓶拿在手裏，轉頭似笑非笑地看著這兩人，陸臻尷尬地笑笑：「這個，我和我媽都是理論型人才，沒動手能力的！」

其實煎個生煎實在不需要什麼動手能力，夏明朗隨便擱了點油就煎開了。

陸臻自覺理虧，笑得更加諂媚了點：「隊長，想不到你還有這一手啊！」

「這算什麼呀！我烤的全羊才叫一絕呢！」夏明朗得意洋洋：「哦，對了，你小子不是吃過嘛。」

「看到了吧？讓你跟你爸學兩手，就是不肯動，看將來誰肯嫁給你，人家中校還會做飯呢！」陸媽媽抓到機會就現場教育。

「沒關係，那我嫁給他好了！」陸臻漫不經心地隨口搭一句，夏明朗站在爐子邊上，從背影看過去，十分平靜，只是一點油星從鍋裏爆開，恰恰濺到他手背上，竟也忘了動一下。

陸媽媽上下看他兩眼，不屑地笑道：「就你這樣？人家肯要你才怪！」

「沒問題，我就勉為其難地收留一下好了，就當是為部隊解決軍人的家屬問題了，這也是我這個做隊長的應該做的嘛。」夏明朗笑眯眯地一邊盛生煎一邊說道。

陸媽媽笑倒：「那真是麻煩你了夏隊長！」

「老媽！」陸臻無奈地抗議一聲，上前去幫夏明朗收拾東西、拿碗筷，一回頭看他媽已經回客廳去了，才輕輕地在夏明朗耳邊說道：「我媽那是有娛樂精神。」

「我知道！」夏明朗笑一笑。

生煎饅頭，清粥小菜，這是最具上海特色的早餐，陸臻太久沒吃到家鄉菜，吃得不亦樂乎。陸媽媽報紙翻完也坐到桌邊來：「午飯吃什麼？」

「唔？」陸臻咬著筷子想。

「還是出去吃吧！我訂了小南國和港麗，你自己挑一家，等下吃完飯，你就帶夏隊長在市中心逛逛，夏隊長還沒來過上海吧！」

「沒！阿姨叫我夏明朗就可以了，不用這麼客氣。」

陸媽媽笑笑，卻沒有應聲。

倒是陸臻探頭過去問：「你吃不吃得慣甜的菜？」

夏明朗想想：「有多甜？」

「算了！港麗吧。」陸臻還是幫他做了決定，上海本幫菜濃油赤醬，實在不是一般的外地人可以接受的。

「那吃完飯收拾收拾就可以出發了！」陸媽媽看看鐘。

「啊？」夏明朗錯愕地看看自己面前的那個空碗，他沒搞錯什麼吧，早飯不是才剛吃嗎？

「哎，對了，你們兩個，就穿成這樣跟我出門？」

夏明朗和陸臻面面相覷，有什麼問題嗎？

「兒子啊！過節啊，春節了難得回來一趟穿帥一點嘛，給你媽也撐撐場子！」

陸臻「啪」地一下跳起來敬禮：「是，保證完成任務。」說完就拉了夏明朗進房去換衣服。

「多穿點，今天外面可冷著呢！」陸媽媽不放心地關照。

「媽，注意點隱私，別偷看我們換衣服嘛！」陸小臻攔在門口。

陸媽媽失笑，挑眉看他一眼：「有毛病。」隨手幫他們帶上了門。

軍裝是非常顯氣質的東西，不一會兒兩個人換好正裝常服，理好軍姿，一前一後地從房間裏出來，端得是身姿挺拔，意氣風發。陸媽媽看得一呆，摸摸自己的臉：「不行，我得去打扮一下！」

陸臻大笑。

陸媽媽換過衣服，又化了點淡妝，一頭長髮一絲不亂地盤在頭後，用一個深色鑲水鑽的夾子夾好，越發顯得氣質端莊優雅。陸臻馬上狗腿地上去恭維：「媽，行了別再弄了，現在就已經人人當你是我姐了，再這麼下去，該有人說我是你哥了！」

「成天胡說八道！也不怕夏隊長笑話。」陸媽媽笑罵。

「沒關係，」夏明朗笑道：「反正在這兒我最老！」

麒麟基地裏兩張最利的嘴聯手，當真是把陸媽媽哄得笑個不止。

夏明朗一心求表現，出門時主動地坐上了駕駛席，陸媽媽剛想阻攔，卻被陸臻一把拉住了，悄悄地眨眨眼。

「好！」陸臻拍出一張地圖，手指一指：「我們在這兒，目標，人民廣場，夏明朗同志，人民把這個重任交給了你，請不要辜負了這殷切的期望。」

「是，保證完成任務！」夏明朗哭笑不得地看他一眼，眼中幾分詫異，不就是開個車嗎？這小子搞什麼鬼？

其實這小子倒真沒搞什麼鬼，搞鬼的是上海的交通，夏明朗剛離開社區沒多久，就已經開始暈了，他是記圖高手，區區一張上海城市交通圖，掃了幾眼就已經印在心裏，可是……等他真正上了路才發現，原來光有圖是不夠的！

地圖上不會告訴你哪條是單行道，哪條是雙行道，哪個路口只能左轉，哪個路口只能右轉，夏明朗幾次碰壁之後又只好把地圖拿出來研究，陸臻在旁邊偷笑，眉飛色舞，夏明朗挫敗而惱怒地瞪他：「笑什麼笑！你來開！」

陸臻擺手：「我也不行的！」

家裏的車是他念了大學之後才買的，他也沒機會開著上路，陸媽媽終於看不下去，笑道：「算了，還是我來開吧！」

夏大人十分鬱卒，看著路邊一團亂的指示牌，灰溜溜地下車坐到了後座，陸臻趴在椅背對著他笑，露出一口細白牙，夏明朗在後視鏡看不到的角度裏比了一下拳頭，用口型道：給我小心點。

過節時的交通果然是特別差，陸媽媽雖然是熟手，也照樣開得步履艱難，夏明朗一邊看著路況，一邊不自覺對照腦海中的地圖，陸臻從後視鏡裏看他神色專注：「想什麼呢？隊長！」

「沒，沒什麼！」

「您不會是在想怎麼打巷戰吧！」

夏明朗不語，掩飾性地笑笑。

「打仗？」陸媽媽好奇心起。

「媽，你是不知道，我們隊長狙擊手出身！習慣性地看樓先看制高點！」

「這麼厲害。」陸媽媽要專心開車，話也接得有點敷衍，當然更重要的一點是，陸臻平時對家裏一向吹得沒邊，十成中能信到一成就已經到頂。

花了兩個多小時，一行人總算是把車開到了人民廣場，找到了停車場停好。

夏明朗看看錶，果然是快到吃午飯的時間了，這效率！兩個小時能幹些什麼？至少夠打一場局部小規模戰鬥了，當然，剛才那也是一場戰鬥，和人山車海的戰鬥。

春節佳節，滿大街的行人，可是這五色繽紛的時尚流行反倒襯托出夏明朗和陸臻這兩道軍綠色的卓爾不群來。尤其是夏明朗，明明只是一手插在褲子口袋裏散步似的隨意步行，卻偏偏有一種難言的氣勢，再配上陸臻瘦削挺拔的身姿，兩個人走在一起簡直是自成一脈，迎面而來的行人竟會不自覺給他們讓出空間來，回頭率更是100%，陸媽媽被看得實在吃不消，索性落後一步走，離開目光的焦點。

照理說老媽看兒子，理應是越看越帥，可是陸媽媽在後面跟著，也不得不承認自己兒子到底還是嫩了點。

路上人多，吃飯的地方人就更多，夏明朗跟著陸臻在那寬闊的大商場裏繞來繞去，終於摸到餐廳門口，卻看到眼前一大排沙發，已經坐滿了人。

「這是怎麼回事？」

「排隊，等號！放心，我媽已經訂了位子了，我們不用等！」

至於嘛，就為了吃頓飯！？夏明朗暗道。

等侍者過來，領著入了座，陸媽媽一邊脫大衣一邊心有餘悸地說道：「小臻，等下吃完飯，你一個人陪夏隊長在市區裏看看吧，我可不想再跟你們走在一起了。」

「媽！你嫌棄我啊！」陸臻哀號。

「太引人注目了，搞得像國家要員似的！」陸媽媽笑道。

「媽，你要想啊，一個中校，一個少校給您一個人做跟班，那就是國家要員的待遇！」

反正說話不費事，陸臻只要找到機會就恭維他老媽，陸媽媽心裏聽得再受用也忍不住詫異：「你這孩子這趟回來怎麼嘴巴變這麼甜了？」

這地方陸媽媽比較熟，一手主導點了菜，其實從麒麟基地裏出來的人，根本就不用擔心他們會挑食，逼到急處什麼東西沒吃過，不停地誇好吃也不過是努力發揮語言優勢，力求哄得陸媽媽開心罷了！

等吃完飯，大家商定：由陸媽媽開車先走（反正留下給他們也沒人會開），而陸臻則帶著夏明朗看看大上海，晚上坐地鐵回家。陸臻看著他媽媽的背影消失在轉角處，臉上的笑容馬上垮了下來，隨手解開了常服的風紀扣，鬆了口氣道：「累死我了！」

「你這佞臣也不好當啊！」

「什麼嘛，我這是忠臣孝子，大仁大義！」陸臻有點感慨：「說穿了，除了說說笑話，逗他們開心，我還能為他們做點什麼呢？本來就回報不了什麼，現在就更沒什麼。」

夏明朗無言，只能伸手拍拍陸臻的肩膀。

「好了！」陸臻聲音一高，把興致又調動起來：「來吧，讓小生帶著你這土包子去見識一下什麼叫大上海！」

*（普通話翻譯版：「耶，爸呢？」
「去學校了！」
「今天還要去學校？」
「就是說呀，好像是要搞個什麼慶典吧，他們大學裏的事就是多。」）

2.

要說上海這地方，其實真沒什麼可逛的，不過是一個百貨公司連著一個百貨公司，陸臻和夏明朗兩大男人，還穿著一身軍裝常服，逛商場這麼無聊的事，那真的是斷他們頭也不會肯去做的。倒是陸臻眼巴巴地拉著夏明朗去了一趟上博，隆重地推出了他的心頭寶：盤子。

夏明朗是沒什麼藝術鑑賞力的人，陸臻說：啊啊啊，這是我最喜歡的盤子，夏隊長裝模作樣地看看，嚴肅地點頭：嗯，很漂亮。

其實在他心裏，他著實覺得那只乾隆御製掐絲琺瑯彩雙耳瓶要長得好看多了，只是那些話他放在心裏想想就算了，他才懶得和陸臻就年代、畫工、瓷工、藝術的、歷史的、民族的、世界的角度去討論啥虛無飄渺的話題呢。唉，有時候想想吧，娶個高學歷的老婆就是這麼點不好，真的，繞死你，夏明朗當然聰明地選擇了沉默。

這就是夏隊長另一個優點，不該多話的時候絕對不多話。

從上博出來之後他們又在南京路上走了一下，在萬國建築徘徊過，隔江眺望東方明珠，陸臻看看時間差不多，便拉了夏明朗打道回府。只是陸臻實在離家太久，千算萬算沒算到此刻正是晚高峰時段，偏偏又趕上大年初二這好日子，地面上就已經摩肩接踵人擠人，再下地鐵站一看，黑鴉鴉的一片人頭。

夏明朗從沒見過這陣勢，頓時驚嘆道：「咱中國果然人多啊！」

陸臻許久沒做這人海中衝殺的事，心裏也有點發怵，關照道：「跟著我哦，可別走丟了！」

當我小孩子啊？夏明朗失笑。

可是，說著不要走散，到後來，還是走散了。

人民廣場的地鐵站年前徹底地大改造過，陸臻完全不熟，可偏偏仗著自己是本地人，托大不肯去看地圖，三轉兩轉的就沒了方向，尤其撞上這種高峰時段，人擠得是一個貼一個，難走之極。

陸臻伸長了脖子四下看，總算是讓他找到了自動售票機，頓時心裏一陣欣喜，奮力擠了過去排隊，等他兩張車票到手，再回頭時卻只見行人如織，四面八方全是擠死了的人牆，哪裏還有夏明朗的影子。

轉瞬間，他馬上想到：

1.夏明朗沒有帶手機。

2.夏明朗不知道他家的地址。

這可怎麼辦？陸臻頓時覺得心裏一悸，有點心慌了起來。地鐵站裏本來就人多，偏偏陸臻剛好愣在了地鐵的閘機處，被洶湧的人流撞來撞去，身邊的人都用不滿的眼神看他。這麼大的地方，這麼多人，要怎麼找？陸臻束手無策。

這……這事……簡直有點荒唐。

他們兩個，什麼複雜的地形沒有闖過，什麼槍林彈雨都過來了，竟會在這裏……

陸臻漫無目的地被人流帶著走，無意識地東張西望，但心裏幾乎已經不抱什麼指望了，但願那個手眼通天的爛人能夠找到辦法聯絡基地，弄到他家裏的地址。

陰溝裏翻船了！陸臻苦笑，垂頭喪氣地往回走，無論如何，先去家裏等著吧！

陸臻太專注於心事便沒意識到自己走逆了方向，一時間，千百人來，他一人去，在人縫中擠來擠去，越擠越覺得心裏有點發空，就像是在那些夜裏，從夏明朗的寢室裏離開，行走在寂靜的走廊裏，那種喜悅與空茫交錯的感覺。

夏明朗問過他後不後悔，其實沒必要，他從來不後悔，他已經很滿足，他只是偶爾會覺得害怕。

患得！患失！

超脫這種天分不是什麼人都會擁有的，陸臻能在大部分時候保持心態平和，但，他仍然還是個普通人。心裏，總是有一個地方，在隱隱地忐忑著，害怕失去，在人群中失散，驀然回首時已無蹤影，連最後一面都沒有機會見到。

陸臻忽然覺得孤寂，在這最繁華都市的最熙攘地帶，眼睛被各種顏色充滿，耳朵裏迴響著成千上萬人的喧囂，心裏空成一片雪白。

這裏，是他的家鄉！

可是似乎他已經不屬於這裏了！

陸臻站在人流的中央，茫然四顧，視線從行人模糊不明的面孔和頭頂色彩鮮明的告示牌上掠過，忽然間一顫，凝在遠處一隻手臂上！那隻手臂伸得筆直，是最深沉而濃烈的綠，在一片顏色曖昧的背景中如此的突出，正做著一個最簡單而熟悉的手勢：報告你的方位！

陸臻頓時笑起來，伸手，努力伸到最高：我在這裏！

遠處的手掌翻轉了一下，換了另一個指令：向我靠近。

陸臻在人群中穿梭，幾乎拿出衝鋒的勁頭，搞得身後一串的抱怨聲。偶爾被人流沖移了方向，一抬頭，那隻手仍然穩定地宣告著他的存在。

夏明朗終於從人群中看到陸臻的臉，便誇張地揉著臂膀抱怨道：「你小子什麼眼神啊，到現在才看到我！」

陸臻也不反駁，只是不停地笑，喜悅滿溢。

「你傻笑什麼啊？」夏明朗詫異！

陸臻搖頭不語。

「什麼事這麼開心？」夏明朗被他笑得莫名其妙，正想追根究底，卻已經被人一手拽了胳膊拉著走：「走，跟我回家！」

月臺上都站滿了人，車廂裏自然只有更擠，夏明朗和陸臻兩個憑著特種兵的身手，順利地殺入罐頭裏做了兩條沙丁魚。陸臻經驗豐富抓到了一邊扶手，就有點擔心夏明朗：「你小心點，站穩了！」

夏明朗簡直絕倒：「就這種地方，你還擔心我會摔到？」

他雖然不是機步連出身，可是車載步兵的功課在特種兵受訓的時候可沒少做。夏明朗心忖，以後得限制陸臻的探親假了，上海這地方水土太邪門了，怎麼才來了沒兩天就娘們成這樣了。

被他這麼一問，陸臻也覺得有點不好意思，可就在此時，到站了，車廂裏一陣搖晃，夏明朗當然可以站穩，但擋不住別人不穩，更何況下面連個放腳的空間都沒有，重心控制不好，四面八方的壓力一起過來，饒是夏明朗為了面子硬扛，還是被撞得晃了晃。陸臻一挑眉毛，笑得很是缺德。

靠！夏明朗心裏罵一句，索性順勢一撲，撞在陸臻身上。

這車廂裏兵荒馬亂的，你壓我身上我撞你胸口的事多了去了，自然也沒人會注意，只是夏明朗剛好往前倒了一下，背後空出一點間隙，一個剛上車的人見縫插針，硬塞了進去，這下子夏明朗身體傾斜，重心全在陸臻肩上，只能一手撐住車頂勉強平衡。

「我說，這位同志！讓點地方出來給我放腳成嗎？」夏大人艱難回頭，卻只看到一個年紀不大的小女生在那兒站著。

那小女生抬頭看他一眼，很是艱辛地往後擠了擠，苦著臉道：「我盡力了，等到站下了點人再說吧！」

夏明朗不好和小孩子計較，只能隨她去了，倒是陸臻努力往後靠了靠，至少讓他能自己站直了身體。有時候越是擁擠的地方，越是獨絕。

此時此刻他們因為情勢所迫，面對面站著，胸口緊貼，略一偏頭，呼吸便噴到了對方的耳朵上，忽然覺得好像身邊那麼多的人，都遠去了，成了模糊的背景。

「陸臻！」夏明朗在陸臻耳邊小聲說著話。

「嗯！」陸臻感覺到自己的耳朵一點一點地麻起來，眼角的餘光，看到夏明朗的側臉，黑亮亮的眼睛與厚實的嘴唇。

「我聽到你心跳了！」

「嗯！」陸臻看著夏明朗後頸處短短的髮根，還有深麥色的皮膚。

「小同志在想什麼呢？心跳不穩啊！」

「嗯！」陸臻稍微偏了下頭，用極輕極輕的聲音說道：「你信不信，我在這裏親你一下。」

呃？夏明朗一愣！

到站了，車廂中的人們又是一陣搖晃，夏明朗只覺得脖子上微微一涼，某一種溫柔的輕觸，一觸而收，那塊皮膚便不可抑制地癢了起來。

車門打開，終於又下了點人，車廂裏鬆動了一些，在夏明朗幾乎有點凝定的目光中，陸臻若無其事地退開半步。

陸臻領著夏明朗坐地鐵到離家最近的站頭，出站已經沒幾步路，做為兩個步兵，用腳丈量一下土地也是很應該的行為。

「對了！」陸臻忽然想起了一件大事：「記住剛才那個地鐵站了嗎？還有等下把我家的地址記下來，將來要是再走散了，你自己先回家。」

夏明朗頭一歪：「你家地址我知道啊。」

「呃？」

「不是吧，你忘了今天早上是誰先開車出來的啊？」

陸臻恍悟，回想起自己方才在地鐵站裏的舉動，頓時覺得特別沒面子。

「怎麼了？」

陸臻臉上微紅，當然死也不會把剛剛心裏想的事對夏明朗坦白一番，眼神閃爍一番，馬上另開一個話題，顧左右而言他去了。

至於陸家二老，其實都是很好哄的，對著陸媽媽就是要誇她漂亮有氣質，而對著陸爸爸，則是另一番臺詞：要身體力行地誇他做的飯好吃。

陸臻一邊按著門鈴，再一次囑咐。

門開處，是陸媽媽站在門口，眼睛裏有點嗔怪似的：「怎麼搞到這麼晚才回來，你爸都等急了。」

陸臻黑線，總不能說兩大男人在地鐵站裏失散了，演了一齣人海漂流吧，那也太丟人了，特種部隊的裡子都要被丟光了。

「好了。回來就好！來來，讓爸爸看看……」陸爸爸陸永華從廚房裏迎出來，笑呵呵地打著圓場。

「爸！」陸臻歡呼一聲，撲上去熊抱。

「好好！」陸永華欣慰地看著自己兒子：「嗯，黑了！也壯了！」

「那是，老爸我跟你講，這次不帶吹的，我現在可厲害了……」

又來了又來了……夏明朗在後面翻著白眼，貌似他們兩個哄騙家人的手段倒是殊途同歸，一個是瞞，一個是吹，總之都是脫離實際。

「真的！老爸，我不騙你，我現在左右手開弓，雙槍10環，50米內不帶瞄的……」

陸臻尚在吹得沒邊，陸爸爸的視線已經落到了夏明朗身上，笑意溫和道：「這位是……不先介紹一下嗎？」

「哦，這個，我們隊長，夏明朗！夏明朗，這是我老爸！」

「伯父好！」夏大人笑得道貌岸然，十分紳士地伸出一隻手。

「好好，夏隊長好！」陸爸爸小愣一下，自自然然地把鍋鏟交到左邊，右手與他相握，眉宇間一脈坦然爽朗的態度令夏明朗十分折服。

「哎喲，不行。」陸爸爸聽到廚房裏一陣油爆聲，連忙又趕回了廚房裏。

夏明朗看那背影，小聲地問著陸臻：「你家你爸做飯啊？」

陸臻很詫異地回望一眼，好像這是天底下最順理成章的事情一般：「是啊，要不然我和我媽吃什麼？」

夏大人木然，一頭的黑線。

「好了！小臻，先來吃點！你看看今天有什麼？」陸媽媽捧了個玻璃盤子從廚房裏出來。

「大閘蟹！」陸臻一陣驚喜。

「這可是正宗的太湖蟹哦，你爸專門托人買回來的！能留到現在不容易。」陸媽媽笑得十分得意。

「嗯，嗯……」陸臻拉了夏明朗先去洗手。

洗完手，坐到桌邊，夏明朗看著面前張牙舞爪的生物，華麗麗地，窘了！

這蟹是好蟹，紅背金爪青玉腹，正宗的湖蟹，不是那水塘裏養的雜蟹可比的。

只是，只是……夏明朗邊疆戈壁出身，雖說到了麒麟之後沒什麼東西沒吃過，但他們的任務範圍主要還是侷限在叢林突擊和城市反恐上，死蛇、爛兔、沙老鼠是吃了不少。

好吧，自然當年也不是沒經歷過海島生存考驗，可誰都知道蟹殼類生物是最後的選擇，這東西又小殼又多，吃起來麻煩熱量不高，摸點螺類都比它實在……所以夏明朗同學在瞬間回憶了他有生之年吃過的各種離奇食品之後，終於黯然地確認，螃蟹這東西，他不會吃，至少，不會優雅而自如地，像陸媽媽或者陸臻那樣吃乾淨。

但，他夏明朗是什麼人？

所謂妖孽，那就是指，除了生孩子，沒有他不會的，於是夏大人偷偷瞄著陸小臻的動作，鎮定自若地掰下一隻蟹腳來。然後，繼續，學著他的樣子，把蟹殼從蟹腳根部用牙一點點咬碎，然後，用手一掰……噫，沒掰開？

夏大人眨一眨眼睛，似乎是咬得不夠，回嘴重新咬過，只是這次下力重了，一口下去白生生的蟹肉與碎蟹殼混到了一起，夏明朗十分鬱悶地盡量把肉挑出來吃掉。

我靠！又不是野外生存沒飯吃的時候，費那麼大勁才吃這麼點兒蛋白質，有意義嗎？夏明朗心懷不滿。

然而陸臻接下去的技巧變得更加有技術含量，前面的幾節小腳，他竟是一節頂著一節，十分完整的把那片細小的蟹肉頂出來，蘸上薑醋汁，吃掉！

夏明朗初試告負，再試告負，三試告負……終於，怒了，隨便蘸了點醋，拿出野外生存時的氣概，連著殼子放到嘴裏咬碎。陸臻聽著那咔咔響，回頭看到夏明朗略微發黑的臉色，忽然恍悟：「你，該不會是，不會吃螃蟹吧！」

夏明朗陰鬱地看了他一眼，沉默地把蟹殼沫子吐出來。

「早說嘛！我來幫你剝……」陸臻一伸手，把夏明朗面前那隻螃蟹拿了過去。

夏明朗大驚，這東西都是用牙咬出來的，陸臻就算是剝出來了，他還怎麼吃？

不過，陸臻卻起身到廚房裏拿了把剪子，在夏明朗面前晃蕩一下道：「放心，乾淨的！」

手裏有工具，陸臻的效率更高，源源不斷地剝出完整的蟹肉來，淋上調好的薑醋汁，放在小碟子裏遞到夏明朗面前。夏明朗這輩子沒被人如此精細地伺候過，彆扭得一塌糊塗，食不知蟹味。

恰在此時，廳裏的電話鈴聲響起，陸媽媽隨手抽了張紙巾擦手，跑去接電話。

陸臻四下裏看看，聽著背後廚房裏一片劈啪亂響，知道他老爸正在忙著，眼神一陣閃爍，便掰了一隻蟹鉗下來，一口咬開，掰去厚殼在醋汁裏滾過一下，遞到夏明朗嘴邊。

夏明朗嚇一大跳，視線在半秒之內已經掃過全部可視範圍，猛地一口咬下去，連著裏面一片薄薄的扇骨一起咬進嘴裏。

「你搞什麼？」夏明朗顧不上咀嚼，壓低了聲音問。

「好吃嗎？」陸臻雙目瑩亮：「螃蟹還是要這麼吃才有感覺的，別人挑出來的，就不鮮了。」

「你……」

呼！陸小臻警惕地繼續警戒四周，咕喃著：「我堂堂一個少校，就為了餵你吃點螃蟹心跳180，我容易嗎我！」

夏明朗一時無言，口腔裏被一種甘甜的鮮味所佔據著，讓他開不了口。

這時，卻聽得陸媽媽的笑聲從客廳裏傳來：「是啊是啊……你這孩子太客氣了，虧你還年年記得我。」

「沒沒沒……對了，大家都好吧……」

「哦……結婚啦？！真的啊，恭賀恭賀……」

「我們家陸臻哦，我們家陸臻還小嘛，對伐，哦對了，陸臻在家啊，現在……對對對，他回家探親……好好，我叫他來聽電話。」

陸臻一聽到老媽提到自己名字，耳朵就豎起來了。果然，就聽得陸媽媽高聲一呼：「陸臻，過來聽電話。」

唔？

「誰啊！」陸臻一邊擦手，一邊有點不情不願的。

「蕭明，你們班長蕭明，這孩子，真是懂事，年年都記得打電話過來拜年。」

「我們班長？」陸臻一頭的霧水。

「你看你這記性！」陸媽媽瞪他一眼：「你高中那個班長！蕭明，不記得了？」

「哦，哦！」陸小臻如夢初醒，連忙撲過去接電話。

電話一接起來，才一個喂字，就聽到對面在笑罵：「你小子啊！當了解放軍就不認兄弟啦！！」

「怎麼會嘛，哪裏的事！」

「少廢話，集體活動多少年沒參加了，自己坦白交待！」

「呵呵……」陸臻打著哈哈妄圖蒙混過關。

「笑也沒用！好了，不跟你廢話，剛好，明天！大家老地方聚會！我跟你講姜峰他們都結婚了，曉得伐？結婚的時候找都找不到你，手機號碼都沒一個，你小子！記著啊，明天把禮金也帶過來，哦，對了……滿月酒的也一起帶過來，估計到那時候你小子一樣沒影！」蕭明個性爽朗，一口氣就說出一大串話。

「好好好……」陸臻只能忙不迭地點頭，忽然腦中一閃，想到夏明朗還在呢，頓時猶豫起來：「不過，我這次帶了個朋友回來玩……」

「陸臻，你小子終於有女朋友了啊！」蕭明一聲驚叫。

「沒沒沒，不是女的，男朋友！」陸臻順口接道。

夏明朗在餐桌前聽得一愣，不自覺抬頭看了陸媽媽一眼，想不到陸媽媽竟剛好也歉意地對著他微笑，意思大約是：這孩子說話就是這麼沒大沒小。夏明朗一頭的黑線，羞愧地低下頭去。

「男的啊！」蕭明的口氣明顯失望。

「嗯，我戰友！」

「那一起帶過來吧！人多，熱鬧點！」

「哦……好好！」陸臻自覺心虛，只能連連應聲，才掛了電話。

等他們一隻螃蟹吃完，陸爸爸的豐盛大餐也已經完工：芒果蝦仁，咖哩雞塊，清蒸鱸魚，山藥小排湯，再加上一盤碧波鮮綠的清炒豌豆苗，四菜一湯，清清爽爽的五個家常菜，賣相卻著實誘人。

「你有福了！」陸臻拿手肘碰碰夏明朗：「我老爸的手藝可是一絕啊！」

說著，以猛虎撲食之勢，握起了筷子。

其實陸老爹的手藝如何那都是次要的，以陸臻加夏明朗兩個生生K掉十斤烤羊肉和三個饢餅的生猛胃口，陸爸爸這幾隻小菜還真不及他們塞牙縫的，到最後陸臻幾乎拿了盤子在舔。

「哎喲，好了，好了……」陸爸爸樂陶陶，笑得見牙不見眼。

3.

吃過飯，陸媽媽收拾了桌子去洗碗，三個男人在客廳裏守著電視，從台海危機聊到海灣戰爭，又聊回到對越自衛反擊戰，又從民主制度聊到軍隊改革再到高科技尖兵，當真是聊得風生水起意興飛揚，陸媽媽洗好碗回來見插不上嘴，便獨自去書房上網。

不一會兒，門鈴聲起，三個男人聊得興起，都不當回事，陸媽媽從裏屋走出來開了大門，頓時一陣驚喜地說道：「呀，你這孩子，什麼時候回國的？還帶東西，這麼客氣。」

一把低柔和緩的嗓子在門口響起來：「好幾個月前了，一直在忙著找單位安家，也沒來拜訪你們。」

陸臻和自己老爸正討論著伊拉克戰爭，忽然臉色一變，從沙發上站了起來。

藍田換了鞋子進門，走過玄關的花架，便看到陸臻筆直地站在客廳裏，頭頂的水晶燈灑下晶瑩的光，照得他像是個透明的人，乾淨，潔白，純正，光線可以穿透他，不留下任何的痕跡。

藍田一陣感慨，淡淡心酸地悸動：陸臻，你果然一點都沒變。

他愣了一下卻微笑道：「嘿嘿，看啊，這是誰？」

陸臻也笑了起來，張開手臂走過去：「是啊，這是誰啊？」

藍田笑得更深，與他抱在一起，純美式的擁抱，彼此交錯著，壓著對方的肩，藍田從陸臻的肩頭看過去，卻意外地發現這屋裏還有個陌生人，安靜地坐在陸永華身邊，間或抬頭看他一眼，那目光像針一樣的利，刺得人心口一涼。

藍田有些吃驚，覺得莫名其妙。

「決定回國發展了？」陸永華站起來與愛徒握手，大力地拍著藍田的肩膀責怪道：「找單位的事情也一個人做，我是老了，不中用了。」

「這是哪兒的話，是我怕給老師丟人，在國外那麼久，也沒做出什麼拿得出手的東西。」藍田雙手握上去，用力握緊。

「得了吧你，盡在那兒酸，」陸臻笑道：「那你現在在哪兒幹活。」

「神所，過完年就正式開始了。」

「神所？」陸臻聽得一愣。

「中科院神經所。」陸永華沉聲道：「看到了吧，兒子哎，這小子在我面前炫耀呢，欺負我這輩子沒進過中科院。」

「老師，你這就……」藍田被擠兌得只能討饒。

陸臻對這種擠兌人的局面很滿意，樂陶陶地退回去坐，夏明朗輕輕拉了他一下，問道：「誰啊？」

陸臻頓時怔了，忽然發現他剛才差點就有種非常不切合實際的想法，比如說，他想向夏明朗介紹藍田，說，這是我以前喜歡過的人，他可厲害了；然後向藍田介紹夏明朗，說，這是我現在的伴侶，我們在一起了，他對我特別好。

好在陸臻只是思維方式怪了一點，大眾的觀念他心裏還有數，雖然在他看來這樣的介紹其實挺美好的，但是相信無論是藍田和夏明朗都只會想把他給揍一頓。尤其是夏明朗，這男人的醋勁和佔有慾，他雖然沒有正面領教過，但是心裏隱約也有點覺悟，能不去招惹還是盡量不要去招惹得好，要不然吃虧的還是自己。

陸臻腦子裏思維轉了一大圈，回答自然就慢了一拍，只是指著藍田說道：「這是我爸原來的一個學生，叫藍田。」

「哦。」夏明朗點了點頭。

接下來的話題自然而然地就轉到了藍田身上，類似於現在神所要求一年幾篇文章啦，你現在已經發過SCI多少分啊，你現在主要做神經傳導還是神經通路啊，什麼長江學者、百人計畫，等等等。

基本上，夏明朗對這些東西一竅不通，可是奇蹟般地，他發現自己記下了所有的名詞，關心則亂，而關心則重。

雖然沒有任何的證據，夏隊長還是敏銳地感覺這個人，有點問題。

那是一種直覺，野獸的直覺，來自於氣味和眼神的一點點變化，而很快地福至心靈，他記起了這個聲音。

藍田待了一個多小時，看看時間不早了便起身告辭，臨到門口時卻像是忽然想起來似的，對著陸臻說道：「對了，我剛剛停車的時候發現你們車庫的燈壞了，下樓看不大清，你能帶個手電筒去送我一下嗎？」

陸臻聽得一愣，馬上回過神來笑道：「可以啊，沒問題。」

陸臻加了一件衣服，拿了手電筒與藍田一起出門，一走進電梯就問了：「有事嗎？」

「夏明朗，是吧？」藍田微微偏過頭看著他，神色柔和。

陸臻聽得一愣，卻笑了：「是啊！」

「看樣子，很喜歡他啊！」

陸臻笑得那麼甜，像一隻心滿意足的貓那樣，藍田幾乎想要去捏捏他的下巴，可是知道不妥，手指握了起來。

「嗯！非常，非常喜歡。」陸臻鄭重地點頭。

「我會嫉妒的。」藍田嚷道。

陸臻嘻嘻地笑，一副擺明了耍無賴的意思。

車庫裏的燈自然是好的，陸臻一步一步地走，說他的愛情，為什麼喜歡，怎麼從來沒想過會有開始，如何莫名其妙地他也會喜歡他，又怎樣神奇地他們會在一起。

藍田雙手插在大衣的口袋裏，聽著這小孩眉飛色舞神采飛揚，快樂是顯而易見的，幾乎可以流淌出來。

「真讓人羨慕。」藍田最後做結案呈詞。

「嗯！」陸臻大言不慚地點頭。

藍田挑了他一眼：「有這麼好嗎？他？我看也就是身材還不錯。」

「沒有，哪裏都很好，身材好，聲音也好聽，長得也很帥啊，你不覺得嗎？」陸臻著急了。

藍田一下子笑出來：「少在我面前誇他，我這人狷介，另外，對於你的審美，我不做評價。」

陸臻不好意思地抓了抓頭髮，嘀咕著：「真挺帥的啊！」

地下車庫裏空氣陰冷，藍田把圍巾繞上去，抬手掠過陸臻的髮梢按在他的肩膀上：「你喜歡他嘛，當然看什麼都好。」

陸臻的臉紅起來，結結巴巴地問道：「那，那你呢，這幾年。」

「我運氣沒你好，還沒碰到適合的。」

「哦，」陸臻忽然握住藍田的手，「一定要努力找，兩個人才是完整的世界，我把我的運氣分給你。」

藍田有些發怔，凝神細看那雙眼睛，黑白分明通透到底，像秋水洗過的長空，他再開口，聲音有些啞：「你把運氣分給我，那你呢？」

「遇到那個人，需要運氣，而我現在已經不靠這個了。」

藍田點點頭，手上略緊了一下，笑道：「那我拿走了。」

陸臻笑得更深，眉眼都彎起來，安然而滿足。

「那麼，沒了運氣，你以後要自己小心一點，做事別那麼直，別人的想法可能跟你不一樣，別那麼強硬，沒人會一直讓著你。」藍田把他的手放開，轉過身，從口袋裏拿出鑰匙來開車。

陸臻跟在他身後一路點頭，藍田忽然覺得這場景似曾相識，一晃好像十年前。

「你現在活兒幹得怎麼樣了？什麼時候能告訴我，手是怎麼動的，腳是怎麼踢的。」陸臻忽然想起來問道。

「這個啊！」一提到工作，藍田的眼睛漸漸亮起來，光彩從身體的內部漫出來，眼神狡黠，笑容溫和，卻道：「這個，我大概一輩子都研究不出來了。」

「啊？怎麼會？」陸臻驚訝。

「我們做基礎的，眼前是浩瀚的未知的海，尤其是生物學，越是往裏走，越讓我感覺到無邊無際的未知，現在的我已經不會像當年那麼狂妄地以為自己真的可以解決什麼問題。對於我來說，只要能在某一個進程中真真切切地貢獻上一小步，今生就可無悔。」藍田眨了眨眼：「嘿！小子，你現在是不是特別失望，我真可憐，你都不愛我了，現在還要被你嫌棄。」

「沒有，你胡說，我覺得這麼想才了不起呢！真的，你永遠都讓我追不上。」陸臻著急了。

「行了行了，我走了。」藍田扶住陸臻的肩膀，用力握緊：「加油。」

「嗯！」陸臻點頭笑。

汽車發動，擦身而過時氣流帶起陸臻風衣的一角，藍田看著他從自己的窗前劃過，消失在車尾，藍田踩下油門準備加速，忽然從後視鏡裏看到陸臻向他追過來，跑得極快，像風一樣。

藍田一陣驚訝，把車窗玻璃降下去。

陸臻撲到車窗上，臉上泛紅，帶著劇烈運動時的血氣：「那個，忘記跟你說了，新春快樂，還有祝你幸福。」

藍田驀然睜大了眼睛。

「記住，幸福是可以期待的，相信我！」

陸臻追著車跑，向他伸手，藍田在混亂中伸手與他相握，陸臻終於滿意地笑了，站直了身子揮手道別。

藍田看著車窗緩緩地升上去，後視鏡裏的那個人筆直地挺立著，像青鬱的竹，或者堅韌的白楊。

如果時間能倒流那將會怎樣？

如果生活中的一切還能復原。

然而破碎的生活畢竟是破碎過，無法拼接，也無力縫合。

只是，好在曾經生活在心中的那個人還沒有變，純真如初，真誠一如往昔。

那麼聰明的孩子，難得的通透，卻不可思議地善良。

藍田看著鏡中的那張臉越來越小，慢慢變模糊，深深地嘆息：「傻孩子，你難道真的沒想過我其實也會妒嫉嗎？不過……」

即使你想過，也會覺得我不應該如此，不應該讓你失望吧！

期待是一種力量，彷彿威脅，至少，被陸臻期待著，應該是的。

4.

陸臻回去的時候是他老爹開的門，陸老爹似笑非笑地看著他：「你這是把燈都修好了吧！」

陸臻腦中靈光一閃，笑道：「是啊，你怎麼知道，我跟你講，那燈就是接觸不良，我拆開緊了一下就好了，舉手之勞嘛，日行一善，您教我的。」陸臻嘮嘮叨叨地往屋裏走，轉頭看到客廳裏沒人了，隨口問道：「他呢？」

「去你屋了吧！進去陪陪人家吧，把客人扔給我，自己就這麼跑出去，陸臻，你的禮貌有待加強。」陸永華的聲音微沉，似有不滿。

陸臻聽得一愣，回頭看時，卻只看到自己老爸拿著杯子去廚房，他搖了搖頭，把那點浮光似的模糊感念搖散。

房間裏沒開燈，夏明朗坐在桌邊，開著他的電腦打牌。

陸臻把門鎖好，走過去趴到夏明朗背上。

「人送走了？」夏明朗分出一隻手來握住他的。

「嗯，剛好說到早年的事，就聊了一會兒。」陸臻心想，如果夏明朗問他，他一定坦白從寬，他的運氣都給人了，從現在起，他得靠真本事。

但是夏明朗什麼都沒問，點下最後一張牌，通關。

夏明朗轉過身去圈住他：「陸臻啊！我們明天去買戒指吧！」

陸臻一聽這話馬上眼睛都笑彎了，貼在夏明朗耳根上得意洋洋地說：「咱們不用買戒指了。」

「啊？」夏明朗眼睛一瞪。

「不不，我是說，我找到了更好的。」陸臻歡樂地跳起來去開櫃門，神秘兮兮地拿了一個快遞盒子出來。

夏明朗記起今天回來的時候，陸臻在社區門口的書報亭裏拿了這麼個東西，當時沒在意，想不到內有乾坤。

夏明朗抱著肩，瞳孔收緊，很是不爽。

撕開層層包裹，陸臻挖出兩個銀色的鐲子，不銹鋼的質地，鑲嵌著藍色和黑色的硬質橡膠，夏明朗眉頭皺得更死：「這是什麼？」

「定情信物！」陸臻把那個黑色的挑出來，喀的一聲，牢牢扣在夏明朗手腕上。

「這玩意？」夏明朗撇嘴：「看起來跟手銬似的。」

「像手銬才好呢，銬著你。」陸臻樂滋滋地把自己的那隻遞過去給夏明朗：「我想過了，咱們就算是買了戒指也不能戴啊，藏在哪兒都不像個事，還不如這個呢。」

「這玩意看起來也挺打眼的。」夏明朗不情不願地幫他把手鐲給扣上。

「沒事兒，我就說，這是咱倆共同經歷生死的留念，」陸臻的手指劃過冰涼的金屬，眸色深沉，是無可形容的柔和的黑：「銬住你，連死亡都不能把你帶走。」

夏明朗驀然動容，心裏那點矯情的不甘不願全散去了，略一施力，右手已經圈到陸臻的腰上，傾情地深吻，十指交扣，堅硬的金屬敲擊在一起，發出清脆的聲響。

陸爸爸習慣早睡，10點一到就會準時去睡覺，陸臻與夏明朗你儂我儂了一番，偏又做賊心虛生怕冷落了他老媽，又跑到書房去哄美人，留下夏明朗一個人在他屋裏繼續打牌。

陸媽媽被兒子纏得有點沒辦法，索性也不批作業了，一邊開了電腦上網，一邊和兒子閒話家常。陸臻無意中一眼瞄過螢幕，頓時目光凝定下來，那螢幕上標題赫然用黑字寫著：中國同性戀現狀調查。

「媽！」陸臻竭力平靜自己的聲音：「你怎麼會看這種東西？」

「哎，沒辦法，現在的孩子啊！有時候真是不知道他們在想什麼，我大概是跟不上時代了。」陸媽媽順勢抱怨起來。

「怎麼了？」

「前兩天，我班上出了個事，」陸媽媽苦笑：「一個男生和一女生在走道上大吵大鬧差點打起來，我過去拉開來問，那當然，對我是不會說實話的，我後來搞半天才知道，原來是那男生怪那個女生搶他男朋友。我的老天，兩男一女的三角關係，那一男一女居然是對頭，你聽說過這種怪事嗎？」陸媽媽頭痛地扶著額。

陸臻笑得有點勉強：「都是小孩子嘛，搞不清楚自己要什麼。」

「你還別說都是小孩子，我聽說上幾屆有個孩子就出了國，不為別的，就為這事，在國內待不下去。」陸媽媽眼中有些痛惜：「那孩子我認識，在我手下上過課，非常聰明的一個，非常聰明非常優秀，你說他父母該多傷心啊，養了這麼大的兒子，遇上這種事。」

「媽……」陸臻彎下腰，從背後抱住陸媽媽：「其實同性戀也不是一種病態。」

「我知道……」陸媽媽長嘆息：「就是，現在真的是，早戀算是正常事了，只要是一男一女地給你戀著，就算是幫忙了。我班上那兩小子還不知道怎麼辦呢！都是挺聰明的孩子啊，你說要是……要真是不懂事的也就算了哦，偏偏道理比你還足。」

「怎麼？他們和你怎麼說。」

「現在的小孩呀，跟我們那時候是不同了，資訊發達，什麼都懂一點。你跟他說不能這樣，他說你歧視他；我說我不歧視你，可你早戀也不對吧！他跟我講說17歲已經不算早戀。」

「17歲的確不小了。」

「你少插嘴！」陸媽媽瞪了陸臻一眼：「我問他那將來要怎麼辦，居然跟我說要出國，去荷蘭！我剛剛才查到為什麼，原來那地方是允許同性戀結婚的，真是氣都被他氣死了……跟他講道理，一雙眼睛瞪著我，像看仇人似的，你說我一個做老師的，我不是為了他好，我跟他廢話什麼？」

陸媽媽嘆一口氣：「還好不是我兒子！」

陸臻心頭一攪，聲音又輕了些：「那，後來怎麼處理的？有沒有通知他家長？」

「怎麼可能不通知，他媽媽哭得像什麼一樣，說是在家裏就鬧，那孩子脾氣硬，不愛說話性子又沉，逼急了不知道他要做什麼。現在人人家裏都就這麼一個，出了事誰敢負責，唉。」

「媽，每個人都會有自己的路要走，也別太擔心他了。」

「我為他擔心什麼呀！」陸媽媽憤然：「我是可憐他家長，真是的，養了十七年的兒子，倒養出仇來了。」

陸臻有話哽在喉嚨口，像一根銳利的骨，刮得他生疼，卻一個字都說不出來，茫然間回頭，看到夏明朗靠在書房的門外，面容沉寂，一雙黝黑的眼睛，閃著微芒。

陸臻又哄了他媽媽幾句，這才從書房裏退出來。

掩上門，卻看到走廊裏的夏明朗垂著頭靠在牆上，是一種從來未曾見過的消沉姿態，陸臻忽然間伸手，揪住夏明朗的領口把人拉進房間裏，然後關門落鎖，一把將夏明朗推到門上抵住。

昏暗的光線之下什麼都是模糊的，只有夏明朗一雙眼睛裏有光，倒映了窗外的一點星光。

陸臻對著那兩點星光凝視良久，猛地撲上去，嘴脣相碰時甚至有一聲低低的悶響，很痛，但是，無所謂了。

整個口腔裏都是熾熱的，輾轉著猛烈地親吻，濕漉漉的嘴脣彼此融化，像是融合在一起。夏明朗的手臂圈上去，用力收緊，那是一個強健而有力的擁抱，會讓人喘不過氣。

「說你愛我！」在脣齒稍稍分離的瞬間，陸臻輕聲喘息著，聲音急促而低啞。

夏明朗的身體僵了一下。

「快，說你愛我，隨時隨地，一生！」陸臻幾乎是兇狠地盯著那雙幽深的眼睛，變了調的聲音裏帶著一種壓抑而急切的嘶吼。

夏明朗的目光閃動，一手扶著陸臻的後腦把他的頭按到自己肩膀上。

「我愛你。」那聲音很輕，但是清晰，緩慢而堅定。

「隨時隨地，一生！」

陸臻看不到，在那個瞬間，夏明朗的瞳孔急劇地收縮著，閃著晨星似的光。

不知過了多久，陸臻的呼吸終於平靜下來，緩緩地抬起頭，眼中有些歉意：「對不起！」

「不用說對不起。」

「我不是不相信你！」

「我知道！」

「我從來沒懷疑過什麼。」

「我知道！」

「我只是，」陸臻的眼眶中有點紅，「我只是有時候還是需要你親口對我說一遍。」

「我知道！」夏明朗的眼中有溫柔的了然，一如他一貫的深沉大氣的溫柔。

陸臻看著那雙眼睛，聲音變得更加柔軟：「對不起。」

「不要說對不起，沒有對不起，任何時候你想聽，隨時來問我，我都會說給你聽。」

是的，他懂，他什麼都懂！

和從前一樣，囂張跋扈而又沉穩大氣，是最堅實的後盾，最穩定而可靠的存在，給你最強的支撐。

有時候很難想像，為什麼這樣兩個截然相反的詞可以用到同一個人身上，然而一想到他叫夏明朗，又覺得可以接受了。

陸臻反手抱著夏明朗的肩，把兩個人的胸口緊緊地貼在一起。

不，他不是在動搖，也從沒有疑慮，只是有時候他也需要更多一點的支援！

這一個代價太大的旅程，這一路付出太多，拋棄太多，這不是一個靠一個人的堅定就可以走下去的旅程。

陸臻把手鬆開，又退開了兩步，後背靠在牆壁上：「我要告訴你一件事。」

「嗯？」夏明朗很是和順地應著他的話。

「大學的時候，那時候……你可能也幹過這事兒，幾個男生躲在寢室裏看黃片，雖然軍校管得緊，可是大家還是有辦法。」陸臻低著頭，眼神躲閃。

「嗯。」夏明朗輕笑，這房間裏光線太暗，什麼都看不清，只是他仍然可以肯定，這傢伙現在的臉一定已經紅得透了。

「然後，我記得很清楚，第一部放的是日本的片子，那女的很漂亮，但男的不行……看了沒多久，我身邊的同學都吃不大消了，只有我沒反應……我那時候特別小，人小就特別怕不合群，我就一直很急，可是急也沒有用，於是他們就笑話我，說陸小臻啊！你畢竟還是小孩子什麼的……」

陸臻垂著頭，說著莫名其妙而久遠的話題，夏明朗沒有出聲，只是安靜地看著他，耐心地聽他講完。

「後來，一張放完了，後面那張，是歐美的片子，大家都不太喜歡……就在那裏商量著要不要換片子……可是可是……」陸臻的聲音沉下去一些，尷尬而艱難的：「我覺得臉很熱，我……後來他們都笑我原來喜歡外國人，還說什麼將來是不是出國娶個金髮女人什麼的，其實，只有我自己知道，我那時候看的不是那個女人，是……是那個男的。」

陸臻慢慢地把臉轉過去與夏明朗對視。

「你當時一定嚇壞了！」

陸臻苦笑：「是啊！不敢和人說，偷偷看了很多書，我爸常說恐懼是因為無知，所以不要害怕要去瞭解。現在想想很傻啊，在學校裏什麼都不敢做，放假回家拿了我爸的卡去上圖書館借書，不敢帶回家裏來看，越看越迷惑，積累了太多的理論知識，反而更加搞不明白那是怎麼一回事。」

「是很傻！」夏明朗的心情十分愉悅，當初他如此掙扎而陸臻如此坦然，這樣的反差曾經讓他鬱悶，想不到陸臻不是沒掙扎過，只是他掙扎得比較早。

「考上軍校，因為年紀小被照顧得挺多，但最後也沒什麼感覺，後來也和女孩子談過戀愛，卻常常無疾而終，吃飯聊天什麼也還好，可是就連跟她們牽手都會覺得不舒服。到後來就明白了，有些感覺說不清楚，但是忽然有一天就能反應過來，像做夢一樣。」陸臻盯著夏明朗眼睛看：「再後來就遇到你了，我想，這就是緣份。我不知道你是從什麼時候開始發現的，但其實我很早就開始了……其實當然，在主觀上我就有試圖去控制過，但是你也知道我們其實都不能真正把握自己。最近常常會想，如果不是我首先對你抱著某種幻想，你可能……可能就不會……」

「不會什麼？」

陸臻緩緩地靠近，在咫尺之間凝視那雙眼睛：「你現在明白了吧，說到底，其實是我害了你，我向你道歉，但是，我不打算改過。」

「是嗎？」夏明朗眼睛眯出危險的弧度：「那你可以選擇贖罪。」說著，一把拎起陸臻常服的領口把人扔到床上，只是縱身撲上去的時候，輕輕地低喃了一聲：「還不知道究竟是誰害了誰！」

夏明朗抱著陸臻的身體輕輕一滾，便消去了全部的衝擊力，而床板發出輕微的碎響令他想起了某個重要的老問題：「你房間的隔音怎麼樣？」

「不太好！」陸臻伸手去解夏明朗常服領口，滾燙的潮濕的唇隨即貼到夏明朗脖子上突出顫動的血管。夏明朗的喉嚨裏發出低沉的嘆息，靠近，耳語：「那，我在下面？」

「不要！」陸臻已經用最快的速度解開了夏明朗身上從外到裏大半的鈕釦，衣襟一分，露出古銅色的堅實胸膛。陸臻的牙齒先是落到夏明朗肩膀上，一路啃嚙著往下滑，越過突出的鎖骨，嘴唇覆在夏明朗胸前敏感的兩點上吮吸舔咬。

「真的不要？」夏明朗一邊壓抑地喘著氣，把糾纏在自己身上的衣服甩開。

「不要！」陸臻忽然抬頭，一雙眼睛裏亮閃閃地帶著笑：「我要等明天白天沒人的時候，把你折騰得哭爹喊娘。」

夏明朗聽得一怔，轉瞬便笑了：「靠！」

隨即一個翻身把陸臻壓到身下去，順手抽出陸臻腰上的皮帶把他的手臂捆死，手掌從褲子下面伸進去，用火熱的掌心輾轉炙烤撫弄一個男人最敏感的部位。

陸臻的臉一瞬間便紅透了，牙關咬得死緊，只有極細的呻吟聲從齒縫裏漏出來。夏明朗一口含住他的耳垂，用牙齒和舌頭細細地逗弄，輕笑著罵道：「小混蛋，長本事了啊，要造反麼？」

陸臻只是閉著眼睛喘氣，呼吸繚亂，一字不發。

夏明朗忽然一頓，所有的動作都停住：「服不服？」他挑著眉笑，嘴唇若即若離地貼在陸臻的唇邊，空氣帶著音波的顫動，讓兩個人的唇輕輕相碰。

陸臻悶哼了一聲，微微睜開眼，看到一雙眼睛近在眉睫處，用最極限的距離在盯著他，於最黑暗中閃爍耀眼的光輝。

「服不服？哦？」

他看到那個男人的嘴角慢慢地勾起來，彎出某種魅惑的弧度。說話時，每一個字都帶著一股熾熱的氣息撲到他臉上，裏面混著菸與血的味道，戰火與硝煙，金屬的鐵銹味，陽光的烈度以及永不褪色的信仰。

陸臻微微張了張嘴，他想說：我服。

可是聲帶拒絕把這兩個字振動出來，於是，他把自己微張的嘴唇覆上所有濃烈而熾熱的氣息，以及那種溫軟而厚實的觸感。

夏明朗在陸臻的唇碰上去的時候，已經忘記了他的問話，暖熱的舌頭在口腔裏翻攪舔舐，他看到陸臻又閉上了眼睛，臉上有專注而深入的熱情，於是所有的神志都悄然地退去，每一寸的皮膚都變得敏銳之極。

熾熱的下半身貼在一起摩擦著，全身的血液都沸騰到了極點，衣服束縛變得如此不可忍受，只想把一切包裹在身體上的東西都甩去，讓皮膚與皮膚緊緊貼合，每一寸，每一分，每一個細胞的貼合。

「手，手……」陸臻忽然皺了眉，低喘。

夏明朗以為捆太緊傷到了，急忙去解開皮帶的扣子……陸臻用力掙脫出來，臉上露出滿意的微笑，手臂緊緊地抱住夏明朗的肩膀，指甲嵌在他背部厚實的肌肉裏。

不會放開的，絕不會，陸臻微微睜開眼睛，一口咬上夏明朗光滑的肩膀，我要留下記號，從此以後你是我的人了！

嘴唇貼到皮膚有種熾熱的濕軟，就是這種柔軟的觸感，開始最初的淪陷，夏明朗大力抽送的身體不自覺地顫動了一下，一陣尖銳的涼意隨之傳來，刺痛伴著快感使他喉嚨發出模糊的低吼。然而那唇似乎並不滿足，舌尖不安分地挑弄著細小的傷口，像是要挑逗出更多的血液。

「你這個愛吸血的小鬼！」夏明朗的聲音含糊在沉重的呼吸中，手指插進陸臻的頭髮裏，把他的頭扯離自己的肩膀。

「好吃嗎？」夏明朗瞇起眼睛問。

陸臻仰著頭，從下巴到脖頸處的線條流暢動人，而眼神是茫然的，折射著迷亂的散碎光彩，薄唇上沾滿了血，一片殷紅。

夏明朗一時有些怔忡了，聲音喑啞得像某種喘息似的吟嘆：「別那麼自私，一起吧！」

說著，嘴唇覆上去，用最激烈而綿長的親吻吮吸，分享所有：唾液、血液……一切！

體溫在激情退去後慢慢地降了下來，陸臻便覺得有些冷了，趴在夏明朗胸口上，到床頭櫃的抽屜裏找空調遙控。

「不睡覺？」夏明朗摸著陸臻的頭髮，桀驁的短髮，擦過掌心的感覺，有些癢。

「嗯！」

汗津津的身體貼在一起，有一種粘膩的感覺，不過時間太晚了，不好再去浴室，陸臻一邊用被子擦身體，一邊笑：「明天要洗床單了。」

「睡吧？嗯？早點睡！」夏明朗靠在床頭，從地上的衣服口袋裏拿了菸出來抽，絲絲縷縷的藍煙在空氣裏畫出痕跡，讓他的笑容看起來有些模糊：「我看著你睡。」

「別抽了。」陸臻皺眉。

「可是，不抽菸，嘴巴閒著沒事幹啊！」

陸臻的眼睛微微有點彎起來，一手撐了身體湊上去堵夏明朗的嘴，然後退開一點距離看著他，笑：「現在有事幹了？」

說著，把那支菸從夏明朗手上拿下來，可是在手裏捏了半天，卻發現不好處理，陸臻一般不抽菸，而這房間也長久沒人住了，乾淨得過分，床頭櫃上除了一個鬧鐘和一盞檯燈之外空無一物。

櫃子，是木頭的，地板，是木頭的，陸臻看著手上那一星紅點有點無奈，夏明朗看著他笑，伸手把菸頭直接捏熄了。

「不疼？」陸臻好奇。

「不疼，下次可以自己試一下。」夏明朗把陸臻的手掌翻過來看，撫摸上面厚厚的繭，兩年前，或者三年前，這雙手，應該還是細緻柔軟的吧？只是現在……

「你應該也不會覺得疼了，只是你還不知道。」夏明朗看著他的眼睛，眼中有一些憐惜，然而更多的是激賞。

「幾點了？」夏明朗忽然想起來，去找手錶，可頭一偏卻看到一隻碩大而圓滾滾的機器貓鬧鐘十分佔據眼球地鎮在櫃子上，頓時愣了愣，沒撐住，笑出了聲：「陸臻啊，你幾歲了你？」

「幹嘛？」陸臻沒好氣，隨手把鬧鐘拿起來看：「一點多了。」

一轉頭，看那死爛人還在笑，頓時怒目：「笑什麼笑，不挺可愛的嘛。」

夏明朗看著兩顆差不多大的頭並排豎在自己眼前，實在忍不住笑得捶床：「可愛，可愛，是挺可愛的。」

「笑你個頭。」陸臻不爽，隨手拿鬧鐘對著夏明朗的腦袋上敲了一下，撲上去堵他的嘴：你嘴巴又閒著了是吧！

在接下來的時間裏，這房間裏一直重複如下的對話：

「睡吧，啊？」

「不睡！」

「那我抽支菸？」

「別抽菸。」

「我閒著沒事兒幹，會很難過。」

……

「給你找點事兒幹。」

……

「你也不能一直幹這事兒不睡覺啊……」

「為什麼不能……」

當然，這樣的對話實在是無聊了點，只是那兩個人——

一個心裏想著：靠，人這一輩子有時候也得無聊這麼一回吧！

一個心裏想著：靠，人這一輩子有時候也得讓他無聊一回吧！

於是，就這麼一直無聊了下去，一直到，兩個人都迷迷糊糊地靠在一起睡著。

5.

第二天早上，陸臻醒過來的時候便用他那特種偵察兵的耳朵仔細地掃描了整間屋子裏的詳情，然後，縱身跳起來歡呼：「他們去我阿姨家了，我們自由了！」

夏明朗身上一涼，隨手搶被子。

「你知道這意味著什麼嗎？」陸臻興奮地抱著夏明朗嚷：「這意味著我們兩個可以為所欲為了！」

夏明朗剛剛睜開眼，就被另一雙眼睛裏的銳光給刺到，大腦在零點零一秒的極速中清醒過來，然後，有一個句子在腦海中清晰地迴響開——

「我要等明天白天沒人的時候，把你折騰得哭爹喊娘。」

夏明朗不動聲色地把自己往被子裏鑽了鑽，用一種十分平淡的聲音說道：「你當心著涼。」

「哈！沒關係！」陸臻光著膀子就衝出去，把家裏能開的空調全開到了三十度，橫豎浪費他爹媽的電費他不心疼，然後再衝回來衝著夏明朗精神十足地吼了一聲：「起床了！」

夏明朗沒精打采地看他一眼，慢騰騰地開始穿衣服，並且穿得整整齊齊，實實在在。今天的早飯是大餅油條和豆漿，如果說陸家的男人是極品，那陸小臻明顯還排不上號，他老爹陸永華才是男人楷模。然而，試想一下，兩個極度缺乏自由的人，忽然間得到了十分徹底的自由，那會做出什麼反應？

很簡單，茫然！

吃過了早飯，兩個就開始了大眼對……哦大眼的程序。

夏明朗因為心懷鬼胎的緣故，變得比平時沉默了一些，房間裏的溫度漸漸地升了上來，猶如暖春，夏明朗索性把襪子又脫了，赤腳踩在木質的地板上，把陸臻家裏的舊報紙都翻了出來，靠在客廳的大窗邊，看得怡然自得。而陸臻在幹完了必須要幹的工作，比如說洗碗、洗衣服等瑣事之後，面對著空下來的大把時間，開始不知所措起來。

「哎，你說，我們等下幹點啥？」陸臻很是躊躇。

夏明朗仔細地觀察了他的神色，確定這小子不是在欲擒故縱，誘人開口，以圖後計，於是便有些猶豫了起來，不確定自己是不是應該提醒他回想一下自己昨天晚上發出的豪言壯語。畢竟這等壯舉，過了這村就沒這店了，陸臻這次錯過了，下次要圓夢不曉得要到猴年馬月。但是，這種事要讓他來主動提醒，那……實在是有那麼一點，那麼說不過去。

於是，我們一向英明果決的夏明朗大人，也不由得華麗麗地囧了。

「要不然，我們出去逛逛？」陸臻仰著頭看天，先否定了自己：「沒什麼意思。」

夏明朗十分謹慎地選擇不置可否。

而恰在此時，浴室裏的洗衣機開始報警，陸臻咕噥了一句，先去拿床單。夏明朗反正無聊，一手拎了報紙施施然跟在後面，看陸小臻幹活，畢竟還是冬天，浴室裏的瓷磚冰涼，夏明朗一腳踩進去覺得不太舒服，又退回到了走廊裏。

「哎，你怎麼……不穿襪子。」陸臻看他舉止異樣，視線順著他的身體往下落，一路，滑到了……

如果說夏明朗身上還有一塊白的地方，那就是腳背。

白，基本上是你能想像到的白，因為他這輩子好像就沒太有機會讓它們曬過太陽，他全身上下的皮膚都在無數的風吹日曬雨淋中被磨礪得粗糙起來，卻無意中保留了一塊相對還比較細膩的地方。

陸臻看著夏明朗赤足踩在暗紅色的地板上，腳背上浮出淡青色的血管，指甲修剪得很短，整整齊齊，灰綠色的作訓服褲腳散開，有些長，後跟處被他踩在了腳底。

「你，不應該招我的！」陸臻臉上有點紅，聲音有些古怪。

夏明朗順著他的視線往下看，不由得錯愕苦笑：「這也算！」

「我覺得算。」

「陸臻，」夏明朗退開一步：「你要上就上，不要找這麼古怪的理由。」

「不是這樣的，」陸臻逼上一步，正色道：「經過昨天晚上，我忽然覺得我好像有點太那個什麼了，我本來打算為了我良好正直的形象而計，要保持我們兩個之間純潔的革命情誼，不要搞得來，我跟你好，就是為了……啊！」

夏明朗笑得十分誠懇：「嗯，有道理……那，沒事了？我先走了。」

「你做夢！」陸臻忽然縱身一撲，把人按到牆壁上，一本正經地說道：「我現在忽然覺得男人好色，實在天公地道。」

「天公會哭的！」夏明朗失笑，此刻他的臉貼在冷冰冰的瓷磚上，這是個很不舒服的狀態，然而那雙眼睛裏卻有細碎的笑意在閃，甜蜜而溫柔，好像在說：你這小鬼，我該拿你怎麼辦？

陸臻忽然怔住了，眼神中的鋒利明朗都漸漸散去，變得專注而癡迷，低聲嘟喃著：「你這妖人，別這麼看著我。」

夏明朗有些訝然，回頭去看那雙清亮的大眼睛，黑色的瞳仁裏映出自己的臉來，實在是很平凡的五官，他在想，實在沒什麼會讓人不知不覺看到想要發呆的魅力。然而不等他把這問題想明白，陸臻已經把他翻轉過來，一手拎起夏明朗作訓服的領口往自己面前拽，於是兩個人的嘴唇便扎扎實實地撞到了一起。

於是，在嘴唇相碰的瞬間，夏明朗忽然想起：曾經無數次，他在那人背後深深呼吸，呼吸那種清爽明朗的味道，而陸臻有時詫異地回頭，不明白他臉上那種平和而滿足的微笑是所為何事。

原來如此，原來一個人最迷人的地方，總是要靠別人去發現的。

如果說陸家還有一塊地方沒有被空調覆蓋，那就是浴室，陸臻衣服脫到一半，忽然覺得有點冷，頭腦又清醒了一些，便看到夏明朗被自己扒光了上衣頂在冰冷的牆面上，上下其手，頓時就有點不好意思。

「冷嗎？」

夏明朗滿不在乎地笑笑：「還好。」

是還好，如果有必要，他可以在攝氏5到6度的水中潛伏數小時；如果有必要，他可以把自己埋在雪堆裏一整天，這點小小寒冷，真的算不了什麼。但陸臻卻有些被他這不在乎的寬容笑意傷到了。

「你什麼意思！」陸臻惱怒地在夏明朗下唇上咬一口：「我需要你這麼遷就我嗎？」

夏明朗失笑，用食指挑高陸臻的下巴，貼在他的唇邊輕聲道：「我不遷就你，你會有機會嗎？」

陸臻怒目圓睜，悲憤……

「你大爺的！」

「夏明朗！我殺了你！」

打架，其實也是一件很不錯的情趣活動，大打雖然傷身，小打卻可怡情。夏明朗靈活地在這浴室的方寸之間躲避，終於還是被逼進了淋浴間，再退一步，後背又貼上了冰冷的瓷磚，便笑道：「這地方好像不錯啊！」

「是啊！」陸臻耍帥，一腳迴旋踢把淋浴器的開關挑起來。熱水撲頭蓋腦地澆下來，夏明朗被燙得嗞了一下，苦笑道：「你好歹調一下，我都快熟了。」

「熟了好，熟了才好吃！」話雖這麼說，可還是馬上伏身去調水溫。

夏明朗卻在驀然間迅疾地伸手，穿過水氣蒸騰的茫茫水簾，一手扣住陸臻的腰帶把他拉進去，用力一甩，把人扔到牆上，熾熱的水流瞬間把人打得精濕。夏明朗火熱的脣貼到陸臻的胸口上，一邊抽了他的皮帶往外扔，一邊親吻著往上，最後停在陸臻耳根，用齒尖咬著他的耳垂啞聲道：「沒勁，一點用都沒有，折騰了這麼久連衣服都沒扒掉，還怎麼跟著我混？」

陸臻憤怒地瞪著眼，前面是火，熾熱的水流，熾熱的人，後面是冰，光滑而冷硬的瓷磚。冰與火交錯在一起的感覺，令他想要發瘋。

陸臻猛地低吼了一聲，手肘膝齊動，一手扣住了夏明朗的手腕，用力一擰一帶一踢，把人按倒在地，夏明朗讓了他半招，順勢躺到了地上，陸臻像一頭狩獵中的豹子一樣衝破水簾撲過來，緊緊地攝他的嘴脣，把所有的笑意都吃進肚子裏。

唔……夏明朗有些滿意地微笑了，這，還像點樣子。

終於把所有衣服都甩開，沾了水的衣料變得堅澀，特別難脫，所以不得不承認他們麒麟基地的作訓服品質上乘，居然在陸臻如此兇猛的撕扯中順利地生還了。

陸臻已經被點著了，顧不上再跑出去穿越兩個房間，翻找潤滑劑之類的工具，只是用浴液搓了點泡沫出來做潤滑便匆匆進入。

夏明朗有些難耐地皺起了眉，習慣性地咬緊牙關，一聲不吭，卻不由得看著陸臻通紅的眼睛苦笑，自從那次抽風把他搞得直接進醫院，這小子簡直變態似的關心這種事，疼不疼的問題可以問到人發煩，看來今天真的是把他激過頭了。

自作自受啊……

夏明朗小心地調整著姿勢，順應那種猛烈的衝擊，尋找比較適應的位置。被侵入的感覺並不太好，他一直都沒有辦法完全適應，但快感仍然可以源源不絕地被激發。應該是因為那個人的緣故，夏明朗心想。是的，身體對他沒有抵抗力，只是單單被抱著脖子親吻，感覺那火熱的呼吸撲撒到自己皮膚上就會覺得興奮異常，所以，才會放開手，心甘情願地任他為所欲為。

這一生，夏明朗從未主動放棄過對自己的控制，無論是精神還是肉體，陸臻是第一個，令他願意把控制權放到他手裏，因為某些難以言明的渴望，因為信任，因為那個孩子清澈而專注的雙眼。

猛烈的水流從頭頂上大力地砸下來，猶如一場暴雨，隔絕了時間空間與人間，眼前是白茫茫的水氣，而耳邊，只有水聲的轟鳴。

夏明朗偏過頭，看到暴雨下的地面，大滴的水珠砸下來，濺出一小朵一小朵的花，邊緣上鍍著瑩黃色的燈光，隱隱的有彩虹的底色。

這世界變得茫遠了起來，眼中只有一片璀璨晶光，令他忽然有種奇異的感覺，在這極致喧囂與動盪的時刻覺得平靜。

安寧而黑暗！

彷彿進入了一個與世隔絕的空間，大腦變得凝滯起來，慢慢地不再轉動，所有的思緒與謀劃都被清空，那一刻他放棄了對一切的控制，隨著另一個人的節奏而動，猶如一個疲倦到極點的人，放鬆著，漸漸沉溺。

水流從鼻腔裏倒灌進去，從肺部傳來的刺痛感，令他在瞬間摒住了呼吸。

很黑，眼前的一切都很黑，呼吸器已經被人扯落，他看見一連串銀灰色的水泡緩緩上升，頭頂是波光交錯的水面，浮上去，便可生還！

他奮力地要往上游，可身邊糾纏的人體像是有一噸重，在水流中廝打，動作緩慢到優雅，卻連再多撐一秒鐘都是生與死的極限，肺裏已經再沒有氧氣，拼命掙扎的結果是肺部疼得像要炸裂開，而最後一下肘擊，重重地打在胃部，夏明朗終於張開嘴，嗆一大口水進去，開始猛烈地咳嗽，天昏地暗。

在神志渺茫中，卻聽到有人在叫自己的名字，下顎被人用力掰開，熾熱的空氣直撲進來，夏明朗猛地弓起身體在半空中抱住陸臻的脖子，用力吮吸，呼吸他肺裏的空氣。

「怎麼了？……你到底怎麼了？」陸臻驚慌失措地捧著他的頭。

「沒什麼！」夏明朗搖搖頭，大腦因為缺氧而眩暈，繃緊的肌肉變得柔軟，他慢慢倒下去，仰面躺在地上，聲音沙啞而模糊：「想起了以前的一些事。」

「你……」陸臻的聲音忽然尖銳地變了調，眼中騰起一片火光。

夏明朗有些詫異，然而在遲鈍的大腦做出更多的反應之前，陸臻已經低下頭用一種近乎兇狠的姿態在親吻他。

他的吻法激烈而粗野，帶著某種憤怒與壓抑的強大無比的慾望和熱情，像是無邊的海水潮漲潮落，讓夏明朗驀然覺得像是跌入了潮汐裏，靈魂從身體裏飄出，席捲翻騰在唇齒之間，翻滾起伏片刻不得安生。

夏明朗有一瞬間的慌亂，而記憶的碎片卻在此刻傾巢而出，將他吞沒。

在叢林裏被蒙頭毒打，失了火的皮鞭在背上咬出撕裂的痛感，身體已經蜷成一個球，然而刁鑽的皮靴仍可以找到最薄弱的部位，狠狠給予重擊。胃部在熾熱的疼痛中抽搐，咳出的胃液裏帶著粘稠的血沫。

……

M16A2的槍口噴吐著實彈的火焰，機槍的子彈把空氣劃得支離破碎，眼前是電網、高牆、壕溝所組成的無數障礙。

前進，唯有前進，一路突擊、爆破、殲敵，否則身後追隨的子彈將直接結束生命。

翻過高牆的瞬間，流彈從左臂中穿過，有零點零一秒的時間停滯，令他看清了那顆子彈帶著血珠滑過他眼前，然而下一秒，他撲倒在地，用被貫穿的手臂爬過泥濘的鐵絲網。

……

審訊室裏，口腔、鼻孔、眼睛裏灌滿了瓦斯毒氣，淚流滿面、呼吸窒息，只是本能地揮舞雙手驅趕毒氣，在地上不停地翻滾爬行，手指在地面上抓出淋漓的鮮血。

……

黑暗，最極致而純粹的黑暗，耳邊是肆虐的槍炮聲與人類瀕死時的慘叫，不知時間，漫長無止盡。

……

那些記憶，令他為之深深驕傲卻痛苦的，讓他有時覺得不如索性都忘掉，卻也明白今天的夏明朗，正是成長於那些可怕的記憶裏。

他還記得很多東西：烈日下極限乾渴時澆在他面前沙地上的水；實彈越障之後馬上要數清的數百粒碎豆，要用16公里武裝越野才能換到的不足100克的食物；記得他每天早上升起的殷紅如血的旗幟；記得他在飢渴中掙扎，在疼痛中抽搐，在恐懼中壓抑得幾乎要發瘋。

當所有的一切都超出了極限，肉體變得麻木，唯有意志在堅守。

不能放棄，沒有理由，只是不能！

放棄了，第二天早上就沒有人再去升旗，那面血染的戰旗將被折疊齊整與他一起被送走，所以！不能！

他可以死，但不能輸，為了一個軍人尊嚴，做為一個中國軍人的尊嚴。

忽然間，水聲好像消失了，四下裏瀰漫著濃重的白色霧氣，溫柔地包裹著。

有一個聲音在自己耳邊劇烈地喘息，焦躁而壓抑地嘶喊著：別不吭聲，叫我的名字，快，叫我的名字，求你……叫我的名字……

「陸臻？」

夏明朗茫然失神，好像仍然停留在狙擊訓練的黑屋裏，在三天三夜的壓抑中平靜地崩潰著；仍然置身於野外生存的海島上，將一顆泥螺連殼咬碎，海水的鹹澀刺痛了乾裂滲血的嘴脣……

「陸臻。」

這名字從喉嚨的深處發出來，像一聲悠長的嘆息，彷彿有某種安撫靈魂的力量，在絕境中給予支撐，在黑暗中閃爍希望的光芒。

陸臻……陸臻……

夏明朗反覆地唸誦這個名字，猶如某種呻吟。

曾經他在絕境中堅守，咬牙硬挺一聲不吭，意志在非人的磨礪中變得堅硬如鋼鐵，而此刻，堅硬的裹著惡質鐵殼的心似乎破開了一角，有一個名字在柔軟地湧動。

挺好的，夏明朗忽然覺得，至少，下一個生死關頭，他除了純粹的堅持，還有一個人可以想念，那會讓蒼白的絕望染上色彩。

空氣中的白霧慢慢消散開，夏明朗的臉漸漸清晰起來，陸臻已經從之前狂躁的高潮釋放中清醒過來，動作變得像往常那樣輕柔而細膩，伏下身體，親吻每一寸令自己心動的皮膚。

夏明朗的聲音裏有一種令人迷幻的韻質，陸臻甚至被自己名字的音節所迷惑，目光癡迷地掠過他劇烈起伏的胸口，掠過潮濕鮮潤的嘴唇，掠過挺直的鼻梁，然後……一切都停止了下來。

他看到一雙眼睛，漆黑如夜，幽亮如晨。

底色是深到炫目的黑，上面覆了一層厚厚的水膜，不知道是眼中凝出的淚，還是飛濺而入的水滴，就那樣安靜地凝聚著，積滿了眼眶，卻沒有滑出。細細碎碎的光，從那漆黑幽潭的最深處折射出來，彷彿在水底還有另一個世界，來自異界的光芒穿過波面的紋藻投射在寂靜的空氣裏，最純淨而無彩的顏色，卻因為無色而比任何色彩都更加奪目。

似乎是意識到了他動作的停滯，夏明朗的眸光悄然下滑，落到陸臻臉上，波光粼粼的湖水，微微顫動著，溢了一些出來，沾濕了睫毛。

「陸臻？」夏明朗輕聲問，那聲音裏有一種探究，有點心疼的關切。

陸臻在這兩個曾經聽過千萬遍的位元組中落下淚來，他忽然意識到，在夏明朗張揚而堅韌的生命前半段，那人都不曾讓任何人看到自己如此脆弱的模樣；而終其這一生，自己都無法忘記這張臉與此刻的淚光。

夏明朗抬手去抹他眼角的淚光，這個奇怪的小鬼，總是在這種莫名其妙的時刻哭出來。

「我會保護你的！」陸臻忽然道，聲音裏帶上了嘶啞的堅定。

「哦？」夏明朗啞然失笑，然而笑容卻漸漸變得凝重起來，因為看清了陸臻眼底堅定與熾烈的火光，他又笑了：「好啊，那你可得再加把勁才行。」

於是，那雙眼睛慢慢地合攏了，滿溢的湖面生出層層的波紋，終於沖出了湖岸，淚水從兩頰悄然地滑落。

「我有點累了，讓我睡一會兒！抱緊我！」

有些人，說出來的話像咒語，每一個字都是，不可違抗。

陸臻放了滿滿一浴缸的熱水，把夏明朗扶了進去，話說他這輩子都沒有如此由衷地感激過他老媽那死小資腔調，在寸土寸金的上海買一個超大的浴缸，然後一個月也不會去泡一次澡。

「老媽，就當我幫你把本撈回來吧。」陸臻小心翼翼地往水裏滑的時候，口中喃喃低語。

夏明朗的眼皮略微顫動了一下，嘴角勾起一絲笑，卻沒有睜開眼睛。

陸臻知道他沒有睡著，而此時卻是個比睡著更為純粹而徹底的狀態，他只是那樣安靜地躺在那兒，水面漫過他胸口的位置，頭微微往後仰著擱在浴缸的邊沿，露出緩緩滑動的喉結。

呼吸，異常平靜地呼吸，胸口緩慢地起伏著。

陸臻忽然覺得這時候只要他一個指頭插下去，插入夏明朗第三和第四根肋骨的間隙裏，那他一定會死。那隻敏捷的獵豹，兇猛的蒼狼，此刻把他的一切都收起來了，所有囂張銳利的鋒芒，所有氣勢逼人的殺性，以及，所有的睿智奸詐與狡猾。

變得簡單純白如嬰兒。

他說他累了！

陸臻從沒聽他說過這種話，到此刻才忽然驚覺。

怎麼？竟從來沒聽他說過這種話？

有時候，一個人從來不說累，於是人們便默認他不會累；有時候，一個人永遠都強硬，於是我們就認定他不會倒。

生命需要拼搏，但有時也需要休息，很少有人知道，那似乎一刻都不停地在跳動著的心臟，其實大部分的時間都在放鬆，草原上最強悍的獅子，大部分的生命在曬著太陽，而最疾捷的獵豹總是懶洋洋地睡著覺。

陸臻側身在夏明朗身邊趴著，一手沉在水面下，另一隻手，手指緩慢地滑過夏明朗的胸椎骨。

縱慾總還是有點好處的，至少在縱完之後的當下，會讓人變得心無旁騖，陸臻的嘴唇落到夏明朗的皮膚上，緩慢而輕柔，這是不帶任何慾望的吻，輕輕地碰觸著，遇到傷痕糾結的地方，便略做停留。

夏明朗的神色一直很平靜，平靜地笑著，像是有種柔和的光從內裏散出來，他緩緩地抬手，濕淋淋的手掌在陸臻的頭髮上揉了揉，把那顆腦袋按到自己肩膀上。

然後，一切都徹底地安靜了，只有細細的水流聲，淙淙然不絕，水波隨著他們呼吸的頻率緩緩起伏，溫潤如體溫的液體包裹著全身，猶如母親的子宮，最極致的平靜。

當陸臻醒過來的時候，夏明朗已經醒了很久了，浴缸裏的水滿了，從邊沿漫出去，夏明朗把他的人抱高了一些，讓鼻子露出水面。

「醒了？」

陸臻聞聲轉頭去看夏明朗的眼睛，果然，又恢復了，再深的溫柔裏都夾著鋒芒，像綿裏的銀針，閃著尖銳的光。

「嗯！」陸臻有點悵然若失。

「起來吧？幾點了？你要不要先收拾一下？」

陸臻把他家浴室整個地掃了一遍，臉慢慢地紅起來，眼前的情形，用颱風過境這詞來形容，絕對是一點不過分。不過他已經很慶幸了，至少沒在他情緒失控的時候一拳打碎了淋浴間的鋼化玻璃。

陸臻披了塊浴巾從水裏跨出去，七手八腳地把四散的瓶瓶罐罐們各歸各位，好在他家的排水設施很是經得起考驗，倒沒出現什麼水漫金山的狀況，只是兩套作訓服全被泡得精濕，想不洗也不行了。

夏明朗趴在水缸沿上笑：「你說，你爸媽月底看到水費單，該是個什麼表情啊？」

「水不值錢，電費才厲害呢！」陸臻笑嘻嘻的：「管他呢，哈哈，反正到時候我山高皇帝遠，名將在外。」

陸臻把東西都收拾好，外間的空調開了大半天，溫度已經打得很高了，光著膀子來去倒也不覺得冷，夏明朗正拿毛巾擦乾了身體，正在穿內衣，就聽得陸臻在外面一聲慘叫：「啊！這麼晚了！」

「怎麼了？」

陸臻一下子衝回去，急道：「慘了慘了……我那同學會啊！約了七點的，現在都兩點多了，我們還要先吃點東西……還要去給我爸媽買禮物，還……」陸臻還沒唸叨完，就看著夏明朗在那搖頭，看那口型大概也離不了「娘們嘰嘰」，這四個字。

陸臻有點不忿，苦於自己也覺得這樣是挺娘們嘰嘰的，又無力去反擊，只能繼續吼：「快點穿衣服！」

「穿什麼？衣服都濕光了。」

常服？陸臻想了想，算了吧，太打眼了，穿上身半條街的人都往這邊看，想著想著卻是眼前一亮：「隊長，讓我給你好好打扮一下吧！」

「怎麼！？」夏明朗也來了興致：「不過，你那衣服，我能穿嗎？」

「切！什麼意思，我還比你高呢，你當心嫌大！」陸臻嘩啦一下，把他的衣櫃拉開來，頓時自己都看得嚇了一跳。

「呵！你小子開服裝店啊？」夏明朗驚嘆。

「都是我媽買的！」陸臻笑得尷尬。

生了個帥兒子，當然希望全世界人民都能承認他的帥，只可惜這兒子常年不在眼前，買了衣服都只能掛衣櫃，陸媽媽心裏也不是不鬱悶的。

陸臻雖然比夏明朗要高一些，卻瘦了不少，所以上衣反而要比他小一碼，在櫃子裏翻半天才找到前年阿姨送的一件黑呢大衣，當時買大了，給夏明朗穿倒是剛剛好，裏面隨便套了一件厚的白棉襯衫。

夏明朗號稱這樣已經不會冷，陸臻嘿嘿陰笑了一下，心道：隨便你，到晚上讓你見識一下什麼叫上海的陰冷。

陸臻自已的選擇面就要大多了，畢竟一年也穿不到一次便裝，便有點得瑟起來。挑了件他最喜歡的黑色軍服式的西裝夾克穿出來炫耀，裏面配深藍色的棉襯衫，外面又套了一件深灰色的羊毛大衣，一副時尚俊傑的模樣。

陸臻眼尖，趁夏明朗穿衣服的時候一眼又看到他肩膀上那口牙印，心裏便有點得意：「我再給你下點毒吧，把那個印子給弄成永久的。」

「你索性拿刀刻一個吧。」

「也行啊！剛好和我身上那個配套。」陸臻下意識地摸摸自已的肩膀。

「那，不如把我們兩個身上所有的疤對應起來吧。」夏明朗一彎腰，把人鎖在床頭方寸之地，笑容可掬地提議著。

「哦……這個，正所謂，軍人的傷疤就是他的軍功章啊，小生無功不敢受祿。」陸臻小心翼翼地從夏明朗身下滑出來，快手快腳地開始換衣服。

陸臻難得穿一次便裝，又偏偏是收腰卡肩的款式，過分地誇張了腰線，夏明朗便有點詫異：「怎麼以前沒覺得你有這麼瘦啊！」

「我這叫精悍！」陸臻反駁。

夏明朗一雙手卡到陸臻腰上，笑道：「我再用點力，都能把你給掐斷了。」

「夏明朗！」陸臻的口氣忽然鄭重起來：「如果你不打算馬上把衣服脫了，我倆再戰一場，那最好不要隨便在我敏感的部位摸來摸去。」

夏明朗一下沒忍住，笑噴，連忙把雙手拿開了以示清白。

「謝謝啊！走吧！」陸臻面無表情地一伸手。

第六章 你是我的奇蹟

軍裝是一種很神奇的東西，那是一種標識，一個證明，一位身著軍裝的軍人，會不由自主把自己的意識繃緊，讓自己的言行可以符合那一身的濃綠。而與之相對的，便服就像一種壓抑之後的放肆解脫，那種感覺近似於兩個身在異國他鄉的人在公共場合大講母語時的囂張快意，以及那種反正你也不知道我是誰的、人在規則之外的放縱。一個身裝便裝的軍人，有時候會比平民的言行更誇張一些。

因為要去給媽媽買禮物，到了市中心，陸臻便先拖著夏明朗直奔大商場。陸臻既然敢嘲笑夏明朗惡俗，當然自己就得有幾把刷子，一走進那花花綠綠的賣場，陸臻鎮定自若地把臨出門時從老媽桌上順來的口紅拿出來，讓店員小姐們驗了下貨，便直奔了雅詩蘭黛的專櫃而去。

這天正是年假期間，商場裏的生意清淡，櫃檯上冷不丁來了兩個上檔次的帥哥，整個專櫃都被震撼了，三個櫃姐全圍了過來，眨著濃妝的眼睛，笑容甜蜜之極。

甭管她是八歲的還是八十歲的，陸臻從小在女人面前就沒怯過場子，當下笑容款款地說明了一下來意，又把自家美女老媽的年紀和皮膚狀況略略介紹一番，長睫毛下的一雙雙眼睛頓時更加亮了幾分：孝子啊！

接下來的發展就更沒什麼懸念了：推薦，挑最有性價比的給他推薦；打折，拿員工的會員價為標準。

夏明朗安安靜靜地坐在一旁看陸臻如此左右逢源的樣子，腦子裏忽然閃過一句話：小生一向妻妾成群，男女通殺……

你還別說，這小子倒真的沒說謊。

反正，來都來了，陸臻心滿意足地看著禮品被妥貼地包裝好，索性一不做二不休，拉著某櫃員ＭＭ低語：

「有沒有什麼，適合給男人用的護膚品？」

「你用？」

「不是的，給他！」陸臻以眼神示意，櫃員ＭＭ便轉過頭去看想鑑定一下夏大人的皮膚狀況，夏明朗此人對於任何投到自己身上的目光都十分的敏感，馬上詫異地挑眉掃了一眼過去，黑璨璨的眼睛，頓時把人家小女生煞得紅了臉，嚇得馬上把視線收回來。

陸臻馬上哄道：「別怕，別怕，我大哥這人看起來兇，其實人挺好的。」

「看起來很正常，就……正常的洗護就可以了……」小姑娘臉紅紅的：「這樣吧，我們櫃都是給女生用的，我去幫你找碧歐泉家的拿個套裝過來。」

「行，就麻煩妳了！」陸臻笑出一臉的燦爛陽光。

那女孩子跑出去幾步，又轉回來，笑道：「我索性給你也拿一套吧。」

「行啊！」陸臻答應得十分爽快。

「搞什麼呢？」夏明朗冷眼旁觀了半天，眼看著硝煙都已經瀰漫到自己身上了，終於忍不住湊上去問。

「哦，是這樣的，主要是覺得您這張臉太滄桑了點，都讓劣質化妝品給毀了，想給您整套東西來挽救一下，下次再上妝的時候，搞點高指標的防曬霜什麼的先打個底，也給臉上撲個粉，也好冒充白面小生。」陸臻忍著笑，一本正經地說道。

「陸臻，雖說叢林迷彩的成分問題是後勤科的事，不過你不會到現在都不知道我們用的迷彩是能防曬的吧。」夏明朗以一種教育白癡的口吻湊到陸臻耳邊悄聲道：「防紅外，防紫外，當然也防曬，防水防汗防反射光，以及一定驅蟲效果，馬蜂可能是防不了，蚊子……你最近有被蚊子咬過嗎？」

夏明朗拍拍陸臻的肩，以一個老兵的驕傲挺痛心疾首似的看著他：「陸小臻同志，請不要這麼瞧不起軍品。」

陸臻愣住：「真的假的？」

「我回去會告訴後勤支隊的何隊長，你瞧不上他們家的東西。」夏明朗笑眯眯地說著，隨手摸摸自己的臉。

「不要啊！」陸臻哀叫，萬一要真得罪了後勤上的，把不防蚊的迷彩當成防蚊的發給了他，那他不就死定了麼？

兩人正糾纏著，剛才那女孩子已經把兩套東西拿回來了，很簡單的男士洗護產品：一支洗面乳一罐乳液，倒真是一點沒亂宰人。陸臻接過來看看，有點奇怪：「噫，一樣啊！」

「是啊，你們兩個本來皮膚狀況就差不多。」

「哦……」陸臻把東西拎在手裏，鄙視軍品這罪名貌似不輕，如此看來夏明朗對這種東西挺排斥啊……他正在心裏猶豫著，卻看到夏明朗笑眯眯地掏出了錢包：「多少錢？」

呃？陸臻大詫異。

本來嘛，這件事，如此也算是了結了，陸小臻自然不會讓夏大人掏腰包，連忙攔住了，跟著一個櫃檯ＭＭ去收銀台刷卡。在基地待著的時候都沒什麼機會花到錢，花不到錢自然也想不到錢，陸臻在等簽名的時候腦子裏靈機一閃，頗為好奇地問道：「你現在一個月收入多少啊？」

「不知道，你爹的退休金有多少？」

陸臻一時沒反應過來：「五，六千吧！」

「哦，那應該還比你爹的退休金高點。」

記性真好啊！陸臻一頭的黑線：「廢話！到底多少？」

「幹嘛？查我帳啊？」夏明朗笑容曖昧，眼看著陸臻臉色不善又轉口道：「不過……真不知道，沒事查那東西幹嘛，無不無聊。」

是挺無聊！陸臻望了一下天，自己也覺得自己挺無聊，沒事查這東西幹嘛，唉，魔都人士的劣根性啊。

他們正低頭細語，收銀的小姐一邊把單子開出來指點陸臻簽名，一邊神色遲疑地湊近了，用極輕的聲音問道：「那個……那個，恕我冒昧地問一句，他是不是你男朋友啊！」

陸臻一愣，震驚地看了面前這ＢＨ的女生一眼。

小姑娘馬上擺手：「對不起，對不起，我沒惡意的，我……」

陸臻忽然笑起來，張揚而肆意，一手攬了夏明朗的肩膀，挑釁似地笑道：「是啊，帥吧！」

夏明朗耳力雖然好，但畢竟沒聽清前半句，被陸臻搞得莫名其妙。

誰知那女生竟馬上心心眼做花癡狀：「好帥！」

陸臻與夏明朗兩人目瞪口呆地面面相覷，齊齊落了滿頭的黑線，捏了收銀條落荒而逃。

天哪，這是個怎樣荒誕的世界！

「剛剛那是怎麼回事？」夏明朗總算是慢慢回過味來。

「我不知道！」陸臻還在餘震中，神色呆滯，怎麼？他也不過兩、三年沒回家，上海這地界，已經開放到這種程度了？

這兩人站在商場門口彼此打量了一眼，忽然像觸電似的，左右彈開一步。這時候才發現，原來比有人大叫死變態還要可怕的是——有人花癡似地衝著他們嚷：好帥哦！加油！

噫！陸臻分明地感覺到自己皮膚上的疙瘩有如雨後春筍一般地冒出來，而這一剽悍事件發生後的直接結果是：夏明朗大人再也不敢隨便地在公共場合冒犯別人的安全區域，直到離開這個魔幻的都市。

任務完成，逛街又成為了一個負擔，陸臻看看時間已經差不多了，索性就到吃飯的地方去等。

蕭明這人從小班長做到大，辦事十分細膩周到，早早地訂好了一個大包廂，過了不多時，同學們也都陸陸續續地趕到了。陸臻是稀客，好幾年不出現了，被人圍得水泄不通。夏明朗只是一開始的時候被拉出來介紹了一下，隨後便坐到了一邊去看報紙。

夏大人自帶正壓氣場，只要他不去招惹別人，等閒人絕不敢去招惹他。

都畢業這麼久了還會來參加同學會的，多半都是重情之人，席間倒也沒什麼人遲到。很快地，人湊齊便都入了席，一個超大的桌子邊圍坐了十幾號人，眾人談笑風生，至於吃什麼反倒是次要的。

蕭明是組織人，忙進忙出地張羅著上酒上菜，只是這家飯店大約是大年三十晚上太忙了點，到了初二人都有點懈怠了，服務生搬了一箱啤酒過來，居然沒給起子。蕭明鬱悶地出去催，留下這一桌的男人開始各憑本事，有的用牙咬，有的用筷子撬。正在忙乎著，卻看到夏明朗已經開好了一瓶，給自己和陸臻各倒了半杯。

「噫！你是怎麼弄的？」馬上有人好奇起來。

「就這麼開啊！」夏明朗隨手又拎了一瓶過來，兩個手指頭一捏，直接用手指撬開了瓶蓋。

「不會吧，這樣也行！」陸臻頓時好奇起來。

「怎麼你不會啊？」這下子輪到夏明朗詫異了：「平時聚餐的時候都誰給你開的啤酒啊？」

「那個，侯爺啊……黑子，楷哥他們手腳比較快，比較愛為人民服務……」陸臻自己回頭想，也覺得有點不好意思。

「哦，敢情是咱們全隊都寵著你一人啊！」

「隊長，您可不能這麼說，咱們隊的寵物，那怎麼算也應該是阿泰，小生嘛也就是比較招人待見！」

「少廢話，」夏明朗遞了一瓶過去：「試試！」

陸臻不敢反抗，乖乖地接了過去，開始扒拉。

男人麼，對這種比較拉風的小事最有興頭，一下子，整個席上都學起來了。只是等蕭明借了工具回來，席間除夏明朗以外七個男人，除了陸小臻幾次失手之後，終於掌握了技術要領，紅著手指完成了任務，其他的，全軍覆沒！而比較悲慘的兩個甚至還劃破了手。

姜峰同志因為有新媳婦在身邊分外拼命的緣故，所以他也是那被劃破手的人之一，於是這位前體育健將華麗麗地困惑了：「陸臻，行啊，當了兩年的兵，變這麼厲害了。」

「這算什麼！」陸臻立馬得瑟上了：「我們那邊的那些兄弟，那是真的會功夫的，單手倒立能撐一個小時，四塊紅磚摞著，一記手刀，盡碎。」

生在和平地帶的人士最愛聽的就是傳奇故事，陸臻把身邊的牛人牛事挑了幾個不那麼聳人聽聞不那麼違規的拿出來，添油加醋裝盤上桌，夏明朗對陸臻的吹功一向心裏有數，臉上帶了三分笑在旁邊聽著，也不去戳穿他。

只是聽到後來，大家都漸漸開始不滿足，紛紛要求更有料的故事，陸臻有點耍賴地轉頭看夏明朗：「怎麼辦？這幫死老百姓居然敢瞧不起我，你來說個震撼的，震死他們！」

「可吹牛這種事，我沒你在行啊！」夏明朗笑道。

切……眾人哄笑。

「那，說個聽來的故事啊！」夏明朗眸光一閃，黑漆漆的眼睛從每個人臉上過了一遍，剛剛還喧鬧萬分的局面一下子靜了下來：「聽說是有一次野外生存，雨林裏，跳傘下去的，四天，身上是標準裝備，一把匕首，50克鹽，還有一壺水。有個兵，運氣特別背，他跳下去的時候，剛好落到一個半沼澤裏……」

陸臻直覺一絲異樣的預感，垂手到桌下，在夏明朗的大腿上拍了拍，夏明朗的左手悄無聲息地靠了過去，反手與他相握。

夏明朗繼續說著他的故事，聲音低沉，有一種奇異的誘惑力，令人身臨其境。

「下面是個泥潭，那個兵一下去就踩到個東西，還沒站穩那東西就動了，原來是個活物。他那時傘繩還沒解，降落傘在樹上掛著，感覺到腳下不對了，就拽著傘繩往上翻，然後，才看清了，原來是條鱷魚。好在那鱷魚也不大，後來他花了點工夫先用傘繩把嘴給綁上，就把那畜生給殺了。」

夏明朗說得輕巧，席間卻已經有人在倒吸冷氣。

「結果這下可糟了，沒等他逃出那個水沼，血腥味就引來了一大群的鱷魚，把人團團圍住，這就沒辦法了，就只能逃，可是逃的時候慌了點，把信號彈給丟了。後來你們猜怎麼著，那個兵找了棵樹，用傘繩把自己綁在梢上，就這麼撐著，用一壺水，撐了五天，到第六天，直升機把所有的人都找著了，回過頭去專門找他，總算是把人給找著了。」

夏明朗把故事說完，過了好一陣才有人驚嘆：「真的假的？」

「真的！軍報上登的。」

「這不可能吧！」蕭明以一個醫生的專業角度在質疑：「一壺水不足以支撐一個成年人五天的消耗，更何況還是熱帶雨林，日曬太過強烈，水分的消耗會更大。」

「嗯，他吃樹上的葉子，還有，晚上會有露水，那地方濕度大。」

「那也不可能吧，他腳下全是鱷魚，嚇都會被嚇死的。」女生的膽子畢竟要小點，首先考慮的總是這些問題。

「這倒沒什麼……」夏明朗笑道：「別往下看就行了，哦，對了，中間他還抓到兩隻鳥，用傘繩套的，可惜不能生火，要不然烤著吃應該還蠻香的。」

最後那一句話，夏明朗的尾音微微往上挑，彷彿開玩笑似的，席間的氣氛又漸漸活潑了起來，倒是陸臻一下子安靜了下來，垂在桌子底下的手，握得死緊。

夏明朗逗了他幾次沒逗開，只好趁著倒酒的工夫，靠到他耳邊輕聲道：「幹嘛呢，一個故事罷了，怎麼就當真了。」

陸臻看他一眼，勉強笑了笑。

都是些二年才聚首一次的老同學，席間通告點來年的大事，跳槽升職女朋友結婚什麼的，挑好消息大家開開心。這幾年時候到了，別管男生女生都陸續有人開始結婚，沒結的那幾個，也多半都有了主，於是這話題一來二去便又繞回到陸臻身上。雖然陸小臻年紀尚幼，但歸宿問題一樣讓人好奇，馬上有人起頭問：「你們那裏有沒有什麼漂亮的女兵啊？」

陸臻苦了臉：「別說了……咱們中隊就一和尚隊，純男班，純的！連隊裏的老鼠都沒一隻母的。」

「不會吧，真有這麼慘！」蕭明大笑。

「就這麼慘。」

「太浪費了啊！我就說了憑你小子這風流倜儻的人物，怎麼會到現在還單身呢！」姜峰也來插嘴：「想當年，啊，誰不知道六班的陸臻呢？別的班上就不算了，就咱們班54個人，18個女生，全和你傳過緋聞。」

「真的啊？」夏明朗頓時來了興致。

陸臻看那雙漆黑眼睛裏一閃一閃地放著光，心頭狂汗，強笑著：「彼時小生年幼無知。」

「沒有沒有，我覺得這不算是最扯的，」事關娛樂八卦，插嘴的人越來越多，另一個女生叫莫小曉的，也加入了細數當年的行列：「最扯的是，明明不是他幹的事，到最後也能算在他頭上！還有誰記得高三那年情人節唐靜琪收到的玫瑰花嗎？」

眾人頓時哄笑，緋聞女主角更是笑得前俯後仰。

陸臻無奈地舉手：「我承認，我承認……就是我送的……」

「你去死吧你……」莫小曉大笑：「明明是人家男朋友趙嘉銘送的，結果當時全班都猜是你，搞到後來他自爆都沒人信，靜琪出來幫他說話都沒人信，差點鬱悶死。」

「沒，就是我送的，幹嘛不是啊，多浪漫的好事兒，男子漢大丈夫就是要多多地追求這種虛名濁利。」陸臻說得一本正經。

「莫小曉，我那件事歸根到底也就是一個虛假緋聞，」緋聞女主角唐小姐展開反擊：「倒是妳啊！我記得妳當年不是很哈陸臻的嘛？號稱一百年不動搖的可就是妳，現在動不動就讓人去死，爬牆爬真快啊。」

「沒有啊，我現在照樣很哈他啊！」假如有人在高中的時候就很御姐，那無論如何都沒法指望她十年之後反倒會變LOLI，莫小曉神態自若地說道：「別說一百年，我是陸臻門下萬年走貓。」

「不是吧，妳這女人！」唐靜琪笑倒：「那妳老公怎麼辦？」

「沒關係，只要陸臻一句話，我回去就甩了他。」

莫小曉豪言一句，頓時場面更是激盪，一幫子人起哄強烈要求陸臻同學馬上表個態，可憐的陸臻被人揪起來，支支吾吾地嘀咕了幾聲，忽然道：「那我得先回去買貓沙。」

呼地一下，斜刺裏飛過來一個黑乎乎的東西，陸臻一抄手接著了，再一看，竟是半截雞骨頭，那始作俑者早在桌上笑趴了。

吃吃飯喝喝酒說說笑，這世上大半的同學會都是一個模式，時間更是如水流過，好像一眨眼的工夫已經杯盤狼籍，有人沒盡興，便叫囂著說要去唱K，馬上便有人翻出優惠卡來打電話訂位子。

陸臻看著興致勃勃的同學們，心情有些激蕩地看看夏明朗，夏明朗自知這種場面一輩子就撞上幾次，何必不成全，自然笑著點頭。

從飯店裏出來天已經黑透，一行人站在地下車庫的出口等有車的同學去拿車，酒酣耳熱之際大家的談興更濃，耍嘴皮子的事陸臻總是中心，正說到神采飛揚處，冷不丁從車庫裏竄出一輛車，竟直接奔著陸臻而去。

陸臻聊得正起勁完全沒什麼防備，等感覺到後邊有風襲來已經來不及閃開，只能順勢往後倒，單手在那輛車的前蓋上一撐，一個漂亮的側翻，翻到旁邊去，落地沒站穩踉蹌了幾步，被夏明朗伸手扶住。

頓時人群裏就炸開了鍋，七七八八的指責叫罵聲起，姜峰剛好站在陸臻前面幾步，抬腿便在那車上踢了一腳，罵道：「喂！儂哪能開車呃！！」

這家飯店的停車場出口處的坡度大，那人大概是衝坡的時候油門踩過了頭，一時沒收住。按說這種事既然沒傷著，那車主下車道個歉賠點不是，也就過去了。偏偏那愣頭青車主大概真的是喝過了頭，竟然把車窗降下來做了個下流的手勢，回罵道：（註）「冊那！老子就是撞你又哪能！切！那個種鄉下人麼，撞死掉活該！」

見過不講理的，倒還真沒見過這麼不講理的，眾人氣結，紛紛怒罵，只可惜那車一下子便滑遠了，追趕不及。

大家正在望車怒嘆，卻看見一道黑影像豹般無聲而迅捷地滑了出去……夏明朗沒太聽懂那人在說什麼，可是膽敢向夏明朗比中指，還從來沒人能全身而退。不過是一跑一縱，夏明朗已經穩穩貼到那輛車上，一手扒住那扇正在緩緩升起的車窗，一手伸進車裏去，鑰匙一擰，熄火，拔出，還沒等那車主反應過來，他已經乾脆俐落地跳下了車，站在路邊，手裏一上一下地拋著那人的車鑰匙。

這場變故來得突然，簡直像電影片段一樣，除了陸臻所有人都被夏明朗的身手給震到了。

過了好幾秒，坐在那車後座的一個女孩子方如夢初醒似地跑了下來攔住夏明朗，一疊聲地道歉：「先生，先生……對不起，他喝多了，別和他一般見識……」

到了這種時候但凡有點眼色的也該明白過來，可偏偏是酒壯慫人膽，那愣頭青居然不怕死地下車大吼：「親親！妳幹什麼哪？少給老子丟人！冊那！什麼東西！」

這人嘴裏不乾不淨，手上更是毛毛糙糙，那個叫親親的女子剛要回身罵人，卻被他揮手推到了一邊去，女孩子吃不住醉鬼的力氣大，踉踉蹌蹌地退開幾步，高跟鞋在水泥地上一扭，堪堪跌進陸臻懷裏去，陸臻苦笑著把人扶穩，尚有閒心問了一句：「沒事吧！」

「沒事沒事……」那女生低著頭，如果地上有洞，大概會毫不猶豫地鑽下去。

「冊那娘的！鑰匙還吾！」愣頭青揮開自己女朋友，衝著夏明朗吼。

夏明朗退後了一步躲那唾沫星子，卻忍不住想笑，一雙黑眼睛在夜色中閃著細碎的光，那光大約是太刺眼了些，刺得那個醉鬼想也沒想地一拳就揮了過去……

「哎，別打人……」親親一聲驚叫還沒落，自己先啞了。

如此搖搖晃晃章不成章法不成法的一拳在夏明朗眼裏看來，真是擋了都有辱尊嚴，只是把頭略偏了偏，一手鉗住那人的手腕用力一扭，同時飛起一腳踢在他的膝窩裏。只聽得一聲殺豬似的慘叫，剛剛還耀武揚威的某楞人，已經像一灘泥似的跪到了地上。

「陸臻！」夏大人懶洋洋地叫了一聲：「怎麼處理？」

陸小臻最尊重女性，轉頭去問親親：「您說怎麼處理？」

那女孩子瞠目結舌地瞪著這兩人看了一會兒，忽然牙一咬，扭頭就走：「我不認識他。」

陸臻轉過頭，無比純良地衝夏明朗笑了笑：（註）「內伊組特！」

「啊？？」夏明朗一頭霧水。

倒是陸臻那些原本義憤填膺的追上來打算痛打落水狗的同學們頓時爆笑出聲，一個個捧腹笑得幾乎岔了氣，滿腔怒火都散得精光。

「什麼呀？」夏明朗小聲嘀咕，在那攤泥的背上又踹一腳，把他大字型踢翻在地，然後手腕一翻略一使勁，那串鑰匙便準準地在空中劃了道弧線，擦著那人的耳朵落了地。

雖然只是個小小插曲，卻成功地把眾人的注意力都轉到了夏明朗身上，一直到了ＫＴＶ還有人在纏著問：「夏先生，你一定是特種兵吧，剛剛那一手，真的是太帥了，真是……」

「不不，那只是一個普通的車載步兵上步戰車的動作。」夏明朗笑著否認，當然他也沒說謊，那的確只是一個很普通很普通的技術動作。

車載步兵？步戰車？？

一雙雙眼睛裏又畫出了更多的問號。

陸小臻萬般無奈，抱著話筒在吼：「唱歌啦，要唱歌的去唱歌啦！」

這下子，眾人又有了新話題，開始起哄讓夏明朗獻歌一曲，夏明朗清清嗓子，一本正經道：「除了國歌，就是中國人民解放軍軍歌，各位要聽哪一首？」

大家看那雙誠懇的眼睛真的不像在說謊，只能萬般無奈地放過了他。

等包廂裏的氣氛又熱烈起來，陸臻賊兮兮湊到夏明朗耳邊笑：「又在騙人了吧？我就不信你只會這兩首歌。」

「的確不止！」夏明朗一臉的正直：「我還會唱打靶歸來。」

陸臻一下子笑噴出來：「真的啊，我去幫你點。」

夏明朗不動聲色，手從眾人看不到的角度探過去，猛掐陸臻的腰，陸臻笑著躲避，藉口上洗手間，竄出去繼續笑。

在清寂的軍營裏待了太久，五色喧嘩的地帶就讓人覺得有點煩亂，陸臻在外面溜達了一圈便有點不太想回去，卻剛好撞上夏明朗也出來溜邊抽菸，兩人相視一笑，挑了個牆邊的角落裏靠過去。

「太吵了吧，等下我去跟他們說一聲先走，就說我媽在催了。」

「沒關係。」

「其實我也覺得有點吵……」陸臻笑道：「唉，苦日子過久了，都不習慣享樂了。」

「好同志啊！回去找大隊給你發獎章。」

陸臻做愁苦狀：「燈紅酒綠，聲色犬馬……小生正當慘綠好年華，本該滿樓紅袖招，我怎麼就跟著你混了呢？」

夏明朗低著頭笑，卻不說話。

旁邊有間包廂的門被猛地撞開了，一個人匆匆忙忙地走出來大概是趕著去上廁所，便忘了關好門，細細的音樂聲從門縫裏傳出來，陸臻無意中聽了兩句，慢慢變了臉色。

「怎麼了？」夏明朗有點詫異。

陸臻豎起食指貼在脣上，輕輕搖了搖頭，靠到門邊去細聽，聽了一會兒，竟衝動地推開門進去，就在房門大開的剎那，夏明朗模糊地聽到一句歌詞：

Us against the world……

過了不一會兒，陸臻從裏面走出來看著夏明朗道：「我唱首歌給你聽好不好？」

KTV的走道裏光線昏暗，頭頂上五色錯綜曖昧不清的霓虹全落在陸臻的眼睛裏，混出奇異的色彩，夏明朗愣了一下，笑道：「好啊。」

陸臻同夏明朗兩個剛一進包廂，就被人起哄：跑哪裏去了，罰歌啊，罰歌，罰歌……

「新歌不會啊！」陸臻笑道：「現場學一首行不行……」

說著便走到點唱台前去點了歌：Westlife - Us against the world！

音樂起來的時候，便聽到人笑道：「陸臻啊，最新單曲麼！還是那麼緊跟時代啊。」

陸臻敷衍地笑笑，幾乎有些過分專注地盯緊了螢幕。

Us against the world
Against the world
（我們一起面對這世界，一起面對這世界）
Us against the world
Against the world
（我們一起面對這世界，一起面對這世界）
You and I, we've been at it so long
（我和你，我們已經相愛了很久）
I still got the strongest fire
（而我心仍然因你燃燒著不滅的火焰）
You and I, we still know how to talk
（你和我，我們仍然彼此心靈相通）
Know how to walk that wire
（知道如何闖過一切艱難險阻）

不過才是第一段的歌詞走完，夏明朗便有些驚訝地回過頭去，看著陸臻的眼睛。

Sometimes I feel like
The world is against me
（有時候我覺得這世界已經離我而去）
The sound of your voice, baby
That's what saves me
（可是，親愛的，是你的聲音拯救了我）
When we're together I feel so invincible
（只要我們在一起，我便會覺得自己不可戰勝）

音樂在耳邊迴響，陸臻卻看到了一重重黑幕撲面而來，當他最疲憊虛脫幾乎要放棄的時候，曾經有一個聲音將他喚回。

活下去，堅持，那一瞬間的掙扎與堅定，不過是為了讓那個人別傷心。

因為不想離開，不能離開夏明朗的身邊，想和他站在一起，同樣的地方，同樣的高度，只要他們攜起手，這人間不會再有恐懼。

Cause it's us against the world
（因為我們將一起面對這世界）
You and me against them all
（你和我，面對他們所有）
If you listen to these words
Know that we are standing tall
（如果你能聽見這些話，知道我們已經站到了絕頂）
I don't ever see the day that
I won't catch you when you fall
（而我永遠也不會放開你的手，當你墜落）
Cause it's us against the world tonight
（因為，今夜，我們將一起面對這世界）

這首歌的旋律並不難，陸臻聽到第二段的時候已經可以跟著哼唱，等一遍放完按下重播鍵，陸臻清朗的嗓音代替了原唱，夏明朗忽然覺得眼眶發熱，心臟在抽動，好像有什麼東西要溢出來。不可抑制的悸動，這種感覺已經很久沒有在夏明朗的生命中出現，像是有一團火焰在胸口燃燒。

陸臻的歌聲極富感染力，已經有人在應著他的調子幫他和聲，夏明朗忽然覺得假如他再不做點什麼，心口那團火就要把他烤焦了，便衝動地拿起另一支話筒陪著陸臻一起唱起來。陸臻的聲音一下子變了調，可是很快地又找回了原來節奏，夏明朗的聲音低沉而醇厚，與陸臻有奇異的契合。

一曲終了，起哄的聲音衝破天去，嚷嚷著要再來一首，陸臻推辭不過，只能隨便把下面一人點的歌也唱了，又拖了一會，才托辭溜走。

10點多，正是這都市的夜生活剛剛開始的時候，街道上的行人放慢了腳步，匆忙被悠閒所取代。

陸臻並不急著回家，便領了夏明朗沿著南京西路往東走，慢慢地又走回到人民廣場附近。夏明朗三十年的生命裏有十二年做為一名軍人度過，即使沒有軍裝在身，腳步仍然均勻整齊得可怕。陸臻好奇地在旁邊看，估計著如果拿尺子量，應該差不出兩釐米去。

陸臻玩心起，索性跳上一步，吊在夏明朗脖子上，讓他拖著自己走，陸臻是吊膀子的高手，專等被吊人回頭時，笑出一臉的天真無辜來，吊得人沒脾氣。

他們走過大光明影院，看著老舊的大門，陸臻又被勾起了一點童年的回憶，馬上得瑟起來：「我小的時候，我老爸每個月都帶我來看電影……」他嘴裏在唏噓，眼睛自然也就多瞄了幾眼，便讓他看到兩個身穿沙漠迷彩的軍迷兮兮的人物，十分招搖地站在了大門口。

正牌的軍人看軍迷，有時候跟明星們看模仿秀是一個心理，有點好奇又有點不屑的，雖然一眼就看得漏洞百出，可偏偏又忍不住地想再多看幾眼，想再找出那第一百零一個洞。

那兩個軍迷見陸臻的視線一直有意無意地纏著他們繞，竟傲然地轉了個身，也不知道是瞧不上陸臻不讓他看了，還是在炫耀背上的行攜具。只是他們這一轉，倒露出了身後的一張電影海報：馮小剛作品——《集結號》！

陸臻頓時來了興致。

「我們去看電影吧！聽說是馮小剛的新片，戰爭大戲，特技都是從國外請的，跟兄弟連都有得一拼！」

「馮小剛？拍賀歲片的那個？」

「你也認識他啊。」

「嗯！」夏明朗心想我又不是火星人。

「怎麼樣，看吧！我去看看還能不能趕上最後一場……」陸臻興致勃勃地往裏面擠。

「打仗的？」夏明朗有點躊躇，陸臻已經開開心心地舉著票出來了：「哈哈，剛好最後一場集結號。」

夏明朗看那一副小孩子得了糖吃的模樣，也不好掃他的興。

陸臻做戲做全套，甚至買了兩杯爆米花捧了進去，全面地重溫童年回憶。

撐過了亂七八糟的一堆廣告，詫異完了為什麼這一次的主角不是葛優大爺，正劇上映，一開場就是一段戰爭戲。陸小臻習慣性地糾錯：「抗日，還是解放戰爭啊？八路軍什麼時候有鋼盔了？」

「解放吧……」夏明朗仔細看裝備的細節：「應該是繳獲的戰利品，當時蔣介石手上有好幾個美械師。」

「呵呵，運輸大隊長。」陸臻笑嘻嘻地丟了一顆爆米花到嘴裏，咬得哢哢響。

大光明是那種老式的禮堂式的電影院，夏明朗和陸臻兩個坐在樓下，螢幕高懸在前方，形成一個幾乎是仰望的視角，幕布上巨大的人影便像是踩在半空中。

短兵相接，一小隊人在突擊，一群人跟上，沒多久，夏明朗噫了一聲，神情更專注了些，畫面切動，顯出埋伏著的國民黨軍官。

「果然啊，中伏了。」陸臻又拈起一顆爆米花。

第一聲槍響，便驀然而至了。

特技做得不錯，至少音效很不錯，陸臻手一鬆，那粒爆米花又落了回去。

所謂大片，一開局總要抓人，《集結號》開場的那通巷戰下足工本，戰火硝煙紛飛而起，一聲聲子彈的嘯叫帶著風聲的凜利，陸臻的神色慢慢凝重起來，又露出些許茫然。

夏明朗把爆米花放到一邊，伸手，握住陸臻的手腕。

槍聲一直不停，中間夾雜著起伏的爆炸聲，還有人類瀕死的慘叫：救我，先救我……拉我回來……

血液濺出人體的瞬間被刻意地放慢了，清晰的液滴在影片灰青的底色中顯得凝重無比。然後，轟隆一聲，一個人被炸作兩截，大團的血液挾裹著破碎的內臟從斷開的身體裏湧出來，演員的臉上顯出一種空茫的神色，那是生命在迅速流失的空洞與茫然。

陸臻忽然從座位上站起來，匆忙地往外擠，夏明朗見狀也連忙站起來跟著他走出去。果不其然，那小子一出門就找廁所，撲到洗手臺上便開始吐，倒是沒吐出什麼東西來，只是乾嘔，十分不舒服的樣子，一邊吐，一邊拿水潑自己的臉。

夏明朗站在他身後看了一陣，退後一步靠在牆邊，無聲無息地抽著菸。

在大部分時候，菸味對於陸臻來說都不是個讓人愉快的東西，而此時，嗆人的菸味吸到肺裏的瞬間，竟莫名的帶來一種平靜的感覺，像是有一雙溫暖的手，在慢慢地撫摸著他抽動的胃。

「呃……」陸臻抬起頭來看夏明朗，臉上濕漉漉的，眼睛裏也泛著水光，很是急切的神色。

「想到什麼了？」夏明朗笑得很溫和，難得全然不帶攻擊和挑釁的笑容。

「我……」陸臻胡亂抹著臉上的水，慌亂的視線在夏明朗臉上停住。他猛然伸手，一把抓住夏明朗大衣的領口就往裏面拽，一腳踢開隔間的門，把夏明朗拉進去推到牆上，開始手忙腳亂地扯他的上衣，直到露出腰上那個圓圓的糾結的疤痕。

AK-47打的，子彈擦過了脾臟，穿透胰腺和小腸，消化液外流，造成傷口輕度的腐爛，使得最後收口的皮膚變得凹凸不平。

只差一點點，就差一點點！

陸臻抱著夏明朗的腰，半跪在地上，深深凝視那個疤痕，然後重重地吮吸深吻。

只差這麼一點點，他深愛的人，便會永遠地消失不再來。

上天終究待他不薄。

夏明朗的身體在那唇瓣壓上的瞬間變得僵硬，然後又隨著那細細的舔吻而慢慢放鬆下來。良久，夏明朗輕輕撫著陸臻的頭髮，笑道：「你這姿勢真曖昧，這時候要是撞個人進來，很難說不會被你嚇死。」

陸臻動作一頓，轉而又重重地咬了一口。

「哎……差不多可以了哦！」

陸臻有點委屈似地仰起臉，剛剛凝在眼底的水光還沒有散盡，反倒更重了一些，夏明朗心裏哎喲一聲，有點無奈：「別拿這種眼神看著我好嗎？陸臻同志，我寧願赤手空拳去面對一整隊綠帽子。」

「我有這麼可怕嗎？」陸臻抱怨。

夏明朗慢慢蹲下去，直到可以平視陸臻的雙眼：「有！至少，槍，和炮、敵人，都不會讓我想退縮！而你，會！別再拿這樣的眼神看著我，如果腦子裏刻進了這樣一雙眼睛，會讓我膽怯。」

陸臻像是在慢慢冰封又慢慢融化似地清醒過來：「對不起！」

「沒關係。」

「以後不會了。」

「好的。」

出了電影院的大門，冰涼的夜風吹上來，陸臻的大腦在瞬間徹底地清醒了，然後臉迅速地紅起來，像一個熟透了的桃，連芯子都紅透了。

「呃……那個……其實……」陸臻支支吾吾。

「哦，怎麼？那個什麼？」夏明朗眼睛裏帶著笑，不懷好意地玩味，讓陸臻更覺丟臉。

「其實，那片子也拍得不怎麼樣，一點不震撼，還不如《拯救雷恩大兵》，其實……」陸臻緊張地話嘮。

「哦，是嗎？沒看過。」

「啊，你沒看過《拯救雷恩大兵》？」

「嗯，除了教學資料，我從來不看戰鬥場面。」

「為什麼？」陸臻好奇地問，脫口而出。

夏明朗看著他笑，這小子頭髮上還掛著水，卻來問他為什麼不看戰爭片，伸手擦去他額角的一滴水珠：

「因為，不像你這麼愛自虐。」

「呃……」陸臻尷尬起來。

「覺得沒什麼意思，拍得不真，覺得彆扭，拍得太真了，看了噁心。陸臻，天生無畏的人肯定有，天生不怕死的，所謂亡命徒，肯定有，但我不是，我想你也不是，我希望我們整個中隊裏都沒這種人。我們殺人，不是因為這事幹起來有多爽，而是，有些事必須得有人幹，有些人必須得死，才能讓別的更多的人能活著。」

夏明朗伸手看自己的十指：「所謂手上沾滿鮮血，一點也不誇張，有時候回家，都不敢用這雙手去抱我外甥，怕摸出血印來。我只記得第一次出任務殺了多少人，後來就不敢記了，再該死的人也是人，也一樣會流血，一樣會慘叫，一樣會到你夢裏來搗亂。殺人，不是什麼值得炫耀的事。有些人沒看過，覺得很刺激，我們什麼沒見過？如果有可能，我希望全世界的軍人都不會死，所有的槍口都插上花。」

陸臻默默無言，眼睛閃著細細碎碎的光，像是遠處的星和近處的霓虹在他眼底流動。

是啊，這些道理，其實他早就領會了，只是他的大腦還沒有把這些感悟歸好類，於是他身體首先起了反應，強制他離開那個地方。

曾經的雨林裏，他從敵人的槍口前把夏明朗救下，於是他殺戮已生，他的手上已經沾滿了血。

曾經的黑暗中，夏明朗握著他的手開下那一槍，於是他的純真一去不返，連同他看槍戰片的能力一起。

他們被殺，他們殺人，然而，這一切毫無辦法。

就像巴頓說的：讓自己的國家永存，哪怕犧牲生命！

「別這麼垂頭喪氣的，校官同志！拿點精神出來！」夏明朗重重地拍陸臻腦袋：「那片子拍得不錯，至少比我以前看過的那些好，不過找個樂子而已嘛，要找這麼血腥的，煩不煩哪？是嫌我訓你還不夠嗎？」

陸臻一肚子的自憐憐人被夏明朗一掌拍飛，沒好氣地瞪他一眼：「下次請你看周星星！」

「這個好，我喜歡。」

「沒品味。」

「你要品味？品味點什麼不好？不如回去跑幾個五十公里吧，好好品味一下人生。」夏明朗笑容可掬地提議。

陸臻緩慢地揮拳……把方小侯的殺手鐧做動作分解……一個一個地往夏明朗身上招呼，兩個人玩瘋了，旁若無人地在南京東路的人行道上追逐，在人群的間隙中輕盈地穿過。

＊愣頭青的上海話為：媽的！老子就是撞你又怎麼了！切！你這種鄉下人麼，撞死活該！陸臻的上海話：把他做掉！（舊時青幫流氓切口，為居家旅行耍狠爆笑之佳品）

3.

深夜，但浦江的遊輪仍然在穿行來去，兩岸的霓虹依舊閃爍。

然而天寒似水，外灘的行人寥寥。陸臻趴在江岸的扶欄上，讓江風吹散奔跑後身上的熱氣。

夏明朗雙手插在衣袋裏，轉首間已經看盡了十里洋場的繁華，有時候不得不承認，上海畢竟是上海，即使喧鬧、焦躁、匆忙、怪異，上海仍然是上海，這個魔幻的都市有她獨特的魅力。一如這城市中的人，充滿了缺點，但有時候卻不得不承認，他們活得很有激情。

這地方，是熱熱鬧鬧的一鍋湯，沸騰得激烈，任何人都像是一滴水那樣，在這巨大城市的海洋裏失去蹤影，卻又不自覺地隨著這潮汐起伏洶湧。

「其實，我還是最喜歡外灘……」陸臻感慨著，一轉身，雙手張開：「上海最拿得出手的東西全在這裏了。」

萬國建築，陸家嘴，東方明珠，金貿大廈……很多東西，白天與黑夜看時都是兩種不同風情，燈光是很重要的，極重要的道具。

「很漂亮。」夏明朗輕輕點頭。

「是啊！每次有同學過來，一定會帶他們來濱江花園，然後他們好歹會承認，上海這破地方雖然荒得什麼都沒有，好歹還有一片外灘。」

「你，還是很留戀這裏吧？」

陸臻一挑眉毛：「你什麼意思？你不留戀伊寧？」

「那不一樣，伊寧和上海不一樣，伊寧是家鄉，上海是一片戰場，而你，在這裏也可以贏得很好。」

25歲，名校出身，雙學士，碩士，青年才俊。

夏明朗仍然記得剛才酒席上的談笑，陸臻的同學們正在過著怎樣的生活，在下雨的日子裏出門叫不到車，已經是很要命的經歷。他們在討論著第一輛車應該買馬六還是帕薩特，在期待四十歲之前可以開上奧迪的A6或者寶馬7字頭；他們討論股票與基金，資本的升值與跌落，風險投資，金融危機；他們討論春節假期應該到哪裏去度過，拉薩的海拔會不會太高，哈爾濱的冰燈會不會太冷了點。

而與此同時，與他們相同出身，才智上比他們優秀得多的陸臻，正在中國西南山區的某個地圖上也找不到的地方，日復一日地進行著一些駭人聽聞的訓練，烈日下汗水從身上流下來，在腳邊積成一灘，又或者，手上端著95式突擊步槍，一步一步潛行在危機四伏的叢林裏，不知道下一顆子彈會在什麼時候，從什麼方向而來。

這樣的對比太過明顯，令夏明朗覺得有點信心不足。

陸臻，與方進和鄭楷不一樣，甚至與自己和徐知著也不一樣。對於他們大部分人來說，進麒麟是人生中最好的選擇，步兵的頂峰，而對於陸臻來說，那甚至是個吃虧的決定。

夏明朗從不認為身為軍人，就應該無慾無求地為軍隊奉獻而不談得到，他不只一次地思考過，待在麒麟，可以讓陸臻得到些什麼，可是一次又一次，他都覺得理由不太充分。

榮譽？

做為秘密部隊，麒麟基地大部分的嘉獎都不能在全軍通報。

軍銜？

少校到中校只是一步之遙……這一步，憑陸臻的實力，在哪裏都會很快地走過。

磨練？

好吧，如果有人會被傳統革命教育洗腦，相信越是艱苦越光榮，那應該會滿足於這個理由，很可惜，那不是陸臻。

那麼，還剩下些什麼？

這個名叫陸臻的傢伙，他甚至不好戰，雖然他也爭強好勝，但他卻是真的不好戰。他不像陳默那樣看到新式的槍械會兩眼放光，不像方進那樣單純地相信著士兵的榮耀與殺伐，他甚至不像徐知著那樣固執地想贏，夏明朗把一個麒麟基地的底牌掀開清洗重排了一遍，可是那個理由，仍然不夠充分。

基地，的確算是一個很誘人的地方，但至少，對於陸臻來說，還不夠那麼誘人，至少不足以讓夏明朗坦然地把這一隻鷹長久地留在這片領空裏。曾經，他說要在他的肩上加一點沉重的東西，那麼加完之後呢？是否應該放手讓他翱翔？

為什麼，竟覺得惶恐？

「你是指……回家？做個白領？像他們那樣？還是，去軍委，或者總後勤？」陸臻笑了：「其實，我不討厭這樣的生活，我從小在這裏長大，我可以適應。老實說每一次野外拉練，又熱又累的時候我都無比地懷念那些坐在家裏的沙發上吃八喜冰淇淋的日子，可是，有得就必有失嘛！」

陸臻的笑容輕爽淡然，有時候夏明朗覺得那笑容就像一個篩子，紛繁雜亂的世事被那笑容篩過一遍就變得齊整而明白了，一些無謂的浮華，無謂的光彩，都在這笑容中失了顏色，露出最本質的面目來，然後陸臻就這樣坦然地笑著，做出選擇。

他不惡俗，也不清高，君子如竹，爭風逐露，卻心中有節。

陸臻伸手指著那一江的霓虹：「這是魚……而麒麟，是熊掌，魚與熊掌不可兼得，捨魚而取熊掌則已。你是知道的，我這人腦子太靈活想得太多，一個人太專注於思考，就會不肯行動，而麒麟是個指令明確不斷行動的地方，待在這裏，我不會因為太多的思考而變得懶惰，最初我選擇軍隊，也是這個理由。」

「那我呢？」夏明朗很認真地看著陸臻的眼睛，卻問了一句很奇怪的話。

「你？」陸臻愣了一陣才反應過來，夏明朗是在問：魚、熊掌，那我呢？你把我放在哪裏？

「你……當然既不是魚也不是熊掌。」面對難得居然在耍點兒小性子討要心中地位的夏明朗，陸臻簡直不知所措，幾乎有點不知道該說些什麼蜜語甜言來抓住這千載難逢的機會好好哄他，以表衷腸：「你……你是廚師。」

「呃！？」

陸臻找到了切入點，接下來文思如泉湧，夏明朗啊夏明朗，煽情這種事兒雖然噁心，我也不能總讓你一人專美於前吧！

「雖然沒有你，我也會選擇熊掌，但是清蒸還是紅燒，我完全沒把握，很可能煮得一團亂，也還是得吃下去。但是我遇到你，因為你，這盤熊掌現在味道好得不得了，讓我完全慶幸最初的選擇。」

陸臻努力讓自己的笑容看起來更加誠懇動人，然而夏明朗卻一直在沉默，只是那樣一眨不眨地盯著他，純黑色的眼睛，盯得讓人喘不過氣，終於，在陸臻幾乎有點失色的時候，他輕輕點一下頭，說道：「哦，明白了。」

就這樣？啊……就這樣……

陸臻有點鬱悶。

「那我呢？」陸臻在賭氣，雖然這樣做看起來很幼稚，但是，無所謂吧，反正他在夏明朗面前，一向都不算成熟。

「哈……」夏明朗失笑，不由自主地咬住自己的下嘴脣，那是一種無奈的，帶著一點點寵溺的笑容。

「那我呢？魚還是熊掌！」陸臻氣不平，每次都是這樣，這傢伙隨隨便便一句話，都是深水炸彈，自己巧言令色，毛都煽不到他一根。

「你當然既不是魚也不是熊掌。」夏明朗垂下眼眸，像是在認真地思考著：「其實我不像你，有魚和熊掌的選擇，或者說在很早之前，我就已經做完了這道選擇題，我選熊掌，好不好吃都要一路啃下去。我只想做最好的，最好的那一個，我沒什麼退路，沒什麼選擇，我……已經在這條路上付出了太多，離開它，我什麼都不是。所以你既不是魚也不是熊掌，甚至不是一個廚師，有沒有你，我都會好好在這條路上走下去，做現在的夏明朗，一切都不會有什麼改變。」

「哦……」陸臻失望地應了一聲，那聲音，甚至是有點委屈的。

「所以，你是我的奇蹟。」夏明朗抬起頭，眼中映著滿江的星光倒影長河流水：「你是我從來沒有期待過，也沒有想像過的那個人，我從沒設想過我的生命中會有這樣的奇遇。你是我這輩子可以想像到的最好的以外的那個人，我不知道應該怎樣去定義你。」

陸臻張口結舌，過了好一陣，忽然狠狠地把眼睛閉上，憤慨地低吼：「你他媽的以後要說這種話的時候可不可以先通知我一聲！還有，別拿這種眼神看著我，被你這樣看著，簡直讓我……讓我覺得，老子這輩子要是敢對不起你，就得被拉出去天打五雷轟！靠！什麼意思？」

陸臻暴跳，飛起一腳踹在江邊的水泥扶欄上，似乎是踹重了點，普通的皮鞋不及作戰靴的保護性好，疼得他直吐氣。

夏明朗在旁邊看著就只能笑，覺得無奈又可愛，笑到眼睛裏含滿了閃光的笑意，竟溢出來。

陸臻看看左右近前似乎無人，猛地撲上去，狠狠咬住夏明朗的嘴脣，舌頭霸道而有力地撬開牙關，長驅直入，掃過口腔中每一寸濕熱的粘膜。夏明朗先是一愣，卻後發而制人，舌尖勾纏吮吸，輾轉著溫柔地親吻。整個口腔裏都是溫熱的，攪進了江風的清寒，融合彼此的氣息，等到分開時，兩個人的臉在發紅。

「你就不怕被人看見。」夏明朗抵著陸臻額頭，喘息聲低而急促。

「全上海有兩千多萬人口，其中認識我的，打死不超過兩百個，如果這樣都會被撞破，那就叫天意，天命不可違，我認了。」陸臻貪心不足地又去蹭夏明朗的嘴脣，濕漉漉的嘴脣有迷人觸感。

「哎……哎……注意點兒影響。」夏明朗偏著頭躲避。

「老人家別這麼保守，不會有人來管的。」

夏明朗忽然發力，一手鎖住陸臻的脖子，威脅道：「我要是在這裏把你給扒了，你說會不會有人來管？」

「不至於吧……」

「很至於！」夏明朗把人鬆開，順便在陸臻屁股上踹了一腳。

陸臻踉蹌了幾步才反應過來，大怒：「哎，我今天穿的不是作訓服哎！」

夏明朗笑瞇瞇的：「你的意思是，穿了作訓服就可以隨便踢是吧？」

陸臻不搭他這話茬兒，繼續死皮賴臉地湊過去，從背後抱住夏明朗，兩隻手插到他大衣口袋裏，下巴擱在他肩膀上，話說得又輕又軟：「那抱抱總可以吧，啊？我就抱著！」

夏明朗心頭一陣發顫，忽然意識到陸臻同志正在無意中踩著自己的死穴，當下決定死撐，用一種家長對著無賴小孩的口氣說道：「隨便，你當心城管來抓你。」

「不會的，最多只會有賣花的小姑娘來拉我的衣服，說，哥哥給……」夏明朗忽然回頭，瞪著陸臻，陸臻若無其事地笑一下：「給叔叔買支花吧！」

夏明朗一腳往後踹，陸臻料敵機先，成功地避過，身子一晃，又纏了上去。

江風很涼，而陸臻的呼吸很熱，平穩而和緩地拂過臉頰，帶來一種酥麻麻的癢。

陸臻抱了一會兒，忽然笑道：「今天你說的那個兵，又是你吧？」

「嗯！」

「那，請夏隊長指點一下，中華大地有哪個地界，又有鱷魚還有沼澤還是個熱帶雨林？」陸臻已經開始哀悼自己剛才的心悸了，該，吃苦不記苦，不是早知道這傢伙說的話連一個標點符號都不能信嗎？

「有鱷魚的地方沒沼澤，有沼澤的地方沒鱷魚，所以這是兩個故事。」

「哦，」陸臻的語氣中有些輕佻的不信：「那……你詳細解釋一下。」

「你真的想知道？」夏明朗略偏了一下頭，黑亮亮的眼睛斜斜地看了陸臻一眼，陸臻自然點頭：「當然，不過這次要說實話！」

「好，我保證說實話，都告訴你。」

陸臻有點疑惑，因為夏明朗忽然而生的鄭重表情。

「沼澤是一次選拔賽的一部分，很普通的野外生存。我這人點兒背，空降，直接落到一個沼澤中間，一下去就沒了一半，好在傘繩還沒開，藉著降落傘的風勢又把自己拔出來了些。然後，因為傘布是防水的，表面積也大，鋪在沼澤上是很大的浮力，我一直就趴在傘布上撐著。當時信號彈就扣在手上，一動也不敢動，想著，能多撐一分鐘就一分鐘，後來居然也撐完了四天。直升機來拉人的時候我已經不會動了，吊了個人下來才把我拉上去。」聽夏明朗說起曾經的磨難，總是一種平淡到極點的白描口吻。然而陸臻卻剛好是一個想像力非常豐富的人，種種夏明朗沒有提及的細節，他都能一一補足。

四天四夜，僵硬著繃緊的身體，一秒鐘都不敢放鬆的神經，一寸寸下沉的恐懼，漫長的煎熬，有時候什麼都不能做，遠比必須要做點什麼來得讓人崩潰。

「那是個什麼選拔？」

「愛爾納，軍區挑選去愛爾納突擊的人選。」

「愛沙尼亞？你去過愛爾納突擊？」陸臻大驚。

夏明朗苦笑道：「我還以為這事在我們大隊已經不算是機密了。」

陸臻很尷尬，有時候就是這樣，不算機密的事，反而沒人提及。

「很早以前的事兒了，是01年那屆，那時候我剛到麒麟不久，還是個中尉。」夏明朗倒沒有嘲笑陸臻的寡聞。

「01年，01……我記得那一屆……那一屆，好像還是罰分制。」

「對，每個人手上十張罰分條，罰光算數。」

「奇怪，為什麼我會對這屆特別有印象呢？」陸臻埋頭苦思：「啊對了，那個……你們那屆有個隊員，從頭到尾就沒有被抓住罰過一分，據說當時假想敵幾乎不相信這個人真的存在，可是他拿著滿分單出現在終點上，人稱『鬼魂』……」

陸臻說著說著，看到夏明朗臉上頗有得色，一時哽住，試探性地驚呼：「不會吧……」

「為什麼不會？」夏明朗微笑：「鬼魂中尉，已經很久沒有人這樣叫我了。」

「不會吧！」陸臻慘叫。

「哎，你當年是不是特別崇拜我？」

「好吧！」陸臻認命地嘆口氣：「現實太殘酷了，有時候時間會讓我們明白，你曾經崇拜過的偶像，其實是個混蛋。」

夏明朗神色更加得意：「來，說說吧，你當時具體怎麼崇拜來著？可惜了，我們那一屆後來全轉了實戰保密部門，軍報上連個真名都沒有。」

「當時覺得，別人都被抓了，就他能逃脫，這人肯定特別陰險。」

夏明朗大笑，傲然而張狂。

「可是，要做到這些，很難熬吧？在沼澤裏趴著的時候。」只要是人，總是會有私心的，陸臻想，如果夏明朗不是他的夏明朗，那麼他對這個男人所有的情感都只會指向欽佩，越多的艱難越令他欽佩。可是現在卻有些不一樣了，聽著那些故事，他在佩服之餘會覺得心疼，有時候甚至會覺得，好吧，我寧願你不是那麼強大的夏明朗，我只希望你沒有吃過那麼多苦。

溫柔鄉果然是英雄塚，陸臻苦笑，難怪夏明朗不許他用哀傷心碎的眼神來看著他。是的，試想如果有一天，夏明朗用這樣脆弱的眼神來看他，那麼，無論那人想要求什麼事，他應該都會答應的。即使那是自己最嚮往的，最渴望的事，應該也會放棄，即使明知道放棄之後的餘生都會因此而遺憾，可是在那一瞬間，一定不忍心拒絕。

好在他清楚地知道夏明朗永遠也不會做這樣的要求，就像夏明朗也明白陸臻的堅韌。

「其實也還好，」夏明朗的眼底褪不盡張狂的本色，聲音卻變得低沉了許多：「這不算是最難的，只要想著，撐，反正撐不下去了就拉信號彈，就會有人來救我。任何事只要還有希望還能放棄就不算太難，最可怕是明明自己都絕望沒信心了，卻不能放棄。」

「你經歷過？」陸臻悚然動容。

「嗯！以為自己快要死了，卻不能輸！陸臻，我們常常說的這回要拼命了，其實人這一輩子，有多少次真的拿命在拼？很少！很多人在生死關頭會放棄掙扎，隨波逐流；也有些人會發瘋，狀似無畏其實在自殺，那都不是拼命，真正能拼命的人，會在最絕望的時刻也不放棄，盡最後一分力，做最後一點事，即使自己都不相信自己能成功，卻堅守到最後。陸臻，你聽說過獵人學校嗎？」

「委內瑞拉的獵人學校？」

「對，當年我因為『愛沙尼亞的鬼魂』被特邀參加受訓，然後在那裏度過我人生最漫長的日子。」夏明朗慢慢閉上眼睛，回憶，有時候僅僅是回憶也令人不忍卒睹。

「特邀學員的意思是，我應該比別人更強。」夏明朗輕笑，陸臻把手從口袋裏抽出來，從背後環過夏明朗的肩膀，把人牢牢抱緊。

「有時候我像個天生的軍人，在這條路上我一直都走得很順。當兵的時候在集團軍裏拿名次，念軍校，沒什麼人比我成績好，我順理成章地進麒麟，參加愛爾納突擊，戲弄對手，蒙混過關。有段時間我就以為我是最強的，都快不知道自己是誰，然後，在獵人學校，被人打散了重新來過。」

「呃……」陸臻低呼一聲，有點不大相信。

「製造絕境是那裏最拿手的本事，他們幾乎讓我相信全世界都在與我為敵，只有我一個人在堅持著，只是不要死掉這麼基本的要求。第一次，手裏沒有信號彈，沒有退路，沒有隊員掩護，就只有我一個人。」

「難道不能放棄嗎？」

「不能！」夏明朗神色凝重：「在那裏，門口有一排旗杆，每天早上把自己的國旗升上去，直到所有的本國學員都被淘汰掉，就再也沒有人升旗。我比較倒楣，那一屆的中國只有我一個學員，睡在我上鋪的是個義大利人，他在實彈對抗裏故意挨了一槍，他們人比較多，撐不住的還可以逃。我到那時才明白，原來在這之前我都不是一個很好的兵。陸臻，我那時候像你這麼聰明，像徐知著那樣急於求成，我有很好的技術，知道怎樣規避風險，怎樣組織一個團隊的作業，我其實從來沒有面對過什麼叫真正的絕境。我一直以為自己很強，戰無不勝，其實不是的。我太想贏，沒有勝利就沒有希望，於是我在一開始就被打懵了，只是拼命維持不死不活的一口氣罷了，我差不多是那一屆沒被淘汰的學員裏最差的一個。有時候一些所謂優秀的人，在瞬間被打垮的時候總會崩潰得更嚴重。現在回想起來，如果當時不是在訓練，我應該已經死過好幾回了。」

夏明朗的眼中永遠有一種慈悲的了然和強勢的決絕，陸臻以前一直都想不通為什麼一個人可以把這兩種迥然不同的氣質融合得如此完美。現在卻可以明白了，夏明朗，是一個懂得的人，他因為懂得而慈悲，也因為懂得而強硬。

所以，他能如此坦然地操練他的士兵們，完全坦然，只因為此刻加諸到他們身上的一切考驗，他都曾經以十倍承受過。

有時候他像一個妖怪那樣地洞悉人心，而那並不完全源於他天生的才智，而更多的是得益於後天的經歷。因為如今他們在經歷著的，他曾經都經歷過，種種的掙扎與迷茫，希望與絕望，恐懼與痛苦，動搖與堅定……他都一一嚐盡，所以他才能一針見血。

他在剝別人心頭厚繭的時候，自己心上一直有鮮血淋漓。

「其實我也不算是個好教官，我還不夠狠！」夏明朗意味深長地看著他。

「哈，哈哈……」陸臻大笑三聲，故意笑得很響。

「不相信，那算了。」

「別啊……別算了……」陸臻偏著頭，在夏明朗耳邊輕聲道：「我相信，你說什麼我都信。」

「你得了吧，成天爬在我頭上耀武揚威的。」

「不會的。」陸臻笑瞇瞇的說：「我永遠不會爬到你頭頂上去，我是你永遠的信徒。」

「切，這話說得真漂亮，誰信哪！你是誰？你是陸臻！你信過誰？」夏明朗不屑地揮揮手。

「我信你，認真地。」陸臻的眼睛在星空之下光彩煥然。

夏明朗愣住，半晌，說道：「別這樣，我不需要，我也是會犯錯的。」

「你錯了還有我，我會幫你。」陸臻的語氣無比堅定。

「你將來的成就會比我更大。」夏明朗的聲音放緩，帶著一絲寵溺的味道。

「那不一樣。」陸臻傾身過去抱住夏明朗的肩，聲音悠長深遠，幾乎像嘆息一樣：「我會永遠相信你，就像基督徒信仰上帝。」

夏明朗沉默了很久，緩緩道：「你這樣會讓我壓力很大。」

「不要怕，我會做你的大天使長，我會保護你。」陸臻驕傲的遙望著夜空無盡，微微地翹起嘴角。

夏明朗嘆氣，對於陸臻的超頻AMD大腦橫生出來的那些奇思怪想，他要理解起來總是有點困難，好在這小小的缺憾還不影響他們的相處。

但是……

「你這是想把我們兩個跟別人隔絕開嗎？可是我覺得這樣不好，太孤獨，眼睛裏只看到自己，外面的世界就全變成了敵人，可是一個人對抗整個世界那得有多難？」夏明朗偏過頭去看他，眼神很柔和。

「但是，」陸臻固執的分辯：「如果我們有兩個人就已經是完整的世界。」

「陸臻，你看著這江水，這世界……」夏明朗把手從口袋裏拿出來，悄悄握緊了陸臻的手。

「我不想和你去對抗這世界，陸臻，我們的未來或許會很難，可能我們會一直輸，沒有成功也沒有希望，但我會和你一起活在這個世界裏，和別的所有人一起，明白嗎？我們不用跟任何人爭鬥，我們不必想著去戰勝誰，我們活我們自己的，我不會放開手，我們也不會墜落，我們會很好。」

午夜，江風打著旋吹得衣袖微微顫動，衣袖的盡頭處交匯成男人十指交握的兩隻手，皮膚有些粗糙的，手背上有浮起的青色血管。

是的，未來或者會很難，但仍然會很好，就讓我們誠懇地說謊，倔強地愛戀。

4.

夏明朗畢竟沒能在上海待到休假結束，第二天大早，嚴隊一個電話，打算把人叫走。夏明朗在電話裏盡量諂媚地問他老人家，到底是什麼事這麼急。

嚴正慢悠悠地說道：其實，也沒什麼事兒，只是忽然這麼久不見你了，有點兒想你了！

哦，明白了！夏明朗面容扭曲，聲音平靜地聽完了整個電話，然後平靜地看著自己的手機，心中波濤翻湧：他媽的，哪個缺德的孫子規定休假的軍官一定要帶手機的！！！讓老子知道了削碎了他！！！

嚴正笑眯眯地把話筒擱下：小子，做人要厚道，總不能老是讓你在外面風流快活，留我在這邊提心吊膽。

夏明朗握著手機在沉默，陸臻興沖沖地一頭撞進來，催促道：「嘿嘿，誰來的電話啊！快點，一邊走一邊說，我爸都去開車了。」

夏明朗轉頭看他，眼神無奈：「嚴隊讓我回去。」

「啊……」陸臻誇張地大叫了一聲，彎眉笑眼在一瞬間垮掉：「為什麼啊，還好幾天呢，不是說好了今天跟我回老家看奶奶去嘛。」

「算了，下次吧。」夏明朗連忙把房門關上。

「下次還不知道要到什麼時候呢，我奶奶都73了，就我這麼一個孫子，從小帶著長大的，早幾年就一直嘮叨著要看孫媳婦。」陸臻整張臉皺成一隻小籠包。

夏明朗在心裏吐了一口血，心想，你就算是把我帶過去，也不能介紹說這是你孫媳婦吧，這還讓不讓老人家活了？

「沒辦法，嚴頭催得急。」夏明朗溫言軟語地哄他。

「大過年的什麼事兒這麼急啊？基地又不是沒了你就不轉了，他這不是擺明了在欺負人嘛？」陸臻不服。

夏明朗無奈地沉默，盯著他瞧了一會兒，說道：「是啊，他就是擺明了在欺負人，你又有什麼辦法嗎？」

陸臻鼓起面頰，無奈地，異常哀怨地：「莫有。」

夏明朗一下子笑噴了出來：「莫有就別嚎了，啊！」

「莫有也要嚎！嚴頭不厚道，太欺負人了啊啊啊！！」陸臻一邊嚎著，一邊開始幫夏明朗收拾東西，剛剛打完了電話跟自家老爹解釋完這突發的變故，忽然眼前一亮，急道：「哎，你就說，你買不到機票，你覺得怎麼樣？」

「沒機票就買火車票，沒有火車坐汽車，沒有汽車就跑回去……小子哎，你真當他是想我了啊？他年前讓我擺了那麼一道，估計這一整個年都沒過好，忍到現在才發火，不容易了，別去招他。」

「你怎麼擺他了？」陸臻不解。

「你說呢？」夏明朗捏著他的下巴，一副看白癡的表情。

陸臻愣了一會兒，慢慢回過神來，苦笑：「隊長，你那可是抬棺上殿吶！」

「那是。」夏明朗驕傲地：「你沒見嚴隊當時那臉，黑得都快冒煙了。」

「唉……」

陸臻悠長地嘆了一口氣，認命地開始幫夏明朗收拾東西訂機票，至於自己爹媽那邊，則讓他們先走一步，等他下午送完了夏明朗再自己坐汽車去安吉。

真糾纏啊！陸臻心想，太他媽粘乎了，怎麼還沒分開呢，就想得不行了，掰著手指頭算日子，要再相見還要好久呢！陸臻這麼想著，悶悶不樂。東西收拾好，一個大包背上，兩個低氣壓哀怨的小夥下了樓，夏明朗走到路口的時候去書報亭買了一份報紙帶著在路上看，陸臻看著他就這麼走過來，衝動地說道：「要不然，我跟你一起回去吧。」

夏明朗轉頭看著他，似笑非笑，看得陸臻自己垂頭喪氣下去：「好吧，我知道，別去招惹嚴頭兒，這真他媽的，華麗麗地棒打鴛鴦啊！」

「是啊，所以呢，咱也就別這麼鴛鴛相抱何時了了。」夏明朗笑得特不正經。

陸臻臉上紅了一層，左右看了看也沒熟人，管他娘的先把人拉過來熊抱了一下，拍著夏明朗的肩膀道：「走，哥們兒送你趕飛機去。」

從上海到駐地有直達的航班，下了飛機轉汽車，到達軍區的時候天已經黑了，夏明朗估摸著這種日子嚴正鐵定在家裏，心想，你不是想我了麼，我得讓你見見啊！橫豎就是有仇報仇，有怨報怨，有氣儘管快點出了，老留在肚子裏發酵也不好，要不怎麼看著嚴隊的腰上一圈圈開始粗呢，原來是氣滴！

夏明朗就這麼想著，樂呵呵地往家屬區那邊去，半路還搭上一個便車，周源開著他的路虎回他爹那邊，順道兒地捎了他一程，夏明朗送了他兩包葡萄乾和一小瓶伊力特酒原，喜得他抓耳撓腮的，同時還抄下了嚴正家裏的門牌號。夏明朗沒口子地稱讚嚴夫人卓琳一手好菜，周源聽得心嚮往之，夏明朗又不失時機地說嚴頭對周源小同志頗有青眼讚賞有加，周源那張臉於是徹底地笑成了一朵花。

嚴正是兩毛四，按理說是師級，但是軍區有一項不成文的規定，只要是麒麟的人待遇都會往上提一份，所以他住的是軍級的排樓小院，夏明朗抬手一敲門就發現鐵門是開的，吱吱呀呀地緩緩退開，嚴正正在院子裏玩鷹，冷不丁看到夏明朗探身進來，長筷夾起一塊肉就往夏明朗頭上扔過去，夏明朗連忙往旁邊一閃，七殺擦著他頭皮飛了過去。

「頭兒？」夏明朗賠著小心，笑得十足謙卑。

嚴正冷冷地瞪他一眼：「你來幹什麼？」

「那，那不是什麼，您不是說想我了嘛。」夏明朗嬉皮笑臉地。

這伸手還不打笑面人呢，更何況再怎麼著也是自個兒的孩子，說不疼不疼還是疼的，就是那一肚子的氣，那不也是心疼出來的嗎，嚴正冷冷地哼一聲，抬一抬手，七殺歡快地飛了回去，停在他手肘的皮套上。

「頭兒，話說這幾天沒見，小七又長帥了啊。」夏明朗由衷稱讚。

嚴正挑眼睛來看他，上上下下地打量，他本想罵你小子這個年你跑哪兒風流快活去了，可是轉念一想，沒意義啊沒意義，這真的一點點意義都沒有，夏明朗在自己跟前那是過了明路了。萬一這小子橫起來，你問什麼他就答什麼，人家小倆口夫啊……夫雙雙把家還，春風得意馬蹄輕，他給你整一甜蜜的微笑……

嚴正心想，我這是吐血好還是不吐血好？

於是，嚴大隊冷鋒切了半天，切著夏明朗只覺得自己的毛細血管都讓他一根根理順了，終於還是只淡淡地問了一句：「吃了嗎？」

夏明朗聽得一愣，心想，靠，什麼叫沒話找話？這就叫沒話找話啊！

他連忙點頭，做殷勤狀：「還沒呢，一下車就過來了。」

「我們都吃過了，冰箱裏有東西，自己熱點。」嚴正飛給他一個眼色，轉回頭專心去逗七殺。

夏明朗下意識嘀咕了一聲：「怎麼嫂子不在嗎？」

嚴正猛然暴起：「你嫂子在怎麼了？那是我老婆，專門給你熱飯的啊？有本事自己討個老婆去！」

夏明朗眨巴眨巴眼睛，硬生生把到嘴邊的話給嚥了下去，肚子裏誹得沸反盈天的：我老婆怎麼了，我老婆除了不會做飯，哪點不比你老婆好？？

他們這邊在院子裏吵，卓琳已經把飯都給熱上了，夏明朗一進門就看到桌子上清清靜靜地擺著幾個碗，心中頓時又是一陣感慨，唉，這麼個好老婆，嚴頭你真是賺了。

卓琳看著夏明朗一臉的歉意，說道：「你別介意，他最近這兩天逮著誰跟誰發火，跟吃了火藥似的，也不知道是誰惹了他。」

夏明朗馬上道：「沒事兒沒事兒，大嫂，嚴頭那是跟我親近。」

他心想我哪敢介意啊，大嫂哎，你要知道就是我惹了他。

夏明朗把背包卸了，挖出大包的葡萄乾杏仁乳酪之類的土特產，滿滿地堆了半桌子，卓琳駭笑：夠了夠了，都能拿去開店了。

吃人的嘴短，拿人的手短，夏明朗心想，老子非得把你們都整短了不可。

像土匪分贓似地分完了吃的，夏明朗坐到桌邊拿筷子吃飯。卓琳橫豎無事，就坐在旁邊陪他，聊著聊著就聊到這幾天嚴正反常的壞脾氣。

「哎，你是不知道，多少年沒對著孩子發火了，偏偏還是別人家的小孩兒。」卓琳皺著眉頭。

夏明朗詫異。

「陳師長家那閨女你記得不？叫麟珠的。」

夏明朗想了一會兒，把人和臉對上了號。

「那小丫頭可聰明了，跳級念的書，和我們家小峻是一個班的，前兩天過來玩，一起做功課，這丫頭做得快啊，做完了就拿自己帶的閒書看，結果讓他給看著了，可不得了了，把人小姑娘罵得喲……」卓琳嘆著氣。

「不會吧！」夏明朗有點傻眼，心想，這也太誇張了，嚴隊脾氣大歸大，也不是這麼不分是非黑白的人吧。

「唉，也難怪他生氣，那小姑娘看的書是有點偏，可他一個大人罵小孩兒總是過了點，搞得小峻現在氣得進出都不說話。」卓琳語重心長地，偷偷看了夏明朗一眼。

夏明朗馬上會意：「這可不好，等會兒我找小峻談談去。」

卓琳鬆了口氣：「你勸他先服個軟算了，他爹那脾氣他也不是不知道，急火頭上就別澆油了。」

「嗯嗯，」夏明朗一徑點著頭，忽然想起來多問了一句：「那小姑娘看的什麼書這麼偏門。」

卓琳偏頭想了一會兒：「記不大清了，叫什麼男人的，內容沒什麼，我後來翻了翻挺正經的，不過就是講同性戀的……」卓琳看著夏明朗臉色一變，無奈道：「怎麼？看來你也歧視這個？」

「沒沒，那當然不是！什麼同性戀異性戀的，其實有什麼分別？」夏明朗連忙否認，心想老子自己就是，我還歧視同性戀，我有病啊？

「按道理是這麼說，不過有些人轉不過也辦法。」卓琳忽然笑起來：「真奇怪了，為什麼這種事兒好像我們女人就比你們男人好接受呢。」

夏明朗苦笑，不知道怎麼搭腔。

嚴正慢悠悠從院子裏轉進來，慢條斯理地開口：「什麼男人女人的？卓琳同志妳這樣可不好，打擊面太大了點。」

卓琳低頭一笑，馬上轉了話題問起夏明朗回家的趣事，夏隊長多麼聰明的人，當然馬上隨著她轉，嚴正看沒人理他，只能坐到一邊的沙發上看報紙。只不過饒是隊長百般地引導，話題到最後還是不可避免地轉到了婚姻大事上，嚴正耳尖聽到了，大大地哼了一聲，夏明朗在心裏叫了一聲苦。偏偏卓琳不明就裏，還熱情洋溢地打算再給夏明朗把事兒給操辦起來，夏明朗一疊聲地推託，一頓飯吃得苦不堪言。

吃完了飯夏明朗藉口找小峻聊天，逃也似地鑽進了裏間，回頭還看到嚴正怒意肅殺相當不爽的一張臉，夏明朗腹誹：再瞪，再瞪我讓你兒子三天不理你。

這年頭的半大小子都這樣，多半覺得自己老爹特不行，同時由衷地崇拜體力勞動者（嚴正語），所以夏明朗在嚴峻面前還是有點影響力的。

第二天一大早，周源大包小包拎了一堆過來拜年，嚴夫人被兩個校官哄得輕飄飄的，洗手做羹湯，整了一大桌子的菜，剛好遇上兩個都是大胃王，自家小子正值青春期也是無底洞級的人物，於是吃得乾乾淨淨，把卓琳樂得合不攏嘴。這家裏的氣氛實在是好，嚴正一張臉繃著繃著到底還是繃不住放了下來。

夏明朗先回了基地，陸臻一個人在家就再也待不住了，偏偏趕上他那情路滄桑的表姐葉小青桃花奇開，莫名其妙地領了個英俊藍顏回來，全家老小都拿他們兩個當寶貝待，見天地趕他們出去玩兒不讓回家，好製造二人世界。

於是敬老愛幼的工作就全著落在陸臻的身上，他萬般無奈地耐著性子在老家待了幾天陪著老奶奶說閒話剝小核桃仁，還得承受那死女人無恥的炫耀，心思已經飛到了千里之外。陸臻左右算算他這假還剩下一週，心思活動了一下給嚴正打了個電話，沒想到這人吶就是這樣，有賊心沒賊膽，電話沒通的時候心裏想得好好的，可是線一通全蔫了，支支吾吾地拜了個年，掛了電話仰天長嘆。

孤枕難眠吶！！

至於他為什麼不能給夏明朗打電話，其實他倒是想打來著，只是一想到電話錄音那真的是什麼興致都沒了，兩個人虛模假式地說道：你好啊，你還好吧，過年挺好吧，家裏都好吧……

好好好，吧吧吧，俗，太他媽俗了。

到最後陸臻還是提前一天回了基地，畢竟一天之差，可以理解為他心向基地心向著黨，愛國又愛軍。

陸臻到底不敢怠慢，先去鄭楷那裏銷了假，直接跑去給嚴頭送了兩餅陳年普洱，間接的，也是去報告一下：我回來了。嚴正接了茶，含笑三分悠悠然說道：「這怎麼好意思啊，第一次就給帶這麼貴的茶來。」

陸臻一頭霧水地沒回過味來，只顧著賠笑點頭，隨便應付了幾句，退出大門飛也似的奔跑在辦公樓的走廊。

小別勝新婚啊！陸臻興奮得小臉紅紅的，真想，太他媽想了，陸臻差點用上腳，把夏明朗辦公室的大門一下推到底，夏明朗被那聲大響嚇得一跳，轉頭就看到某人陽光燦爛的臉，見牙不見眼。

「哎喲，門！」夏明朗被驚得跳起來，笑道。

陸臻腳一勾，把大門帶上，背手反鎖，猛著往前一撲就把夏明朗抱了個滿抱，毛茸茸的頭髮蹭著夏明朗的臉頰：「嗚，可想死我了。」

夏明朗失笑：「這才幾天吶？」

「一日不見如隔三秋知道不？」陸臻掰著手指頭算：「我都好幾十年沒見你了，你說我想不想？」

「行行，行。」夏明朗一邊腹誹著這小子真他媽娘們嘰嘰，一邊無恥地幸福甜蜜著。

陸臻熊抱舒坦了，打開了隨身的行李箱開始分贓，上海雖然沒什麼特產，可是他老家卻是個出山貨的地方，小核桃、榛子、長壽果什麼的集中販賣，陸臻反正力氣大，滿滿地裝了一箱，眼下嘩的一下子拉開，目光晶亮地看著夏明朗：「你喜歡吃哪種？」

夏明朗抬眼看向他，笑眯眯地說道：「我喜歡吃榛子。」

陸臻臉上一紅，罵道：「流氓。」

「哎，」小夏隊長一臉的純真無辜：「我要吃榛子這有什麼流氓了？」

陸臻挑出一大包塞到夏明朗懷裏：「給，吃死你。」

夏明朗隨手就握住了他的手腕，指尖上一涼，碰到個光滑冷硬的東西。

「你，打算就這麼一直戴著？」夏明朗摸著陸臻手腕上的鐲子。

「嗯，不訓練不出任務就戴戴唄。」陸臻笑了。

「那我呢？」夏明朗圈住自己空空如也的手腕，回來之後就拿下了，雖然這東西不是戒指，可仍然不好解釋。

陸臻狡黠一笑：「看我的！」

他埋下頭去箱子裏翻找，拽出一大包的小硬紙盒子，夏明朗探頭過去看，頓時就傻了眼，滿滿當當的全是各種各樣的手鐲、項鏈、掛件墜子什麼的。

「你這是？」夏明朗遲疑道。

「我一會兒就拿著去送人去，這就是掩護，學著點，哥們兒我早就計畫好了。」陸臻驕傲地眨著眼。

夏明朗苦笑：「你這是，花了不少錢吧，嘖，給自己買個600多塊錢的東西，大手筆燒錢打掩護。」

「是啊，花了我小一萬呢！」陸臻一臉的心疼：「可那不是沒辦法嘛！其實說到底戴什麼都不是重點，關鍵是，咱們得要能一起戴啊！」

夏明朗摸摸他的臉，溫聲道：「我一會兒就戴起來。」

陸臻展顏而笑：「那好，我先回宿舍，把糧食給那群吃貨扛過去。然後……」陸臻頓一頓，笑出小小的尖牙，耳垂染了粉霜：「然後，你今天晚上別加班。」

「知道。」夏明朗笑得極為道貌岸然。

陸臻扭捏，忽然笑一笑，湊過去在夏明朗臉頰上親了一下，夏明朗被他親得一愣，心中又是囧又是甜，又覺得肉麻偏偏還特享受，徹底地僵了。陸臻拎著東西走到門口，忍不住又回頭，笑道：「哎，說真的，你這幾天有沒有想我？」

夏明朗終於忍無可忍，抓起桌上的礦泉水瓶就砸了過去，吼道：「想！」

陸臻一縮頭躲了，笑的心滿意足地開門而去。

右手邊第一個抽屜，夏明朗拿鑰匙把它打開了，一層層重要的文件之下壓著一只不銹鋼質地的鐲子，冷硬的銀灰色，帶著純粹的幾乎是粗礪的金屬質感，不漂亮，與漂不漂亮完全無關的一個東西，然而它是鋼性的，粗糙的血性。

夏明朗用指尖小心地撫摸著它的紋理，然後啐的一聲，把它拷到自己的左腕上。

從此以後就是兩個人了。

不再自由，不再能為所欲為，生命的一半要與另一個人分享，要開始對另一個人負責，幫助他，支持他，從現在起，包容他的一切，現在或未來，好或者不好，要信任他。

直到不再愛了，直到，他真的讓你失望。

然而，付出的收穫便是，在這個世界上，會有一個人，同樣地這樣對你，全心全意，在刀山血海裏走過，在塵世傾軋中挺立，不離不棄。

陸臻！

夏明朗微笑。

這才是兩個人，兩個人的生活。

這才是，屬於你和我的，快意人生。

——快意人生．本章完結——

＊關於飾品的問題，首先普通野戰志願兵是不能戴的，軍官是可以戴婚戒的，另外也有看到過戴玉的，應該是到了某個職位上，就沒有人來查這種細節上的問題了。而陸臻他們在設定中都是半封閉式的職業軍人，如果夏明朗不計較，那麼私下玩點不起眼的小飾品應該沒有大問題，當然訓練和出任務的時候是不能戴的。

後記

有一句話我其實常常會跟人說到，我說愛情這東西其實不值錢，第一次聽到的人都會詫異，會很驚嘆說：啊！你怎麼可能這樣認為。但其實我還真是這麼認為的。

我覺得愛情這玩意本身，就像印鈔票的紙，做菜的鹽，就它獨立個體而言其實沒有太多的價值和意義。有價值的是人，只有聰明誠懇而又善良的人，才會讓愛情變得美妙非凡。所以一個真誠的愛人是可貴的，值得尊重的，即使他的愛不是你想要的，也應該要尊重他的付出。兩情相悅則是這平凡世界裏最動人的神蹟，紛繁俗世中，兩個人相遇，你愛的那個人剛好也愛你，多麼神奇。

愛情也是有好有壞的，真的，所以真愛從來不是無敵的，就像一個菜不會因為猛放鹽而變得美味。愛情當然是需要技巧的，如今說到愛情的技巧，人們十之八九會認為那是花花公子用來拐人上床的手段，其實……當然不是的。一個好的愛人能讓愛情從一分變十分，一個壞的愛人也可能把十分的深愛折騰成怨懟。所以有時候我們可能不能老是去羨慕說為什麼別人的愛人就那麼好，為什麼我總是遇上不對的人，偶爾也是要反省自身。

很多人都覺得夏明朗是絕品，但其實如果他沒有遇上陸臻，他也只是芸芸眾生中的一個，傳統的好男人，好老公，對妻子溫柔寬容。一個普通的女人，一個合格的妻子不需要夏明朗那樣的挖掘自己。當然，一個普通的妻子也不可能給他這樣的滿足與激情。

隊長說陸臻是他的奇蹟，很多人覺得這話說得真肉麻有水準夠煽情，但其實對於他而言，卻可能是最直白簡單的真心話。從來沒有哪個耳朵會被嘴巴說服，語言的魅力永遠敵不過內心的坦誠。

對於夏明朗來說，陸臻給了他全新的生活，一種在他原本的認知範圍中完全沒有想像過的生活，他可能從來沒想過他可以與一個人這樣的分享人生。我想，在隊長曾經最好的夢中，最完美的愛人也不過只是能包容並憐惜他滿手的鮮血，在他疲憊時安靜的陪伴。可是陸臻不一樣，陸臻真的能理解，而且陸臻真的夠美好。

有時候覺得隊長這人骨子就是個霸道狂熱的男人，他有這個能力也有這個慾望去完全佔有一個人，但是理智會告訴他這不可能，因為人與人之間的信任不能達到這個程度，而同時，你不能這樣影響別人的思維，不獨立的個體是無聊的。

然後他遇到了陸臻，那個強大的理想主義者，擁有水晶一樣乾淨透明的心靈與堅韌的意志，他簡單到無法被打敗，他複雜到可以用理論去精確形容這個世界，他不會被寵壞，他不會被管死。

而這個人，此刻全心全意，完全屬於他，生死無悔，有如奇蹟！

一切，兩個人的一切都是彼此成全的，相愛是兩個靈魂之間的碰撞與依戀。

因為他是陸臻，所以他可以遇到夏明朗。

也因為他是夏明朗，所以他可以遇到陸臻。

我相信塵世中我們都有那個人在等待著，如果他還沒出現，不要太著急，先做好自己。

番外

聽桔子樹講那麒麟基地的故事

1. 嚴正篇

那什麼，今兒有空，少校和中校水產呢，我被中校拿槍給趕出來了，合著閒沒事兒，就和大家八卦八卦麒麟基地裏的周邊故事，首先聊一下嚴頭吧。話說何確老大是真的很可憐地，完全被無視了，上次出場的時候無數人問是不是打錯字了，其實應該是「的確」。

淚……其實我還是很萌他和嚴頭的，嚴正那可是女王無邊啊！

對了為毛麒麟那奏是一窩的女王受，夏明朗同學有時候也是女王得要死要活的。

何確和嚴頭當年那是一起打過越戰的，一個溝裏蹲過子彈，所以這兩個人也是過命的交情，不過嚴正此人為人非常陰損。望天，我發現啊，這人品好的在麒麟基本上是混不出道的。

那位說了，不是還有好人大哥鄭楷老大嘛？

可是，那不是一世隊副麼？

隊長還是個支隊長的時候他就是隊副了，隊長剛進隊的時候還在他手下混過呢！那不是他人品比隊長好麼，所以……

等下，讓我扳手指算一下，嚴頭打越戰那年幾歲了。反正當時他們兩個都新兵，粉嫩嫩的新兵蛋子，對越自衛反擊戰拉了很多很多新兵上去……嚴頭當時才17，未成年童子軍啊！！其實打越戰死亡率很高的，反正就是七死八活地爬出來的，相依為命啊來……

通常打過生死戰的人都只有兩種反應，要嘛就是這輩子不想再見血了，要嘛就是想當兵王！！
於是何確和嚴正都是後者，然後嚴頭就奮發了……
他這人比較陰，當大家都在搞軍事技能的時候，他已經在看書補課了，就是像電視大學那種函授的大學，因為那時候高等教育不普及嘛，函授生已經很厲害了。那時候考軍校的人比較少，這人陰損了就容易聰明，所以他考上了，於是他教導何確也要考。
但問題是何隊這個人吧，他念書很不在行，反正就是個不行……所以，他當年的考試全是嚴正幫他考的，那時候管得不嚴，要作弊還是很容易的，可是嚴頭後來這個把柄抓了人家一輩子，反正就是類似於，你當年啊，要不是我，什麼什麼……什麼什麼……
然後何老大就無奈了，說哦哦，好好……又怎麼了？
對啊，可不是就是欠了他一輩子，因為嚴頭會隨時深化影響嘛！
閒沒事說點什麼：老何啊，我們當年的某某某，現在不知道怎麼樣了啊！
然後何確說：是啊，是啊，那小子當年可厲害了。
嚴頭意味深長的：是啊，唉，本來也是能提幹的啊，可惜了，學歷不夠啊！
何隊：@_@
後來他們兩個就都去偵查連了，然後進那種尖兵隊，師裏的偵查營尖子連，當時還沒有麒麟，話說嚴頭是麒麟開山那一代的老人了啊！
再然後，何確大哥就轉到武警去了，再再然後……就各自娶妻了，其實各自娶妻不是挺好的？

嚴頭家裏是兒子，叫嚴峻！插花一個，嚴峻同學看過夏明朗打靶，從此引為終生偶像，同時對他爹非常不屑，嚴頭一把年紀了，槍法是不如當年了……淚，長使英雄淚滿襟啊……

至於何隊家裏嘛，那啥因為我是在麒麟雲上趴著的，就管這一方水土，所以對何隊家裏不熟……望天，我也不知道他家啥情況，改天問問去！要是個閨女倒是蠻好的，可以和嚴頭結親家。

2. 方小侯&默默

好吧，下一個是方進，要說侯爺那家裏可是一門忠烈啊！他外婆家是北京人，小時候是在帝都長大的，當年胡同裏一個大叔是習過武的，侯爺從小就是那個……骨骼清奇啊！一眼就讓人給相中了，男孩子嘛，有人肯教拳腳當然是開心的，所以他從小有底子。

然後他爹吧，因為忠烈嘛，覺得生個兒子，又能打，不當兵當什麼呢？回家一看，好嘛，這麼行，於是就重點培養了。所以侯爺不是從普通部隊裏招的，他是高中畢業直招的，就像那種體育特長生的意思，招進來就是進特別部隊的，不下野戰連隊，專門訓，話說，侯爺是純血的特種兵啊！

然後訓了兩年，雙向選擇，他就去了麒麟，當時也有別的特種部隊要他，小侯爺主要是仰慕隊長才去的麒麟，隊長當年非常地出名，現在聲勢不行了，隊長最出名的時候是他26歲左右，那時候每個特種部隊都知道他。

雖然不知道這人叫什麼名字，但是知道有這麼一個人，算起來差不多就是那個時候，他把陸臻一槍穿心的。

因為隊長那時候實在太牛了……特別牛，單兵的頂鋒，海外試訓的成績很不錯。隊長是那種機遇很好，然後自己也很厲害的人，所以發展得特別快。11年從列兵到中校，那簡直就是一個奇蹟了。

其實少校的履歷也是很牛的，只是不能和隊長比，隊長基本上……據說當年嚴頭把他和陸臻的檔案給上面軍委的一個將軍看，此將軍看完之後就說了一句話：我軍有幸！我國有幸！

夏明朗比陸臻大五歲，小陸當時剛剛本科畢業，因為他合訓分流的，要五年，他15歲上大學，當時剛好20。其實合訓分流出來就是雙本，他學軍用工程，所以他是電子對抗和軍事學兩個本科學歷，再加上他是優秀畢業生，所以本科畢業就是上尉了，下連隊帶了一年兵，然後保送的軍事學碩士。

啊，暈，走題了，拉回來說方進，其實侯爺進了隊裏後來好像就沒有太多故事，主要就是和陳默的交情，他仰慕陳默嘛！

當時還是祁隊當家的時候，陳默這個人當年比現在還BT還要冷，完全沒有存在感的那種人，像魂一樣的，待在一個屋裏一天都沒人發現他在的那種。反正當時大家對陳默這個人都很無奈，可是方小爺初生牛犢，他不知死活要去接近陳默，大家都是很開心的，因為無論是他被陳默凍死，還是陳默讓他給煩死，都是好戲。

望天，這都是一群什麼人啊！這是！！

基本上只要有本事的人，方進都仰慕的，這人就是一叢牆頭草，但是陳默其實人很好的，跟他做兄弟很專一，是誰就是誰，認定了就不會變。話說，小侯爺特別小孩子，當然他本來也小，從小就當兵，非常單純的一個人，完全沒有金錢概念及任何社會經驗，所以方進絕大部分的錢都是陳默兄在管理，以致於小侯爺結婚的時候都不知道自己有多少財產……

默默向侯嫂說帳，侯嫂一身冷汗……

默默很欣慰地擦汗，說：我本來以為這小子得在我這裏賴一輩子了，想不到還有人肯接手，要代表廣大人民群眾感謝妳！

話說，對了，陳默那個囧人，最後還給小侯爺留了十W塊錢私房錢，防備他們會離婚，後來小侯爺家裏買房子，他去找陳默借錢，默默扔給他十萬，說不用還了……

淚……

侯爺是個幸福的孩子，一輩子就沒操過心，他老婆很疼他的，侯嫂很聰明特別能幹又有主意，就喜歡侯爺這種。

爺們啊，又單純，聽話又可愛……

其實女人能幹了，都挺安全的，因為女人戀家。

話說默嫂很十三點，比較沒心沒肺的姑娘，離奇相親相出來的，對陳默兄一見鍾情，死纏爛打，陳默對這種自來熟的都沒有什麼抵抗力，混著混著就被拿下了。

陳默後來轉做武警了，官挺大的，支隊長級別，團級，陳默兄其實是個自己很有計畫的人。

有關陳默的故事，還請期待桔毛框聽牆角的新作……

3. 發財

要說那個發財啊，牠可是一隻有故事的狗。

發財是隊長的一個老隊員送給隊長的，那時候隊長還是個分隊長，手下一個隊員出絕密任務的時候負傷退役，因為任務說不清，最後定性就變成了訓練事故，然後撫恤金的數額就不一樣了。

於是隊長超級不爽，當時大軍區整改，高層忙得一團亂，嚴頭也忙得一團亂，到處都在搞試點啊，搞改制什麼的，但是夏明朗不管啊，他只在乎他的隊員。所以就時不時要去嚴頭那裏鬧一下，但是嚴頭也沒辦法。後來隊長回家探親，就專門去找那個隊員喝酒，發現他在家鄉開始養狗了，因為是傷殘，所以自己找工作不容易。

隊長反正不能喝嘛，喝著喝著就喝掛了，那個隊員呢，酒入愁腸也是那什麼……反正最後就喝得不行了，兩個人抱頭痛哭來著。

隊員說：不是錢不錢的問題啊，兄弟我，兄弟就是憋屈！

隊長就爆鬱悶，反正特別特別生氣……然後他就給家裏打電話要了二十萬，隊長有時候對家裏也挺渾的，他爹和他一個脾氣，他媽沒辦法，然後隊長就把錢收了一下，自己偽造個公章，說是隊裏的特別撫恤，給人寄了過去……

結果那哥們兒就哭天哭地了，打電話回來說錢沒啥，多少錢都買不回來一條腿，可是哥們兒覺得自己被承認了，他說那個訓練負傷太鬱悶了……

然後隊長就把信收了，反正那哥們兒在信裏特感激組織感激黨，隊長就回信說，你別揪著我謝啊……你得知恩圖報知道吧！你去謝軍長吧……過兩天他來隊裏視察工作。

那哥們兒很開心，過兩天他就打電話回隊裏了，軍長就很莫名其妙，因為這個事嚴頭也拍過桌子了，大家都覺得這個事難辦，主要不是錢的問題，就是難辦，而且一次成了定規，後來都得這麼處理……

然後軍長異常崩潰地聽完了那個隊員感激他，回頭就把嚴頭叫屋裏去了，然後嚴頭就把隊長叫屋裏去了，隊長特無辜特惶恐，特不安……說，俺就是想讓他高興一下，俺犯錯誤了，特深情地懺悔……

軍長臉就綠了，隊長就淚了，嚴頭就崩潰了，把隊長踢出去跑圈了。

然後，錢就批下來了，今後都當成實戰任務來算，反正不絕密的實戰也不是沒有，檔案裏改改。

隊長很得瑟地把錢還家裏了，後來，回家的時候還去那哥們兒家裏玩，那哥們兒就送他發財了，發財小時候就是一小白狗，跟毛線團子一樣，隊長不喜歡，他要狼狗。

但是那哥們兒說，這狗長大了特別像你。

於是，隊長錯誤地把旁邊一隻雪山獅子獒當成了長大的發財，就很開心地拎回隊裏養了，還很得瑟地告訴大家說是某某人送的，說長大了特別像我……

結果，後來，就風中零亂了……

發財和破軍毛JQ，兩個都是公狗，可惜直得很，沒有發展成一對狗男男，交情有點，打架的交情。破軍這狗其實脾氣不太好，陰損霸道，嚴頭有的毛病牠都有，嚴頭沒有的毛病牠也有，反正……唉，一隻被寵壞的狗。

其實發財在可蒙裏面也算是能打的了，可是擋不住那狗種的差異啊！

所以看到破軍都繞著走。

4. 三圍問題

好吧，有一句老話叫NPC也是有尊嚴的，更何況麒麟那旮瘩個個都是爺，正劇因為膠片景深鏡頭走位的問題沒帶到他們就已經很心慌了……花絮碟再不補上點，我擔心沈少會用機槍把我從天上掃下來。

嗯，從什麼地方開始八卦呢……好吧，MS同志們都對身高有疑問，我們先從三圍開始，嘿嘿！

整個麒麟最高的人是黑子，山東大漢身高一米九二，鐵塔一尊，望之生威。但其實人長太高也不好，生這麼大個兒，做尖兵不夠靈活，當狙擊手不好隱蔽，那架子放在那兒，就是重裝機槍手的範兒。

楷哥也是很高的，188cm，膀大腰圓，夏明朗偶爾會陰暗的嘲笑他是柱形身材，楷哥就會告訴他上面的空氣真是很新鮮，可惜了，你可惜了。雖然楷哥實在是很大一隻，但好在楷嫂也是很高的，身高173cm，兩個人站在一起男的威武女的美豔，絕對可以給部隊當宣傳畫使——

「都來當兵吧！為了娶漂亮媳婦；嫁給軍人吧，看他們多麼英俊！」

再往下就是我家默默，默爺身高185cm體重80Kg，削長筆直，從正面看側面看後面看都是三軍儀仗隊的範兒，被麒麟先下手為強的截殺了，捂臉！

其實185cm這一檔的人還有不少，像沈鑫、常濱……基本上都在183-186cm這個範圍內徘徊。

陸臻的身材很標準，180cm，體重一般維持在75Kg左右。在麒麟180cm這個身高段的人紮堆，一大半人都在這塊，阿泰、小花、肖准GG、老宋、劉雲飛……甚至嚴頭、謝政委、黃二隊，全是這高度……

所以卡尺走到隊長那裏人其實已經不多了，雖然他可以掂一下腳，厚顏無恥的聲稱自己是180那一檔的……-_-||

方進身高174-176cm的樣子，在麒麟裏算是比較矮的，與他差不多高的有嚴炎，175-172cm的樣子，你要明白一個男人，尤其是在麒麟這種高人林立的環境裏生活的男人，當他的身高低於某一個固定值的時候你就不再能問出他的準確身高了……

但是同樣的，你也要明白，事若反常則近於妖，一個低於麒麟正常身高值的男人是不可小視的，那說明他們通常都擁有非同一般人的天分。

方進出身軍門，老方家世代都是武將，族譜可以追到明初，正兒八百的武將侯世封，清兵入關之後雖然被動解甲了，反清復明也沒折騰成功，但是家傳尚武之風還在，從小又被某高人看中收了徒弟。方小侯總說他爺爺在抗日戰爭中意外死得早，要不然也得是位許世友級的人物。

小侯爺從小被人一點點悉心調教出來的，三歲紮馬步，五歲跑缸邊，七歲上房，九歲練拳……到十八歲什麼刀槍棍棒全都耍得有模有樣，基本功紮實的教官看著他都想哭。他那一批是全國徵召的體育特長生，軍委派了人蹲在各大體校的招生點上截人，看到好苗子就去忽悠。方進本來要考的是北體的武術專業，好嘛，上趕子一忽悠心就動了，回去一問他爹，他爹比他還激動，一拍大腿！去啊！特種兵啊！！！！

他老爹是老軍官，本來就存著心思想讓方進去當兵，只是方進的成績一直都還好，不讓他念大學又好像說不過去。

方進在特訓營裏表現就打眼，各軍區特種大隊過來看訓練錄影，一個個都指名要他。兩年期畢業，過了關的隊員服役分配，教官在中國地圖上畫了一條線，指著左邊說，往西走，地圖上自己挑。

雙向選擇嘛，於是西南西北各大小軍分區開始鬥智鬥勇，本來這批兵是沒有衛戍區什麼事兒的，但是擋不住他們牌兒大上面有人，虎口拔牙的拔走了好幾顆犬齒，而方進則被老鄭用鬼魂中尉的傳奇給忽悠了回來。

而嚴炎同志是那種皮膚很好的，長著肉肉的長包包臉的四川人，成都邊上某小村裏出身，他從軍的理由比較正常，但是入伍之後的經歷卻比較傳奇。新兵入伍之後幾次打靶，連長發現他成績很好，就送去練了幾天跟著去體檢，結果大吃一驚，因為嚴小弟的眼睛異於常人。

這世上有人天生的近視遠視，也有人天生視力比正常人好一點，而這種好與壞不同，平時沒事兒是發現不了的，別人可以看三米外的字，你能看五米外的，別人測視力2.0，你撐死了也就是個2.0，但是進了狙擊隊用特殊的視力表一測，同樣的2.0就分出了高下。於是嚴家小弟就這麼被上報團部，重點培養，不小心培養得太好了，幸運的（？or 不幸）被麒麟挖角……

5. 出場面

麒麟，因為是精英薈萃之地，所以常常會有些外出授課或者訓練的事兒。於是，某一次，某師要人，說去一文一武，幫助全面地改造一下。

武的嘛，不要說，方進全罩。

文的那位本來是點名要陸臻的，但是陸臻覺得也就是一個師，不是什麼大場面，而同時當然更重要的是為了鍛鍊阿泰的膽子，所以他強烈要求阿泰過去。於是可憐的阿泰在被陸臻忽悠著你很強，你很強，你很強強強之後，欣欣然地同意了。

陸臻還抽了好幾個晚上陪阿泰練習PPT，陪他在家試講了很多次，引得夏大人不滿，說你自己去也不用耽誤這麼多工夫。陸臻不屑之，我這是在給我軍培養人才，你懂不懂。

好，到了日子一個大車把這兩人拉上，過去了。那個師的師長當年跟夏明朗合作過，對麒麟那是相當地尊敬，而且他誤以為來的是隊長少校，於是集合了全師官兵站在門口迎接。結果，方進和阿泰一下車，望著烏泱烏泱的人頭就傻了。

雖說這兩人都是天然呆，但天然呆也是分品種的。方進在愣了兩秒鐘之後，露出了躊躇滿志的表情，心想，算你們識貨。阿泰則單純地腳軟了，哎呀媽啊……啊啊啊，為什麼兩槓四星要對著我鼓掌啊，啊啊啊～～

某師師長一看，下來的人不如自己的想像。可都到這分上了心裏失望也沒法兒了，不看僧面也要看佛面，臺子都搭起來了戲就要唱全套，要不然看著影響多不好。

於是師長還是很親切地過去握手了，於是，嘩，全場呱唧呱唧。

方進的胸挺得更直了，阿泰的腳更軟了。

方進於是得瑟，話不多說，咱是過來練的，不是過來說的，所以……上操場。白天，方小侯技驚了四座。

方進是那種越給他壓力，他越能發揮型。

好嘛，結果到了晚上就完了，本來阿泰的課是講給通訊連聽的。但是因為白天的方進太威了，太閃亮了，結果整個師部都被震動了，到晚上甭管他沾不沾邊兒的都跑去聽課了。教室裏坐不下，臨時給換了個大禮堂，下大銀幕給他放PPT。

阿泰進場之後整個人就傻掉了。往臺上一站，嘩啦啦，一片掌聲。阿泰兩手撐著臺子，顫抖……

主持人說，您開始吧……阿泰呆滯地看著他，說哦……腦中一片空白。

方進在下面急得要死，終於忍不住跳到臺上去，幫他開電腦，放PPT。然後下面一陣大嘩，哇，原來白天那個威得要死的中尉，還是這個人的跟班兒……

阿泰看到PPT頁子，記憶總算是回來了一點了，一開口那嘴就管不住了，說得那叫一路狂飆，結巴又飛快，PPT按得忽閃忽閃的，刷的一張沒了，刷的又一張沒了……下面的戰士心驚肉跳，想讓他慢點兒，又不敢，心想，瞧瞧，人家那水準！！

阿泰一路狂飆到最後一張翻完，啪，沒了！於是他也傻了！原定是兩個半小時的課，他只講了半小時。結果阿泰發現他又闖禍了，於是站在臺上手足無措之。這下連方進都沒辦法了，站在旁邊瞪著他，阿泰垂著頭，心想，這下無論如何不能哭。

台下一片寂靜，鴉雀無聲，大家都屏氣凝神地等著他下一步的動作。

阿泰怯生生地張了張嘴，理由無論如何說不出口，他只能敲鍵盤在最後一頁開始寫：對不起，這是我第一次講課，你們人太多，我害怕。

轟的一下，全場爆笑。

結果師長笑死了，政委上去親切地擁抱他一下，說來大家給這個小同志鼓鼓掌。然後阿泰擦汗說，我能不能再說一次？

政委說好的，結果他翻到第一頁，從頭又開始說。前半程比較結巴，後半程比較流暢，勉強完成任務……

好在技術這種東西是硬的，那個PPT畢竟是陸臻一字一字改出來的，就算阿泰真的不開口，扔給他們一組PPT，懂行的人也還是能看出分量來。

最後回家阿泰一直說那個師的政委是好人。

結果後來有一次演習還遇到了，阿泰很糾結地把人滅了，就蹲在那拼命道歉。

政委很囧。

6. 女朋友

方進沒有女朋友，所以沒得八卦，最多八卦一下他的夢中情人，他喜歡清純美貌型的女子，比如喜劇之王裏的張柏芝，當年的徐若瑄什麼的，總之眼睛要大，嘴巴要小，皮膚白白的，摸起來滑滑的……望天，這孩子品味真大眾。

話說，阿泰是個很苦命的孩子，他出身書香門第教師世家，小學班主任是他小姨，初中班主任是他乾媽，高中班主任是他親媽，一路就這麼根正苗紅地成長了起來，最後被養成了這麼個乖巧謹慎的小性子。

阿泰的女朋友是高中同學，屬於高中時阿泰同學小心動、女方無感覺的那種，因為阿泰很羞澀嘛。考大學的時候阿泰同學因為老是被人鄙視說很娘，一怒之下就去考了軍校。

阿泰從小成績很好的，很會念書，身體素質也好，屬於比較能吃苦，比較會戰鬥型的學生，老師比較喜歡，所以他在軍校中還是比較出色的。

大學畢業之後就下部隊了，下過部隊之後，某一年回家同學會，莫名其妙地就搭上線了。

話說，這位女友姑娘的情況是這樣的，她大學的時候談過兩個男友，都是猝死型，一個比一個開始看著挺美，相處之後發現人品鏗鏘不堪忍受。

當時阿泰已經畢業了，就是少尉了，下了部隊當了半年排長，常服一穿還是很精神的，被人灌了點兒小酒就勇氣了，衝上去表白說俺高中就喜歡妳了，俺大學一直想妳，妳現在能不能考慮做俺女朋友……然後那姑娘就傻掉了，說考慮一下。阿泰欣然之，強行給了手機號碼。

回家之後姑娘開始回憶阿泰，忽然發現這娃也是很有愛的嘛。

她大學的時候喜歡有男人味的，結果遇上的到後來過不下去，覺得粗魯無禮，橫蠻。然後就發現像阿泰小朋友這種也很好嘛，而且哈自己這麼久，女孩子嘛，總是有點虛榮心，你說不開心那一定是假的。於是，她感覺阿泰溫柔又專情，還聽話好管。不會出現像前任男友那種，堂而皇之地向她宣布，有本事的男人就是要彩旗飄飄這樣的BT囧事。

然後這姑娘考慮好了，就打電話給了阿泰，說我想，我們可以試著交往下。

這姑娘人品很地道的，沒拖，第二天早上就回話了。

當時阿泰宿醉未醒，電話拿起來一看，號碼陌生。還在抓頭，說，唔，妳是誰……

姑娘瞬間囧之，強壓心火說，我是某某某。

阿泰大驚，說啊，妳剛剛說什麼再說一次。

姑娘憤怒了，說你昨天問我什麼了，自己不記得了啦？

阿泰老老實實說不記得了。

姑娘憤怒地掛電話。

可憐的囧人坐在床上抓頭，他媽一看，啊，醒了怎麼不起來啊？

阿泰就哭訴了。

媽嘛，總是瞭解兒子的，說你個死孩子，你還不去解釋啊！

阿泰哭泣說，我現在打不通她的電話了，人不接。

阿泰媽媽說你這小子就是笨死的，她家我會不知道，我是她班主任，去人家裏找……呼，如果沒搬家的話。於是，四年就搬家的人家，到底是不多的。於是，阿泰小朋友買上一大束花，把女朋友哄回來了……

這小子很會心疼人的，雖然人不在身邊，但是平常時每天晚上發個小簡訊啊，說點小甜言小蜜語啊，去哪裏都不忘記給老媽和女朋友捎禮物，人家女朋友還是很滿意的。

7. 有財兄

正所謂有人的地方就有江湖，就有貧富，麒麟一隊百來號人，家境當然也各各不同。有拿了工資自己只留200，剩下的全寄回家供養一家老小，還得負責弟妹讀書的；也有像沈鑫那樣資產好幾千萬的大富之家，當然更多的是像夏明朗、陸臻、陳默那這種爹媽不指著他養活，賺多少都算的小康人家。

其實沈鑫的存在還真是一個異數，畢竟特種兵家裏富成他那樣的還真不多。沈少這個稱呼應該算是他自己起的，每每在大家累得精疲力竭連喘口氣的工夫都沒有的時候，他就會坐在那兒幽幽的說：「想當年，我在老家，開著車幫我爹送貨，別人都要叫我一聲沈少！」

起初大家都不知道沈鑫家裏具體是幹嘛的，後來有一次沈少回家探親帶回來十幾個小熊貓見人就發，兄弟們才知道他家是做毛絨玩具的，然後各自腦補扛著大槍的沈大少，開車被小熊貓淹沒的模樣……捂臉。

說到沈少就不得不說說他偉大的爹沈慶國。沈少本名沈有財，念小學的時候班主任是個女滴，此工程師實在是受不了如此惡俗的名字，本著對祖國花朵的未來負責任的態度（老師，拇指）把沈爹叫過來細談。

國叔一口回絕，說這名字好，這名字妙，這名字絕對呱呱叫！

老師預感這娃大了將會遭受到怎樣的嘲笑，一口鮮血鬱在喉間，她含著熱淚說要不這樣吧，咱們叫這名兒成不成？你看三個金，比有財還有財……

國叔一看，哇，果然，於是大手握住老師的小手說，太感謝了……就這麼定了。

結果，就這麼定了。

但問題的關鍵在於，老師在起名字的時候是用寫的，國叔在拍板子的時候是用看的，他倆誰都沒有用普通話多唸幾遍……於是，沈鑫沈鑫……神經！！

從此，瘋狗成了沈少從小學到高中不變的外號……（痛苦的扭頭）

沈少入伍是被他老爹用錢砸進去的，他高中畢業時實在考不上什麼大學，國叔覺得與其花十萬二十萬買個野雞三本的文憑，還不如讓兒子去當兵。要不然現在瞧著也就是個小混混，四年破大學一上，就成為了有學歷有組織有同夥有經驗的四有流氓了。進部隊好歹還能上上規矩，撐過這兩年雄性心理炫耀型不穩定期，敲打得威武強壯能吃苦一點，出來跟著自己學做生意，反正這年頭當老闆又不用有學歷。

國叔是生意人，應酬工作做得漂亮，招兵的軍官實在是飯吃得嘴軟，最後拍著國叔肩膀說你放心，反正你家公子長得精神，回去撐過新兵連，我找人把他弄到首長身邊做警衛去。

國叔一聽大驚失色，連忙搖頭說不要不要不要……我這兒子太機靈，要上規矩，要好好上規矩。

老話怎麼說得來著？吃人的嘴短，軍官一聽行啊！就這麼點要求組織上完全可以滿足你。於是新兵連一過，沈少就被派去了某個具有光榮傳統的連隊……

不得不說的是，有些人，他其實只是不會念書而已，國叔本來只是想讓他鍛鍊兩年，結果沈少當出激情來了……這事他擅長，他能幹好，覺得當兵王多威啊！！反正國叔正值盛年，又不指著他回家賺錢，沈鑫就一路打到麒麟來了……

基本上這廝只要有高強度訓練必然叫苦叫累，真挺過去了又那裏倍兒得瑟倍兒驕傲，好像別人都不是人，就他一個英雄模範鐵人。他可以一邊叫苦叫累，一邊勇往直前，然後一邊還特自我陶醉。指點江山特豪氣：你看看，想當年，那啥啥，爺都挺過來了，爺牛吧！

所以對於沈少來說，立功是很重要的，紅旗也是很重要的，嘉獎更是很重要的！

所以隊長專程去他家送過一次三等功的證書，沈少從此對隊長死心踏地，然後此證書被他爹供在辦公室的牆上，複印了無數份，全廠員工人手一張……據說每一個進辦公室跟國叔談生意的人都要先聽一下他兒子的豐功偉績。

年底，國叔大開宴席請八方，酒過三巡舉著杯子吼：當年，某某某說我兒子要進監獄！現在，我的兒子三等功！

老淚縱橫……

90分及格

雖然都是西南這一塊的，各個軍都是歸屬在一個軍區裏面，但是各軍各師的駐地還是離開得挺遠。夏明朗領了嚴正的指示下去看兵源，剛好陸臻最近的工作不忙，順便也一起捎走，剛好也去挑挑有沒有適合的技術類人才。只是畢竟路途遙遠地方也偏，他們開到T師師部的時候天已經黑透。

陸臻仰望天空，笑道：「我去小賣部買速食麵。」

都到這個鐘點上了，食堂早就關門了。

夏明朗把人放在招待所門口，自己開車去行政樓交接證明資料。

十點多，快熄燈了，照理說在這個時候操場上是應該要安靜了，夏明朗卻在掉頭的時候聽到操場上有人在跑步。在這個世界上，天才總是很少很少的，看起來天分極高一鳴驚人的人，總是在別人看不到的地方花費大把的精力，尤其在對於身體的訓練這一塊。擁有一個聰明的頭腦可以一點就透，可即使擁有一個靈活的身體，也還是需要長年累月的練習。

任何強悍的戰士，都是練出來的。

夏明朗不由然地心中一動，停車，往操場走去。出乎夏明朗意料之外的，操場上不只一個人，差不多一個班的人影影綽綽地站在跑道邊，三三兩兩地立著。天黑，離得也遠，夏明朗看不清他們的面目，只看到點點的紅光，一個班的小子們全跑到操場上抽菸抽這麼凶，他們班長哪兒去了？

夏明朗不由詫異。

然而沉重的腳步聲從一片濃黑中傳出來，夏明朗看到一個並不高大的士兵身上七零八落地背著一整個班的槍械在跑圈。

這，應該算是體罰了吧！

夏明朗皺了皺眉頭，站在樹叢的陰影裏靜觀其變。

當那名士兵跑到人群旁邊的時候，似乎有減速的意思，可是從人群中忽然追上去一個人直接踹了過去。夏明朗的眉頭皺得更深，的確，這種體罰的事兒他最擅長，但這裏是常規部隊，普通的連隊普通的班，不是用這種訓練方法的。

背槍的士兵又跑了一圈，這一次，他沒有選擇減速而是直接癱倒在了跑道上，三三兩兩的士兵圍了上去，有人在抽菸有人在罵，有人動手把他拎起來，一個看起來像班長的人走了過去，夏明朗看著他的手勢翻轉，似乎是在要求那名士兵做倒椿這一類的戰術動作。

這是體罰，毫無疑問，甚至，這應該不是一個以提高軍事技能為目的的體罰，這是一場單純的挾私報復。打架會留下傷痕，被領導追究起來不好解釋，所以就選擇了這種方式，把人往死裏訓。

夏明朗很生氣，他在猶豫這件事他應該要怎麼管，畢竟是別人的地頭，他不好太張揚，可是耳朵裏忽然鑽進了一聲哭叫，他看到那個士兵被人背飛摔到地上。夏明朗往前走近了一些，他想先聽清楚他們在吵些什麼。

在寂靜的夜晚，任何壓低的聲音都會變得更為清晰，夏明朗仔細分辨那些含混短促的句子，在爭吵，有人憤怒有人求饒，然而不知道為什麼。

忽然夏明朗聽到了一個詞：屁精！

他愣了一下，眼中精光暴長。

接下來的對話就聽得比較明白了，似乎是個與同性相關的騷擾事件，於是被騷擾的一方得到了無限的支持，而手腳不乾不淨的那位遭到了無情的懲罰。可是，夏明朗聽著那個士兵趴在地上哭，用模糊不清的聲音喃喃低語，他說：我是真的喜歡你啊，我又沒把你怎麼樣……

夏明朗終於覺得待不住了，他咳嗽了一聲，從陰影裏走出來。

「這是在幹什麼？解釋一下，班長？」他準確地站在一名二級士官的面前，盯住他，寒夜一般的星眸，彷彿一槍穿心似的衝擊力。

「哦，這……」士官一下子被驚到，結結巴巴的。

「是這樣，這小子欺負戰友，兄弟們給他點教訓。」另外一個士官站出來說話。

「哦，怎麼欺負了？」夏明朗冷冷地橫過去一眼，那位說話的士官倒吸了一口冷氣，一時開不得口。

夏明朗彎下腰把士兵拉起來，隨手拍拍他身上的土，回眸從眼前站著的眾人臉上掃過：「說吧，怎麼欺負了，自己一個班的戰友，也下得了手這麼折騰。說啊，都是大老爺們兒，敢做不敢當是怎麼的？」

一個二等兵終於忍不住衝出來罵道：「他媽的這賤人他……他是同性戀，他騷擾我……」

「何鵬！」班長頓時著急地把人拉了回去。

「哦，這樣！」夏明朗忽而卻笑了：「你說他是同性戀，他怎麼你了？他是把你強姦了，還是把你怎麼著了？」

二等兵臉上一紅，憤怒道：「他敢，老子抽不死他。」

「喲，那也就是說他沒把你怎麼樣啊！」夏明朗臉色一沉：「那你憑什麼說他是同性戀？」

「他他，他說他喜歡我，他還摸我，反正……」

「他說他喜歡你？」夏明朗轉過頭去看士兵，聲音放緩了一些，帶著一絲柔軟的味道：「怎麼，你說過喜歡他？」

士兵有些茫然，張口不言，呆呆地盯著夏明朗的眼睛，夏明朗就這麼看著他，用肉眼幾乎不可分辨的幅度搖了搖頭。

士兵愣了很久，卻笑了。

「是啊，我是說過喜歡他……」他笑著說。

夏明朗眉毛一皺。

「我喜歡的男人多了，我還喜歡巴頓，我還喜歡賀龍，憑什麼說我是同性戀，他媽的有毛病的人是你，老子當你最好的朋友，你這樣對我，我哪點對不起你，你這樣……」那個士兵忽然激動起來想要衝過去，夏明朗眼明手快地把他抱住了，厲聲向那位班長喝道：「帶上你的人，先回去，這小子交給我，我要跟他談談。」

班長嚇出了一頭的虛汗，匆忙地答應著，領著自己班上的人先走，彷彿渾然忘記了眼前這位中校先生的眉眼很生，完全不是自己部隊的領導，不過也怪不得他，士官到中校差了無數階，夏明朗氣勢洶洶，他又怎麼敢反駁。

那名士兵被夏明朗鎖在懷裏，掙扎得倒不是很凶，眼看著他的那些個戰友們消失在夜幕中，身上的勁就像是一下子被抽空了，滑到地上抱著頭痛哭。

夏明朗站在他的旁邊抽菸，也不催他，由著他哭。

哭了好一陣，哭聲漸漸地小了，夏明朗蹲下去拍他的肩膀，遞上了一支菸。

「叫什麼名字？」夏明朗幫他把火點上。

「許然。」許然深深地吸了一口，煙霧吐出來，讓面目變得更加模糊。

「到底怎麼回事？」夏明朗問道。

許然轉頭看著夏明朗笑，幾乎有點陰冷的神經質似的笑容：「你這人真有意思。」

「覺得我有意思就說說唄。」夏明朗陪著他一起坐在跑道邊。

「說就說了，其實也沒什麼，反正早晚得脫了這層皮，我也就沒什麼好怕的了。」許然咬著菸頭：「我是被我老子塞進來的你知道吧，他人老糊塗了，還以為我這人有毛病，他想把我送到部隊裏來上上規矩你知道吧，真是拎不清，把我往男人堆裏送。」

「喜歡他？那個叫何鵬的？」

「啊！」許然笑得像哭一樣，眼中沒有一點神采，看著夜空無際，愣了半晌，他忽然說道：「其實我跟他關係特好，你相信不？那小子有點二，搞得我一直以為他對我有意思，你知道吧……我他媽要知道他會這樣，殺了我，我也不敢告訴他啊……我……」

夏明朗嘆氣：「你還是莽撞了一點。」

「不莽撞又怎麼樣？他還能愛上我？」許然笑得白牙森森：「得了，你少安慰我，說實話，大哥，你不容易，這麼大個官三更半夜的聽我在這兒掰扯我這點破爛事兒，你放心，我明天我就打報告去，這兵我不當了，這地兒我也沒法待了，該幹嘛幹嘛去，老子早就應該有這覺悟，對吧，他媽的死同性戀還想找感情，我真他媽有病。」

「自己都瞧不起自己，啊？」夏明朗一巴掌拍在他後腦上，許然吃痛，一下子跳起來，詫異地盯著夏明朗。

「自己都瞧不起自己，你還指望誰能瞧得起你？」夏明朗不屑地挑眉。

「別逗了，大哥，本來就沒人瞧得起我，你沒看那小子那臉，跟看鬼似的……」許然一邊笑一邊嚷，眼睛裏全是淚。

「那是他不懂珍惜，要嘛是你不夠好，這跟同性戀有什麼關係？」夏明朗靜靜地看著他：「想聽個故事嗎？我一個朋友，你的同類，聽聽他怎麼去找到他的感情。」

「你的朋友？是個哦……」

「Gay！……怎麼了？很奇怪嗎？改革開放都三十年了，我的朋友裏有個Gay很奇怪嗎？」夏明朗笑容溫和。

許然哦了一聲，神色漸漸平靜下來。

夏明朗說陸臻的故事，改了身分換了名字，搖身一變成了中科院生物研究所的學生，只是一樣的品學兼優，一樣的才貌雙全，一樣的平和而寬容，一樣的淡定沉著。暗戀某個師兄，安靜地守望，最終如願以償開花結果。

許然聽完了很久都沒出聲，再開口的時候卻不笑了，神色哀傷地說道：「是真事兒嗎？」

「名字是假的，但故事是真的。」夏明朗並不避諱。

「他們兩個，還好著吧！會一直好下去嗎？」

「我相信，一定會的。」夏明朗說得很鄭重。

「幫我帶聲好給你那個朋友，說我羨慕他，一定得好下去。」許然胡亂抹著淚。

「乾嘛要羨慕別人的人生，他可以做到的，你就不能嗎？」

「太難了，你知道吧……」許然苦笑：「你那朋友，90分的完人，我不行，我差太遠了。」

「那就做到90分。」夏明朗盯牢他，並不放過。

「為什麼？憑什麼？憑什麼別人做60就及格，我他媽就一定得活到90分？這個世界不公平。」許然躲不開夏明朗的逼視，忽然卻怒了。

「這個世界從來就沒有公平過！你活著就得承受。拿出行動來，把自己活得像個人樣兒，活得比別人都好，那才叫本事，別蹲在那兒哭天抹淚嘰嘰歪歪的，你像什麼男人？你少給同性戀丟人了！」夏明朗的眼中有火光一閃而過，亮得不可思議。

許然眼巴巴地看著他，被堵得一字不能發，梗了半天，剛剛乍出來的那點鋒芒全散了，帶著些許哭腔地問道：「大哥，你說為什麼我這種人就這麼苦呢？」

「做人，別老是想著問為什麼，得先想想自己有什麼，問那麼多為什麼，也改變不了現實。」夏明朗按住他的肩：「活著，就得好好活，活出個人樣兒來，別動不動就瞧不起自己，也別讓任何人瞧不起你。做事情小心點，別給人留把柄，你覺得這日子苦，藏著掖著是不好受，可那不是沒辦法嘛？你還不如這麼想，要革命要爭取權利，哪有不流血犧牲付出點代價的？你這一輩算是不錯的了，早個十幾年，這事兒抓到了還得坐牢呢，是啊，大環境還是不好。可不好怎麼辦呢？抱怨？哭訴？誰管你啊！由著性子混下去，還不如裝緊了骨頭做90分的人，說不定等我們這一代撐過去，後面的小孩就能跟別人一起去壓60分那條線。這世界是不太公平，可好歹，這世界是奔著更公平這條路上走的。」

許然低了頭，默默不語。

「時候不早了，言盡於此，你要不要聽是你的事。」夏明朗站起身來拍了拍身上的土：「明天我會跟你們團長說一聲給你換一個連隊，自己小心。」

「嗯！」許然用力點頭，眼眶又濕起來。

夏明朗回到招待所的時候已經很晚了，陸臻正在刷著牙，咬著牙刷衝出來，含糊不清地得瑟：「還好我聰明啊，就先泡了我自己的，要不然等到現在都化成水了。」

「路上遇到點事，耽誤了！」夏明朗看著陸臻滿口的雪白泡泡只覺得好笑。

「喲，果然萬人迷啊！就這麼個荒郊野外的也有傾慕者圍捕啊！」陸臻笑嘻嘻眨眼，縮回去漱口。

夏明朗撐在門框上往裏看，浴室裏的燈光溫暖而昏黃，毛茸茸地給陸臻的輪廓上鍍了一層金邊，他看得心動，走過去圈住了陸臻的腰。

「唔？」陸臻吐乾淨最後一口水。

「當時，害怕嗎？」夏明朗悶聲問道。

「什麼時候？怕什麼？」陸臻莫名其妙。

「當時，不知道我也喜歡你的時候，害怕嗎？」

「怎麼想起來問這個啊。」陸臻笑了。

「忽然想起來，怕嗎？」

「當然怕啊！」陸臻握到夏明朗的手上：「那時候做夢都夢到你衝過來呼我兩巴掌，把我打得爬都爬不起來。」

夏明朗的手臂緊了緊，抬眼，從鏡子裏看到一雙溫柔而明澤的眼睛。

「所以我一直都覺得，挺神奇的，真的！」陸臻笑得眼中彷彿有星光在閃：「那時候就覺得你不煩我就挺好了，你還肯認我這兄弟我就燒香了，別的，真的沒指望過什麼。」

「那你現在可以指望了！」

夏明朗一字一字的，說得極緩，純黑的眼眸在燈下折出令人心醉的光，他微微偏過頭，嚐到刷完牙的口腔中清爽迷人的薄荷味道。

情書

夏隊長的情人節禮物，流氓的文藝的，獰壞而柔情似水……

陸臻少校：

你好！

兩個禮拜前你開始提醒我，告訴我這年頭有個節日，它叫情人節。好吧，我知道你是什麼意思，你就是想讓我給你點表示。所以我這兩天想了想，我還有什麼花樣沒折騰過，然後我發現我還沒給你寫過信。

當然，鑑於白紙黑字的不可靠性，這封信收到之後你要怎麼處理，嗯，我就不做具體的指示了。

好的，現在讓我來想想，我要跟你說點什麼。

首先，我愛你！是的！

基本上這詞在你嘴裏蹦出來的頻率跟我比起來，差不多是100：1的樣子。好吧，可能還要再多一點，因為有一天你實在說了太多遍，我怎麼數也數不清了。造成這種局面的主要原因我認為是你太囉嗦，而我，比起這種碎嘴皮子的事來，我更喜歡做！

嚴肅點！這個字用在這裏，基本上跟你想的一樣，它有兩種意思，而那兩種，我其實都挺喜歡的。

好吧，我現在基本可以想像你在怎麼不耐煩地看著我，眨著你無辜的大眼睛，讓我說具體點。

所以，我會說具體點的，我的小少校。

讓我們從頭開始。我喜歡你的眼睛，圓圓的，老是睜得很大特別有勁，特別興致勃勃的樣子，讓人看著就喜歡。跟我鬧彆扭的時候你那眼神真冷啊，可是我一抱你，你的眼睛裏就會濕起來，水汪汪的，特別好看。所以我最近老琢磨著怎麼把你給整哭了，讓你眼淚汪汪地叫我的名字，哦……不過我想你大概會想咬我。

你的牙其實挺好看的，小白牙很齊整，咬出的牙印都比別人好看，所以你是不是就是為了炫耀這個才老咬我呢？其實你應該對我溫柔點，別老用牙，用點更軟的東西，比如說，你的嘴唇。不過，謝天謝地你老這麼沒日沒夜地磨嘴皮子，也沒讓它們粗糙起來，還是那麼軟，顏色很漂亮，我很喜歡。你的嘴裏真的很敏感，只要我稍微舔舔你的上齶你就會開始發抖，要是我再鑽深點，你差不多就站不住想推我了。

嗯，你的臉上還有什麼，讓我想想。

對了，耳朵，漂亮的小圓耳朵，我最喜歡的。

只要我在你耳朵旁邊吹口氣它就會紅起來，所以我特別喜歡逗它，有時候你晚上過來給我寫報告，我就會故意在你耳朵旁邊說話，熱熱地吹著它，然後它就會一下子紅起來，燒著像汪血似的，透明的，等你半張臉都紅起來的時候你就會開始躲我。有時候我會放過你，看你紅著一隻小耳朵埋頭幹活，像個小兔子似的。

可有時候我不想放過你，我就會咬咬它，很軟，熱乎乎的。這時候你會想推我，而我會把你的手捉起來，然後，你就隨我為所欲為了。如果我想做得再盡興點，就會把舌頭伸到你耳朵眼裏去。

說實話，我這麼幹的時候你是不是特別受不了？

每次聽著你喘氣，我都擔心會弄死你。哦，然後，當然，然後我就得去照顧一下小陸臻的情緒了，它那時候一般都已經很興致勃勃地等待著了。

所以，基本上，你臉上的每個地方都我很喜歡。

然後，我們是不是得往下了？

你的脖子，嗯，挺漂亮，很長，比我長。好，你看我已經承認這個缺陷了，所以今後不許你故意貼著我特別近地低頭看我，我比你矮不了多少，至少這麼點距離，放平了絕對看不出來，你下次要是再敢這麼幹，我就會把你放平。

其實你鎖骨長得挺好的，很敏感，說實話，你其實全身都挺敏感的，所以以後沒事別說我老招你，你TM全身上下都是敏感帶，我總得找個下手的地方吧，我總不能揪著你頭髮吧？哦，當然也可以這麼試試，我就是擔心你到時候告訴我，你頭皮也挺敏感的。

哈哈，別生氣，我們說到哪兒了？

前幾天你跟我抱怨，說你為什麼曬不黑，其實曬不黑挺好的，你就現在這樣挺好的，手感好，摸著又滑又繃，胸口那片皮膚特別滑，我特別喜歡摸你，手指揉一揉，把那兩個小紅點弄硬，這時候你的眼睛裏就會開始濕了，喘著氣叫我隊長。

算了，我現在也想開了，你樂意叫就讓你叫吧，聽這麼久也習慣了，不過今後我要是在操場上起了火，這就完全是你的問題了，你得要負責到底。

一般，把你的衣服剝光了我就會開始摸你，當然對於我最喜歡的地方，我會有特別的對待。

我想你應該挺喜歡我這麼幹的，嘿，別急著否認，我的小少校。說謊沒意義，再說你喘成那個樣子，嘴硬也得有人信啊？對吧？

我會從你的嘴開始往下親，一點一點地，把你喜歡讓我碰的地方都照顧到，然後再往下，我就會咬到你的腰上了。說到這裏我不得不停下來表揚你一下，自從上個月我說你的腹肌有點鬆，咬起來像五花肉，最近你腹肌的硬度有了質的飛躍，現在不光是不像五花肉了，已經開始向牛肉發展。

不過，對於這個問題我有點冤，其實我當時是想說，這五花肉的口感真好，所以你能不能暫停你發展的腳步，就讓它停留在30個月以前小牛肉的階段？你有這個健體強身的願望是很好的，可是你也要考慮到我年紀大了，牙口不好，會咬不動的。

嗯，現在，我要再繼續往下了。再往下你有很多地方都是我非常喜歡的……啊，對了，少校，停一下，別揉你的耳朵了，基本上經驗告訴我，它只會被你越揉越紅。

我喜歡你的腿，又長又直，柔韌性很好，可以扳得很開，哈哈。

好，好了，乖一點，別生氣，這是我給你寫的第一封信，你要堅持看完。

關於你的某一個部位，我知道你在不屑一顧地等待著我稱讚它一下。嗯，的確，很好，我該怎麼去形容呢，你要原諒一個小學語文一直沒畢業的人，我會的形容詞不多。不過你應該已經發現，我喜歡的東西，我喜歡用嘴去碰它。

所以，陸臻，別害羞，你不用老是撐到最後想推我，我願意讓你就這麼在我嘴裏射出來，我喜歡看你滿足的樣子。你的味道，對於我來說是特別的，很不錯。另外，你也不用老是想著要投桃報李，得照原樣給我還回來什麼的，有些事情命裏沒有就沒別強求，當然你別誤會，你嘴裏的感覺舒服極了，可問題是你撐不了多久就要嗆到，然後你就會咬著我，我上次讓你給咬了一口疼了三天，讓我心理陰暗地懷疑你是不是想就此廢了我。

所以，咱就別試了好麼，寶貝兒，如果你還是不甘心，你可以去買點香蕉玩，等你什麼時候能把一根香蕉整個地吞下去了，再來拿我開練。畢竟你把香蕉咬斷了剩下的還多的是，你要真把我給廢了，你下半輩子的性生活就得自理了。

好了，前戲說完了，接下來咱們就得辦點正事了。基本上到這時候你也快神志不清了，如果沒有我就再抱著你親一會，把你弄暈了我好下手。我會先把你翻過去，這樣比較好進入，你的身體裏面很熱，很滑，我有時候想，把你的胸口扒開，你心臟的外面摸起來應該也就是這個感覺。在那裏面有一個地方是你身體的開關，我只要碰一碰你就會跳起來，如果我動得厲害點，你撐不住了就會向我求饒，你那時候的聲音特別好聽，然後我就知道你已經差不多了，我可以進去了。

不過最近你有越撐越久的趨勢，其實這樣不好，真的，想要就叫出來，別忍著，你要知道我在外面忍得也很辛苦，這是損人不利己，咱聰明人不幹這傻事。

寫到最後我忽然想起一個問題，既然是情人節嘛，咱們是不是應該互相表示表示？

你看啊，上次我過生日你就給我買了個PSP敷衍我，非常地沒有體現出誠意，我責成你今天晚上吃過晚飯後把自己裏裏外外都洗乾淨了到我屋裏來，我們面對面詳細地討論一下，這個情人節應該要怎麼過的嚴肅問題。

那就這樣吧！

祝，身體健康，長命百歲。

你的隊長，夏明朗

200X.2.14

夏明朗寫完信之後直接塞到了陸臻手裏，貼著他的耳朵根上輕輕說了一句：「情書。」

陸小臻的小耳朵噌的一下就紅透了，夏隊長吹著口哨樂呵呵地走開，吃晚飯的時候夏明朗沒看到陸臻，晚飯後，夏隊長在基地裏溜了個彎，然後從樓後面爬窗溜進了自己屋裏。

房間裏靜悄悄的，夏明朗開了窗子抽菸，悠然自得地等著魚兒怎麼上鉤。

半小時之後走廊上傳來極輕的腳步聲，門被敲響了，很輕的兩下，夏明朗悄無聲息地竄到門上面，腳尖踩住門框上那一條邊。過了一會兒，陸臻開門進來，基地的門鎖都不難撬，用一張薄鋼片捅一下就能開，陸臻在這方面是專門訓練過的。

陸臻小朋友小心翼翼地點開門，貼地一滾溜進來，等他看到夏明朗的時候已經晚了，夏隊長從門上直撲下去，把這小子結結實實地壓在身下。

「咳咳……腰斷了！」陸臻痛苦呻吟。

夏明朗拎著他站起來：「活該，讓你不學好。」

「我跟著你能學好嗎？」陸臻不忿。

「跟著我怎麼不能學好啊！我現在多有文化啊！」夏明朗握著陸臻的手腕絞到背後去，嘴唇輕輕蹭著他的脖子：「下午給你的信看了嗎？」

「看了。」陸臻一臉正直。

「看了幾遍？」

「一遍。」陸臻目不斜視。

「信呢？」

「燒了！」

「很好，會背了嗎？」夏明朗笑嘻嘻地看著陸臻的眼睛：「考考你。我喜歡什麼？」

陸臻咬著嘴角不說話，眼神濕漉漉的，在暗處閃著光。

夏明朗嘆息一聲：「你這孩子怎麼越來越笨了呢，我記得你以前可都過目不忘的啊！我才給你寫多長一封信吶？轉眼就給忘了，你太讓我傷心了。來，我們複習一下！」

陸臻低頭怒視他。

夏明朗寬容地一笑，把他的脖子拉低，火熱的嘴唇就貼到了陸臻的眼簾上。

「你的眼睛，我喜歡的，圓的……水汪汪的，又大又亮。」夏明朗低聲呢喃，渾潤妖異的嗓子此刻磁得讓人心醉，他伸出舌尖舔濕陸臻的睫毛。陸臻微微睜開眼，眼眶裏已經浸透了水氣，他的嘴唇顫抖：「隊長……」

夏明朗偏過頭堵了上去。

你的嘴唇，柔軟而甜蜜，當我舔過你上齶的時候你就會發抖。

夏明朗舌尖輾轉著擠壓吮吸，緩緩深入，壓到喉嚨深處，陸臻終於受不了這種折磨發出像貓一樣嗚咽的呻吟，被人牢牢握在背後的手臂掙扎著想要逃離。

夏明朗一直侵入到最後一刻，放開的時候自己也呼吸急促，陸臻像喘不過氣似地看著他，眼中的焦距已經散開了。

夏明朗抵著他的額頭輕吻：「然後，然後我們到哪兒了？」

陸臻喘著氣，絞動手腕掙扎，夏明朗恍然大悟：「哦，是的，然後就要用到手了。」

他把陸臻作訓服的拉鏈拉開到底，手掌探了進去。

「你的皮膚，顏色剛剛好，像個麵包。」夏明朗咬在陸臻的鎖骨上，他聞到清爽的沐浴露的味道，微笑著抬起眼：「真洗過澡了？裏裏外外都洗了？」

陸臻紅著臉別過頭去。

「真乖。」夏明朗獎賞似地在陸臻胸前的小紅豆上咬一口，然後含住一吮，滿意地聽到陸臻驚叫著抽氣的聲音。

「我算是看透你了。」陸臻斷斷續續地喘息著：「你丫就是個流氓……正宗的……」

說這話的時候，夏明朗已經半跪到陸臻身前拉下了他褲子的拉鏈。他聞聲抬頭，誇張地挑起眉毛：「流氓，」他意味深長的把字音咬得重重的：「嗯，承蒙惠顧，謝謝誇獎。」

他說完，舌尖在陸臻的性器上一轉，然後深深吞入，陸臻於是咬牙切齒地顫抖了起來。

衣服就這麼在門邊被扒光了，大門反鎖得很牢，最近夏明朗在門上裝了個插銷，其實這種原始的東西很抗撬，比那什麼聰明的鎖器要管用得多。

夏明朗抱住陸臻的雙腿把人扛到肩上，陸臻驚叫了一聲想掙扎，屁股上被重重地打了一巴掌。

「別亂動，再動抽你！」夏明朗笑罵。

陸臻咬著嘴角很委屈地乖了。

夏明朗把陸臻甩到床上，馬上貼身壓了下去，火熱的身體就這麼壓在身下，結實又柔韌，如此美好。他把陸臻的大腿扳起來，撫摸內側的皮膚，異常的細膩柔滑，乾淨又緊繃。

「隊長，你……」陸臻呻吟著喘氣，今天的夏明朗太過分了。

「別說話，別亂動……」夏明朗埋頭咬著陸臻的肩膀：「讓我做一次，乖。」

陸臻轉頭困惑地瞧著他，眼神迷茫得可愛。

夏明朗咬住陸臻敏感的耳垂，沙啞的嗓音本身就是一種催情的挑逗。

「我想把你弄死，你說好不好？」夏明朗壓著低低的笑。

陸臻驚愕，縮在夏明朗懷裏輕微地發抖。

「然後我再讓你活過來，你覺得怎麼樣？」夏明朗看著他的眼睛，熾熱的黑色眼眸，火一樣的熱情。

陸臻下意識地點頭，腦子裏亂成一片。

夏明朗滿意地笑了，低頭吻在他的眼睛上。

從後背位楔入，最深的角度，一次比一次深入，陸臻抓著床單咬牙切齒地發抖，大腿的肌肉繃得幾乎要抽筋，腳趾蜷在一起。

不行了，真的……

「隊長，隊長你慢點，你讓我緩一下……」他禁不住失聲求饒。

夏明朗握住他的腰，撞得更深。

我不想慢，明白嗎？

我的傻瓜少校，我想讓你的身體記住我，記住我曾經給你的，從此以後再沒有任何人可以給你這麼多，這麼深。

「隊長？！」陸臻的眼淚流下來，他連氣都喘不過來，有那麼一個瞬間，他相信自己真的會這麼死掉，可是忽然又覺得這也沒什麼大不了，死在夏明朗懷裏是他能想到的最好的歸宿。

夏明朗把他攔腰抱起來，手臂勒在陸臻的胸口，牢牢地抱緊，彷彿吞沒。

「喜歡我嗎？」夏明朗舔過他的脖頸，潮濕的，鹹澀的，不知道是汗水還是淚水。

「啊！」

「記住我，用你的身體記住我。」

「啊！」陸臻哭著點頭。

「如果我死了？你會怎麼樣？」

「啊？」陸臻慌亂地轉過頭。

「你會忘了我嗎？」

「隊長……你希望，我會怎麼樣呢？」陸臻的眼睛濕潤而明亮：「可是我擔心，我擔心就算你想讓我忘，我也忘不掉了……」

永遠也忘不掉了，我的身體已經記住了你，我心裏刻著你的名字，我靈魂染上了你色彩，如果你離開，我生命的某一個部分就會永遠碎裂，無法補全，無可挽回。

從此以後，再深的笑容都會有陰影，再多的幸福都不圓滿，我將永遠在人群喧囂中獨自寂寞。

夏明朗，你想提醒我的就是這個嗎？

這就是你打算問我要的情人節禮物？

「不，我不想你忘記。」夏明朗深深地看著他。

別對我期待太高，我不是你想像中的那種高貴的人，我不喜歡你們的高尚規則，我想要你，這輩子你都是我的，生生世世，因為我早就已經賠了一輩子給你，我夏明朗從來不是什麼好人，我不做虧本的買賣。

「可是，隊長，你不會死的，我們都不死！」陸臻握住夏明朗的手，十指交錯相扣，糾纏在一起。

對，我們不會死，我們都不死。

夏明朗喃喃低語，一次又一次地撞進陸臻的身體裏，交合，交歡……在一起。

擁在他懷裏的這具身體，鮮活的，柔韌的，最好的，最美好的……所以我們都不會死，我們會在一起，我們會活很久，我們相守到白頭，我們每天都做愛，夜夜銷魂。

陸臻，你是我在人間的天堂。

國家圖書館出版品預行編目資料

麒麟之快意人生／桔子樹著.
－－第一版－－ 臺北市： 宇阿文化 出版；
紅螞蟻圖書發行， 2011.9
面　　公分－－(Homogeneous novel；3)
ISBN 978-957-659-862-3（平裝）

857.7　　　　　　100015662

Homogeneous novel 03
麒麟之快意人生

作　　者／桔子樹
美術構成／Chris' office
校　　對／楊安妮、蕭玉晨、桔子樹
發 行 人／賴秀珍
榮譽總監／張錦基
總 編 輯／何南輝
出　　版／宇阿文化出版有限公司
發　　行／紅螞蟻圖書有限公司
地　　址／台北市內湖區舊宗路二段121巷28號4F
網　　站／www.e-redant.com
郵撥帳號／1604621-1　紅螞蟻圖書有限公司
電　　話／(02)2795-3656（代表號）
傳　　眞／(02)2795-4100
登 記 證／局版北市業字第1446號
港澳總經銷／和平圖書有限公司
地　　址／香港柴灣嘉業街12號百樂門大廈17F
電　　話／(852)2804-6687
法律顧問／許晏賓律師
印 刷 廠／鴻運彩色印刷有限公司
出版日期／2011年 9 月　第一版第一刷

定價 280 元　港幣 93 元

ISBN 978-957-659-862-3　　Printed in Taiwan